美学与文艺批评丛书

高建平　主编

史料的前途

程光炜　著

中国社会科学出版社

图书在版编目（CIP）数据

史料的前途／程光炜著．--北京：中国社会科学出版社，2024．6．--（美学与文艺批评丛书）．--ISBN 978-7-5227-4153-6

Ⅰ．I209

中国国家版本馆 CIP 数据核字第 2024MQ5627 号

出 版 人　赵剑英
责任编辑　张　潜
责任校对　贾森茸
责任印制　王　超

出　　版　中国社会科学出版社
社　　址　北京鼓楼西大街甲 158 号
邮　　编　100720
网　　址　http://www.csspw.cn
发 行 部　010-84083685
门 市 部　010-84029450
经　　销　新华书店及其他书店

印　　刷　北京明恒达印务有限公司
装　　订　廊坊市广阳区广增装订厂
版　　次　2024 年 6 月第 1 版
印　　次　2024 年 6 月第 1 次印刷

开　　本　710×1000　1/16
印　　张　13.25
字　　数　211 千字
定　　价　69.00 元

目　　录

编前的话

这里的十几篇文章，写于2016年以后；收入本书之前，在刊物上发表过。这次收入书中，个别字句做了修改，删掉了几篇文章的副标题，其余变化不大。

这些文章讨论的是，当代文学史料的搜集、甄别和勘考的问题，史料在历史变迁中分层存储的原因及必要性以及当代文学史的史料编辑留存，既要注意在北京、上海及省会城市，也不应忽视在地方一级文联、作协寻找整理的观念和方法。由于这些文章处理的问题比较类似，因此把它们放在一起。“史料的前途”，既是对当代文学史料建设以后发展的看法，也可以说是这本书的主旨，所以把它作为这本书的名字。这些文章研究的范围虽然大致相近，侧重点却有所不同，宏观分析文学史料的总态势，与作家具体材料的考订，在理解之间也有差别。

2012年的一篇文章，我曾谈到写作它的处境和动机：

> 一个学科发展到一定时候，大凡都会提出“历史化”的问题。这种历史化包含的方面和名目很多，这里先不详述。而在历史化视野中，逐步地建立作家的“文学年谱”，分门别类地把他们的文化地理背景、文学渊源和社会活动归入其中，加之具体细致和系统的整理，则是需要重视的工作之一。一般意义上，社会学把年谱视为自己的研究范畴，将五百年一个周期的家族年谱，看作观察社会变迁规律的重要个案。但如果用历史学的眼光看，在中国，年谱整理和研究古已有之，在治小说史的学者看来，它的思维和工作方式实际是一种典型的历史学的研究方法。学者石昌渝说：“中国小说是在史传文学的母体内孕育的”，“传统目录学家始终把小说看成是史传的附庸。”因此，后来的目录学编纂者有的

> 把小说列入子部，有的列入史部，或看作“注疏”“通于史”“志传”，认为它并不单独成立，因为不少小说都是作者根据民间流出甚久的传说、故事改编而成的，作家只不过是历史传说的整理者，例如《水浒》《三国》等等。尽管唐代传奇小说后，小说由“实录”逐步转向“虚构”，性质大变，后来历经上千年，再经五四后翻译文学的洗刷冲击，小说与历史的关系日趋多元，而不再是历史的附属品。……进一步说，对于相对成熟的文学史研究而言，不这样把作家作品的活动重新历史化，置于目录学的视野中，他的工作就很难称得上是理性的、客观的和超越性的，称得上是一种文学史的研究。
>
> ——文学年谱框架中的《路遥创作年表》（载《当代文坛》2012年第3期）

七八年之后，我谈到了路遥、林虹关系中的一些疑点：

> 我查阅过相当一部分北京知青与路遥关系的书籍，发现这个“权威叙述”可能来自路遥本人，通过好友曹谷溪、周海波的转述，成为目前研究著作的主要依据。但它只是一个“孤证”，还没有来自知青们的旁证。路遥和林虹的关系，至今存在着两个悬疑问题：一是路遥主动把招工指标让给了林虹；二是由于生活悬殊较大，以及与军代表的恋爱，导致林虹决定与路遥分手。因此，林虹感情上抛弃路遥，多少涉及了一个尖锐的道德问题。关于第一个问题，我已在刊发于2019年第3期《当代文坛》的《一份沉埋的孤证与文学史结论——关于1971年春的路遥招工问题》一文中，有过初步探讨。
>
> ——《路遥和林虹关系的一则新材料》

由此可见，把它们放在同一本书中，起初的考虑并不是系统的。这些文章最初发表刊物的名称、期数没有标明，只在文末保留了写作时间。《关于建立当代文学研究会的材料》一文，发表在一家综合杂志上，不容易看到，这次也收入本书。

2022年9月7日

从田野调查到开掘

——对80年代文学史料问题的一点认识*

引　子

显而易见，当代文学后40年成就最高的是“50后”一代小说家。他们大都是80年代登上文坛的。这给我们一个历史时段的感觉，这时段就是以80年代为中心的“作家世代”。对中国当代文学史，我是从一头一尾来切分历史时段的；对于这一代作家来说，80年代是头，2016年大致是尾。① 如果按1976年到2016年来切分，是整整40年。在这“作家世代”的视野里，有人将作家创作高潮前后比喻为曲线的上升和下降，说他们一生的文学创作就是一种“曲线运动”。他们将已故世的203位作者的337部作品，仍活着的285位作者的396部作品，分为不同档次。再从作者年

* 这篇文章，是根据笔者2016年9月29日在香港岭南大学“现代文学与古典文学的相互穿越：故事新编与理论重建”国际研讨会和10月22日在西安召开的中国当代文学研究会第19届年会的大会主题发言撰写的。主旨强调，当代文学研究目前有“历史研究”和“文学批评”两种形态，而当重要小说家已完成他的主要历史段落后，对他们的研究就不能仅停留在文学批评上，而应该开展扎实深入的历史研究。这篇文章的关键词“田野调查”，指的就是与历史研究的相关问题。

① 这个文学史的尾巴，只是切分历史时段的暂时性说法。例如，中国现代文学史将每个历史时段的头与尾切分为“20年代”“30年代”“40年代”，钱理群、温儒敏、吴福辉的《中国现代文学三十年》即有此特色。经过几十年的学术积累，它被固定下来，逐渐成为现代文学研究者的一个共识，虽也常有商榷文章出现。当代文学有所不同，因为第一线的小说家大多健在，2016年以后他们还会有新作出版，创作寿命也许还会延长到80岁、90岁；它与现代文学史在做历史时段切分时，冰心、茅盾、巴金、曹禺、沈从文、张爱玲和钱锺书等都健在，而1979年后，巴金还创作了《随想录》、张爱玲创作了《色戒》《小团圆》等，但一大半现代作家已经故世的状况，毕竟还有差异。所以，上述时段切分的观点，是从现代文学研究沿袭而来，并非笔者个人臆断。

龄和作品影响力入手，通过大量细致统计与比对得出的结论是：“‘死者’的曲线在 35 至 40 岁时就迅速到达最高点，接着开始下降，‘活人’的曲线上升较慢，在 40 至 45 岁时到达最高点，然后稳定在相当高的水平直至 70 至 75 岁。结论是显而易见的：历史性的考验所作的筛选针对壮年人的作品，尤其是老年人的作品，这些作品被淘汰，让位给年轻人的作品。平均临界年龄在 40 岁左右。”① 根据以上观点，我把一代作家的年龄时段切分在 60 岁。他们假如 20 多岁创作，40 岁左右上升到最高点，那么 60 岁就会出现曲线下降。将 60 岁看作一个完整的“作家世代”，应该没有问题。

把当代文学与现代文学比较也很有意思。鲁迅（1881）最佳小说《呐喊》（1923）、《彷徨》（1926）出版时，是 40 多岁；茅盾（1896）写最佳小说《幻灭》（1927）、《动摇》、《追求》（1928）、《虹》（1929）、《子夜》（1931），是 30 多岁；巴金（1904）创作最佳小说《家》（1931）、《寒夜》（1946）则为 30 岁到 40 岁；老舍（1899）写最佳小说《骆驼祥子》（1936）等，也在 30 岁到 40 岁；沈从文（1902）写《龙朱》《虎雏》《边城》时，年龄在 26 岁到 32 岁之间；张爱玲（1920）是“成名要趁早”的实践者，她二十三四岁的时候，《倾城之恋》《金锁记》就已经铸就了这位女作家的“传奇”。② 莫言（1955）《透明的红萝卜》（1984）、《白狗秋千架》（1985）、《丰乳肥臀》（1995）、《生死疲劳》（2006）等最成熟小说，在 29 岁到 51 岁之间写成；贾平凹（1952）的《黑氏》（1985）、《废都》（1993）、《高老庄》（1998）等最成熟小说，完成于他 33 岁到 46 岁期间；王安忆（1954）写最佳小说《荒山之恋》（1986）、《“文革”轶事》（1993）、《长恨歌》（1995）、《我爱比尔》（1996）和《文工团》（1997）时，大概是 30 岁到 40 岁；余华（1960）的最成熟作品《活着》（1992）、《在细雨中呼喊》（1993）和《许三观卖血记》（1995），写于 30 岁到 35

---

① ［法］罗贝尔·埃斯卡皮：《文学社会学》，于沛选编，浙江人民出版社 1987 年版，第 17 页。在“文学生产”这一章，作者对“作家世代”形成的原因、年龄构成、出身经历、籍贯因素和文化教养等，做了相当细致的分析研究。

② 现代作家小说出版时期，有的按短篇小说集出版时间，有的按杂志刊载时间，计算上可能有出入。

岁。张承志（1948）最好的小说是《心灵史》（1991）；苏童（1963）最好小说是《妻妾成群》（1989）、《妇女生活》（1990）等。现代与当代文学都涌现了像沈从文、张爱玲、余华和苏童这种早熟的小说家。可大部分作家的最佳小说，还是在30岁到40岁完成的，这种规律性现象，与上述“作家世代”创作最高最低点的曲线观点基本相符。可见作家的生命规律现象，无论在中外还是现当代，都是如此。

莫言（61岁）、贾平凹（64岁）、王安忆（62岁）、余华（56岁）、张承志（68岁）和苏童（53岁）等当代文学史一线小说家的平均年龄，已在60岁开外。其他如韩少功、史铁生、铁凝、刘震云、格非、陈忠实、阎连科、张炜、阿来等一线作家，也是这种情形。在“50后”（平均年龄60岁）这个历史时段，在中国当代文学史最辉煌一代作家的历史视野中，我的初步估计是：如果把当代文学分为“前三十年”和“后四十年”，那么这后40年里最辉煌一代的小说家，无疑将文学创作推到了中国当代文学史的最高点。我观察这段当代文学史，感觉它是一片辽阔茂盛的田野，是一片郁郁葱葱的文学大地。我的好奇心是，在“文学批评”极尽40年之功所描绘的这一片辽阔茂盛的田野下面，蕴藏着多少“历史研究”所不知道的文学史矿藏呢？我最真切的感受是，中国当代文学史在这代作家20岁至60岁的创作生涯中，已经完成了一个历史段落。这个历史段落可以分上下层，上层是看得见的文学田野，下面则是还沉睡着的文学矿藏。我把文学田野形容为作家作品，而把文学矿藏形容为产生作家作品的历史原因。当“文学批评”完成了对文学创作精彩的阐释后，我们就想知道，造成这代非凡作家之产生的历史根源究竟是什么呢？这牵涉到一个关于八十年代文学的史料学问题。[①] 没有史料学的积累和跟进，人们是无法真正了解自己时代的作家的。在这个意义上，我所说的“田野调查和开掘”，实际指

① 这方面的积累只是刚刚开始。例如，山东高密县从2007年创刊至今的地方杂志《莫言研究》，对作家80年代的事迹有不少叙述；西安建筑科技大学教授韩鲁华等人做的“贾平凹访谈”资料；延安大学梁向阳（厚夫）对路遥资料的整理，王刚编著撰写的《路遥纪事》《路遥传》等。还有孔范今、吴义勤主编的“当代作家资料研究丛书”（山东文艺出版社出版）、杨扬主编的“中国当代作家研究资料丛书”（天津人民出版社出版）。另外，复旦大学陈思和主编的《史料与阐释》杂志，发表的多是这类文章。

的就是如何建设80年代文学史料学。具体点说，建立史料学的第一步，就是从这种诚恳老实的田野调查和开掘开始的。

一　田野下面的富矿

中国当代文学已经拥有这么丰沃的田野，那么这田野下的营养层和富矿究竟是什么情形呢？为使问题比较细致和集中，我所谈的主要是80年代史料学的一些具体问题。征引材料不仅仅有莫言、贾平凹，还会涉及其他史料文献。

英国著名考古学家柴尔德说，要想了解历史真相，就得开掘地底下的史实材料，人类今天的生活观念和方式，其实都来自田野下面考古遗址的物件之中。历史学家的“任务就是重建能够确保它们相互关联的行为模式。这样，考古学材料的组合就会被赋予鲜活的生命意义”。他还说：“从存留的考古残迹中提取任何种类的历史精华，提取和分类看似冗长乏味的步骤，却与同样单调乏味的发掘和保存一样都是最为基本的。”他进一步指出：“考古学家们非常适宜地借助地质学、植物学和其他自然科学家们的帮助，复原古代社会的环境。”“现实环境”与传统的关系只有通过这些证据“才会被复原出来”。因此它是一项开拓性的研究。①

田野调查就像柴尔德所说地质工作者每天的踩点。他们拿着地质勘查锤，在广袤无边的田野上这敲敲，那敲敲，日出而作、日落而息并到处搜找。研究者也是用作品提供的地名、山川形胜和河流，终日在寻觅作家当年的踪迹。踩点并非都有收获，可能多是重复性劳动，但偶尔也会敲出田野地下某个微妙微弱的回声，他们会顺藤摸瓜地继续按图索骥。不光柴尔德这本《历史的重建——考古材料的阐释》，文献学专家杜泽逊教授的《文献学概要》一书，也给了我的中国当代文学史的田野调查一点启发。他说，地方志就是史、地结合，即地方史与地理结合。各种

① ［英］戈登·柴尔德：《历史的重建——考古材料的阐释》，方辉等翻译审校，上海三联书店2008年版，第89、124、126页。这本书是一部影响了欧洲考古学界数十年的考古学方法论著作。

地方志门类不尽相同，“大体包括舆图、疆域、山川、名胜、建置、职官、学校、赋税、物产、乡里、人物、艺文、金石、灾异等项内容”。它们是“我们研究历史、地理、物产、风俗等极重要的资料，有着无可替代的作用”。他还引用明宋濂《苏州地方志》的话说：“数百里内，二千载之间，其事可按书而得矣。”意思是，这个地方数百里范围内两千年来的人与事，都没变化，因为都在地方志上记着。以“这个地方”的地方志为一个社会历史圈，一个田野调查的地理范围，他提出应该注意这地方的家谱问题。他说：“家谱的中心内容是记世系，以男子为主干，按照血缘关系，先父后子，先兄后弟，依次排列。妇女附于男子、女儿附于父亲，妻子附于丈夫。一般只记男子的名字，妇女不记名。”是因为，“家谱应当起源于父系社会”。① 对一个作家来说，家谱或说族谱是解释他为人处世和写作的起点。家族关系即是一个社会关系网络，这对他性格的形成产生了至深至远的影响。杜泽逊教授指出：家谱的价值首先是“人物传记资料”；第二是“诗文材料”，即创作的源泉；另外还是“研究宗族制度的史料”。对当代作家来说，他们那里的地方志和家谱，就是我们田野调查的重点对象。

有句老话叫“一方水土养一方人”，这就是我们做当代作家的田野调查的目的。就是说，无论他后来怎么远走他乡，与外面的社会发生多么复杂的关联，他们的创作史下面一定深藏着一部地方志。具体来说，我们对他们开展的田野调查就是：疆域、山川、名胜、学校、赋税、物产、乡里、人物、艺文、金石、灾异、历史、地理、物产、风俗等等。这些地理条件和文化气候，是怎么影响了他们的人生观念、文学观念和创作风格。而储藏在作品田野下面的地方志，是通过序跋、通信、日记、收藏、藏书、访谈、自述和创作谈来呈现的。举例来说，贾平凹是陕西省商洛市丹凤县本地人。他创作与这块古称“商州”的地方史和文学地理的关系，就不能不引起我们密切的注意。如果说，1993年的长篇小说《废都》是贾平凹八九十年代创作的一个分水岭的话，那么可以发现，他80年代的小说中有一个关键词叫“商州”。估计大家都有这个印象。他早期小说《商州初

① 杜泽逊：《文献学概要》，中华书局2001年版，第334、346、357—361页。

录》《商州又录》《商州再录》、长篇《商州》等都是以“商州”命名的，即使《浮躁》写的那条州河，指的也是横穿商州几县的丹江，这是一条对商州地域人民生活风俗和性情影响极大的河流。我对“商州”这个关键词发生田野调查的兴趣，是因贾平凹的两篇文章《寻找商州》和《答〈文学家〉编辑部问》而引起的。依次顺藤摸瓜，我接着读了作家的五本序跋书《关于小说》《关于散文》《访谈》《朋友》《贾平凹文集·散文杂著》，包括其他零零散散的材料。通过这田野下的大量史料文献，我发现，上面这些小说，以及《鸡窝洼人家》《黑氏》《小月前本》《古堡》《美穴地》《五魁》《天狗》《九叶树》等作品中的情节故事、细节、人物原型，大多来自1983年早春以后，贾平凹多次与朋友孙见喜、何丹萌考察商洛地区（古称商州）七县一百多个乡镇的游历及所见所闻。这个发现让我惊骇不已，也异常激动。我们在80年代说贾平凹是乡土作家，他受了沈从文湘西文学传统很大的影响，但基本是捕风捉影，从来没有做实。因为大家都没有真正动过贾平凹作品田野世界下面那个沉睡的富矿。

据孙见喜说，从1983年春天起，他陪同贾平凹考察了商洛市的商南、丹凤、镇安、洛南、山阳、柞水、商州1区6县，他们一路乘车登舟，一路喝酒唱歌，放浪山水之间，忘情山居乡民和水手之中。“平凹有个很顽固的习惯，即每天不写文章就睡不着觉。”“当他们先坐木排顺流而下，再徒步考察，好奇于两岸奇伟瑰丽的景色。抵达商州最南端的白浪街，看到陕西、湖北、河南三省人民和睦相聚的种种奇异风土人情，更觉惊讶不已。之后又仔细踏看了荆紫关、月亮湾、梳洗楼、马家凸等地。一次去柞水、镇安两县，在古色古香的小镇凤镇，只见房屋飞檐翘脊，街道石板铺路，女子如花似玉，有点像沈从文笔下的湘西小镇。因雨被困在柞水县城，请友人王长志借来县志阅读。”① 80年代中期那几年，也曾陪贾平凹游历商州几县乡镇的何丹萌回忆，平凹嘴馋，路遇买鲜桃小贩，便购来享用。在镇安行至老街，见一户人家死了人，一群人围着棺材唱孝歌，我和平凹便在街对面听。又在镇安山里听到两夫妇“换妻”故事，于是一路寻

① 参见程光炜《贾平凹序跋文谈中的“商州”》，《文艺研究》2016年第10期。文章引用参考了孙见喜的《贾平凹传》里的诸多回忆性史料，上海人民出版社2008年版。

到两家人那里探个究竟。贾平凹在商州打柴胡针时染上乙肝，又在安康一家小旅馆被传染疥疮，这当然是旅途不幸之插曲。他说从商县到山阳县之前，贾平凹看过地区文化馆王军强先生的无笔油漆画，非常欣赏这种将五彩的油画颜料与油漆稀释调和，然后将玻璃沉进去，又拿出来，凭感觉控制调节，让色彩在玻璃上自然地流动，因而生成妙趣天然的自然风光的作画技巧。贾平凹一边读着在商州游历中亲见的山水人物，一边读着军强先生的画，写下了11篇没有标题的文章，合起来称作《商州又录》。[①] 这些第一手史料，是田野调查所得的稀见文献。但因孙、何是陕西本地的批评家和作家，倘不做深入田野调查，专业研究者可能不大会关注他们这些传记著作。

我想将对贾平凹所做的田野调查划出轮廓，绘一幅文献专家杜泽逊所说的“图经”。[②] 这里的图经，是指用文字替代图画绘出当年贾平凹与友人勘察商州山川形胜的一幅路线图，我今年写的《贾平凹序跋文谈中的“商州”》一文对此做了描述。[③] 贾氏叙述故乡七县山川河流走势的文字，则载于他与朋友穆涛的《与穆涛七日谈》这篇长文。（参见《访谈》，第364页，生活·读书·新知三联书店2015年版）根据贾氏的回忆，我描出了他行走的路线图和对山川河流的观感。我在这篇文章中写道：“贾平凹对商州历史沿革、山川走势和小镇陈迹的客观记述，读来像历史学学科中‘历史地理’专业的通俗读物。由此可见他踏勘地形时，心中的确装着司马迁写《史记》、沈从文写《湘西散记》时的眼光和文化情怀。读《与穆涛七日谈》这篇，我才知道贾平凹记忆力极好，似乎过目不忘，对商州地理之熟悉，也达到了如数家珍的程度。”他对穆涛描述：“商州地处陕西东南部，与湖北、河南两省接壤，距西安130公里，是一块极为偏僻贫瘠的山地。唐代以后，这里是由长安经武关到南方的官驿要道，李白、杜牧、

---

① 参见拙文《贾平凹序跋文谈中的“商州”》，《文艺研究》2016年第10期。文章多处征引何丹萌《见证贾平凹》一书，安徽文艺出版社2011年版。

② 杜泽逊：《文献学概要》，中华书局2001年版，第335页。作者指出，宋代以后的地方志，是从前几个朝代的“图经”中演化过来的。所谓“图经”，就是秦汉唐等朝代图文并茂的地理志书籍。

③ 该文载于《文艺研究》2016年第10期。

李贺、李商隐、贾岛、温庭筠在此都留有遗踪墨宝。近代铁路绕道而行，于是商州便成了被历史遗忘的角落。商州现叫商洛市，下辖商州区、洛南、丹凤、商南、山阳、镇安和柞水七区县。商州地处秦岭的阳坡，境内有三条河流：发源于东段南麓的洛水，经洛南穿过河南卢氏、洛宁两县，过洛阳而入黄河，这是著名的洛河。另一条是全区最大的丹江，穿越商州、丹凤和商南三区县，从河南而入湖北，在丹江口与汉江汇合后再归入长江。最后一条是乾佑河，下段则叫金钱河，源头来自柞水境内秦岭主峰的牛脊梁，穿柞水经镇安和山阳，在湖北郧西入汉江。三条河流像毛细血管般自秦岭而下向商州和河南湖北四散流去，养育了当地人民的历史民俗、秉性世情。仿佛是在高空航拍俯瞰这幅商州的历史地理图，贾平凹对穆涛说："一座秦岭主峰分隔了家乡与西安，那座著名的华山，其阳坡就在商州。在商州还有一座真正属于商州的名山，那就是商山，是历史上有名的秦汉时的'四皓'隐居处，商山位于丹凤县州河南岸，山形奇诡，凸凹有致，因雪后初霁，峰峦组合呈一个'商'字而得名。"这是他对商州山地形势及河流的详尽描绘。如据此绘出一幅文学地理图，贾平凹四十年创作生涯的角角落落就水落石出了。①

其实，贾平凹和莫言早对人们只热衷于他们作品的主题思想、创作观念，而忽视作品与历史文化地理的血缘关系感到过不安。去年贾平凹在香港召开的"贾平凹作品国际研讨会"上，就强调了其创作与商州丹凤山川地理的密切关系，说他小说描绘的故乡地理形貌，基本都是原来的样态。② 莫言 2003 年 1 月在出版本《檀香刑·后记》里也声明，小说创作灵感和叙述节奏就来自家乡高密地方戏茂腔（实际是猫腔）。以前我对这句话不太在意，虽也有点疑惑和预感。2014 年 10 月，我利用会议跑到高密做实地考察，走访了他大哥管谟贤先生等人。回来又查阅他家乡办的杂志《莫言研究》等十多册，了解到猫腔产生、演唱和传播的历史，找到不少莫言少年时登台演出的史料，以及作家的回忆文章，忽

---

① 参见拙文《贾平凹序跋文谈中的"商州"》，《文艺研究》2016 年第 10 期。

② 贾平凹：《文学与地理》，《东吴学术》2016 年第 3 期。这篇文章，贾平凹在香港他的作品研讨会上的发言。

然有种茅塞顿开的惊讶感，这才发现莫言与高密地方戏极深的渊源关系长期被我忽略了。从我搜集材料到写文章，还没意识到这其实是在做关于80年代莫言创作的田野调查。今天看来，这真是柴尔德和杜泽逊两位先生所说的考古和文献意义上的那种田野调查了，只不过针对的是当代的小说家。为此，我写了《茂腔和说书——莫言家世考证之九》①，现在不妨抄录一些片段与方家共享："1999年，莫言写的《茂腔与戏迷》，大概是第一篇谈论这个地方戏的文章。他说：'茂腔是一个不登大雅之堂的小剧种，流传的范围局限在我的故乡高密一带。它唱腔简单，无论是男腔女腔，听起来都是哭悲悲的调子。公道地说，茂腔实在是不好听。但就是这样一个不好听的剧种，曾经让我们高密人废寝忘食，魂绕梦牵'。"又例如，"莫言还有一篇文章《谈过年》，比较详细地谈到自己在家乡演戏的情景。这可看做他业余演唱茂腔的具体例证。他说按平安庄及其周边的乡村习俗，一般是除夕到初二吃年饭和饺子。初三初四开始走亲戚。初五再走一些不紧要的亲戚。初六、初七就得干农活了。临近正月十五又是一次乡下人过年的小高潮，不过吹拉弹唱等就是乡村娱乐中最亮丽的形式"。莫言家乡太平庄地处三县交界，年关别的村子到他们村庄演，他也跟着村里人到外乡去演出，忙得不亦乐乎，也其乐无穷。再例如，高密文化局王金孝、魏修良，题为《戏苑奇葩——高密茂腔》的文章，说猫腔原是在高密附近几个县流传的民间小剧种，表演程式经历了一个由粗糙到精细的漫长过程。茂腔的起源应该归属于山东地方戏曲的"肘股子"系列，在这种民间俗称"姑娘腔"的基础上，"吸收花鼓秧歌的剧目及表演程式，逐步形成为声腔系统"。"'肘股子'还称作'扭股子'，指演员表演中扭动腰腿的形态，这与秧歌中'三弯九动十八态'的舞蹈动作相吻合。"传说这种表演程式，由清初一位还俗的姓周的尼姑最早发明，她"聪明伶俐，能文善唱，经常以民间小调演唱人间不平，并将小调与流行于高密、诸城、安丘、临沂等地的秧歌、花鼓融合一起，形成一种声腔广为流传，引起了农民群众特别是妇女的共鸣，就这样一传十、十传百、久而久之便形成了脍炙人口的'周姑子'调。"

① 刊于《现代中文学刊》2016年第4期。

还例如，莫言从小听集市上艺人说书的逸事。莫言在《买白菜》中说："集市在邻村，距离我们家三里远。"母亲要他帮忙送白菜，菜卖掉后，可以换点买油盐和其他日用东西的钱。莫言怕耽误上课不想去，又怕母亲不乐，只能勉强送菜。当然，如果周末无课，他也喜欢逛集市，因为那里有卖草鞋的，日用百货的，小吃摊，乡下人的说笑逗乐，三教九流，有小孩子所喜欢的热闹和繁杂。他最喜欢听那里的说书，痴迷到"心无旁顾"、情感全面"投入"的程度。由此，我在这篇田野调查性的论文中感慨道："莫言给我们提供的这个实证材料，既证实了话本小说这个古老的'说话'形式在古代与今天的穿越，更证实 1960 年代、1970 年代作家家乡高密县一带仍然盛产这种品种。这个古老品种，没想到再过几十年后终于深刻影响了一个从这里走出去的当代小说家。"①

我这篇关于当代小说家的田野调查写得好坏另当别论。但我窃想，假若以后这类文章再多一些，可能许多作家的人生经历、创作生涯和风格的形成原因，就不会像在文学圈子这样人云亦云，甚至以讹传讹了罢。②

二　开掘为田野踩点提供了反证视角

从 2015 年下学期开始，我带着博士生在做一些作家稀见材料的搜集发掘。有时感到比较困难，主要是采访当代作家不易，到图书馆搜求公开书刊史料文献，又发现相当粗略简单，诸多语焉不详，或故意隐晦。早在几年前，我就对著名小说家张洁先生作品中突出的"自我"和"恋父"色彩发生兴趣，因张先生自己闭口不谈，近年又因年事高远居美国，这段文学史掌故就几乎陷入断绝。好在我的博士生谢尚发执着勤恳，不愿放弃，经过一番努力，终于为我们查实了张洁先生的

① 参见拙作《茂腔和说书——莫言家世考证之九》，《现代中文学刊》2016 年第 4 期。

② 经常在坊间听到一些关于作家逸事的传闻，有的倒比较确切，有的则明显错讹，张冠李戴、随便组装的现象也还不少。

部分家世和婚姻逸事，这对我们深入理解从《爱，是不能忘记的》《方舟》《沉重的翅膀》到《无字》等作品里作家生命的心路历程，有不小的帮助。至少，解决了我内心困惑很久的张洁小说的“自恋”“恋父”形成之原因。我真没想到，自己几年前的困惑，竟原来是在文学史田野上反复踩点。我曾困惑这是不是一种毫无头绪的无意识活动，没想到谢尚发这次初步挖掘就此提供了一个反证的视角。文学史研究中一些看似无意识的须臾念头，经这种反证，证实就是敏感精确的田野的踩点。这是我过去没想到的。

谢尚发在发掘材料时就感到，张洁一向对自己身世和感情生活讳莫如深，也不愿谈论。他找到社科院研究员何火任先生写的一份“张洁小传”：“张洁，1937 年 4 月 27 日出生于北京。……五十年代初，张洁在抚顺念中学，……1956 年中学毕业，她希望报考大学中文系，老师推荐她学经济，于是进入中国人民大学计划统计系学习。……1960 年大学毕业以后到第一机械工业部工作。……1969 年她与同事们一起下放到农村‘五七’干校，干着各种粗重的体力活，1972 年返回北京原机关工作。”在读张洁文章时，他看到作者一篇散文流露出对父亲的恶感：“我应该叫做父亲、而又不尽一点儿父亲责任的那个人，一家伙把我和母亲丢下，一个大子儿不给的年月，我们全是靠稀粥度过艰难岁月。”这对被抛弃的母女，生活陷入上顿不接下顿的境况，曾让幼年张洁饱受生活磨难。于是，她借哀悼母亲的文章回忆起自己不幸的童年生活：“从幼年起，就跟着妈住她任教的小学单身宿舍。在食堂开火，连正经的炉灶都没有一套。馋急了眼，妈就用搪瓷缸子做点荤腥给我解馋。一到年节，看着万家灯火，就更加感到那许多盏灯火里没有一盏属于我们的凄凉，我们那个家就更显得家不成家。”从心理学角度看，人生最大目标都是在追求心理补偿。越是没有父亲保护、由爱生恨的孩子，长大后越会因没安全感而产生更强烈的恋父情结。作家中不乏这种人，如张爱玲的婚姻选择即为显例。如此，就知道张洁为什么敢于冒犯世俗禁忌爱上年长自己二十几岁的孙友余老先生了。谢尚发对孙友余这个《爱，是不能忘记的》《沉重的翅膀》《无字》中的人物原型的身世，他与张洁先生的爱情婚姻故事，做了史料翔实的勘察。[①] 这一张洁研究富矿的开掘，不仅极大地拓宽了这位“自叙传作家”神秘莫测的研究领域，而且这种反证，进一步印证了我所主张的当代小说家的“文学史研究”，一定要从田野调查活动的踩点开始的观点。

之所以要做作家稀见材料的搜集发掘，是因为相信赵白生教授所说的“历史是无数传记的结晶”，小说和历史都是写作者自己的“传记”，而“死的事实是过去的，活的史家生活在现在的问题之中”，这一“传记文学的事实”理论。[②] 也即柴尔德所说，史料发掘和考证的最大意义，就是一种“历史的重建”。[③] 我对两位学者观点的理解是，“传记”和“重建”不是要追求单方面的历史叙述，更应通过各种史料的分辨、比较来得出辩证性的结论。单从张洁先生的作家视角看，“父亲”的形象肯定是不佳的；倘再找点史料相互求证，这种反证田野踩点的力度和丰富性就会更充分。所以，我还想引用黄平一篇文章对张洁先生身世的进一步推演。在黄平田野调查发掘的史料中，张洁原名董大雁，父亲叫董秋水。他是一个老革命兼著名的民主人士，父亲董秋水出生于东北，参加过东北军。张学良组建东北大学后，东北大学代校长周鲸文请董秋水出任学校教官，董秋水由此和周鲸文相熟，聂绀弩曾说董秋水“依周为生多年”。“后来董秋水于1937年夏去了延安，又由延安去了香港，协助1938年去香港的周鲸文编辑

① 谢尚发：《灵魂的自传——重勘〈爱，是不能忘记的〉的写作前后》，这是一篇在中国人民大学“重返八十年代”文学史课堂上的文章，未刊。据他考证，孙友余出身于安徽寿县的一个世家，先祖是清代名臣孙家鼐。他本人是抗战时投笔从戎的大学生。重庆时期，在周恩来领导下工作，多次出生入死，是秘密工作战线的出色人物。新中国成立后身为国家高级干部：“孙友余，1915年生。毕业于上海交通大学。1938年1月参加革命，同年6月加入中国共产党，在延安任中央军委三局器材厂技术指导员，1939年奉命派往重庆中共南方局做统战工作。皖南事变后，负责秘密交通和情报工作，参与开辟了川北至陕甘、川东到中原的交通线。1949年6月后任上海市军管会军事代表，华东纺织管理局保卫处长，纺织工业部处长，第二机械工业部十局副局长，第一机械工业部生产调度局副局长、仪表局局长，一机部第一办公室主任兼第九局（原子能设备制造局）局长。1965年任一机部副部长、党组成员。1969年平反后，历任一机部奉新干校校长，一机部副部长、党组副书记，国家机械委员会副主任、党组成员。1983年离休。”张与孙1972年恋爱，1986年结婚，后因各种矛盾离婚。

② 赵白生：《传记文学理论》，北京大学出版社2003年版，第1、17、29页。

③ ［英］戈登·柴尔德：《历史的重建——考古材料的阐释》，上海三联书店2008年版。作者贯穿全书的主要观点，即考古的意义，是在对断简残篇发掘、问疑和考证整理的过程中重建历史。

《时代批评》。1941 年 6 月，周鲸文、端木蕻良开始主编一份创刊的新杂志《时代文学》，具体主编工作由端木负责，萧红也参与编辑。该刊一共出版六期，因香港陷落而停刊。这个时期在香港的文化人很多，周鲸文的刊物渐渐成为一个重要的聚集点。骆宾基于 1941 年 9 月到香港后也寄居于此，住在董秋水的宿舍，由此成为朋友。也是在这一年，张洁随母亲来到香港寻找父亲，影影绰绰地留下对于这些作家的记忆。香港陷落后董秋水带着妻子和孩子去了桂林，骆宾基也来到桂林，长期住在董的家里。张洁渐渐和这位叔叔熟悉起来了，那时的张洁只是在经过糖果店时纠缠着骆宾基买糖，还不会预想到这位叔叔将在多年后给她的命运带来巨大变化。”黄平介绍，董秋水做父亲是不太合格，但个人事业很成功，他是民盟中央组织委员会委员，地位比较高。又说，“她和母亲一路颠沛流离，从北京到香港寻找父亲，又逃难一般从香港到内地，最后在 50 年代来到辽宁抚顺”。黄平也像谢尚发一样，为我们提供了一个理解张洁作品的“寻找父亲”的史料学途径，又难能可贵地保留了这位父亲身上温暖的气息。① 这父亲的体温，直抵张洁的心灵世界，培育了她的性格气质，成就了这位优秀的小说家。就像张爱玲弟弟张子静在《我的姐姐张爱玲》一书中说，没有父亲的书房，也不可能有后来的作家张爱玲。②

我的意思是，当代小说家身世经历富矿的开掘在为研究者田野踩点提供反证视角的时候，研究者自己也不能单纯依赖作家自述等材料，还要采集更多更有价值的富矿，例如黄平对张洁父亲的考证。这是因为，当代小说家家世的考证和研究，很大程度上受制于当事者家人非学术因素的干扰和牵制，受制于微妙的人事关系。要知道，作家自述大多是被作家及其家属筛选过的文献史料，它们已经被从地底下搬到了田野上。而田野下的许多矿藏，还在那里沉睡着，有些就像是被废弃的矿石。假如我们不再往下挖掘，许多有价值的材料也许会永久湮没了。如果那样，我们在田野上经

---

① 黄平：《“自我”的兴起》，拟发《当代作家评论》“重返八十年代：史料发掘”专栏。

② 张子静：《我的姐姐张爱玲》，吉林出版集团有限责任公司 2009 年版。据张子静回忆，父女俩没有断交前，父亲对姐姐的学习读书甚为关心，经常在他藏书丰厚的书房里指导姐姐学写古典诗词，与年少的张爱玲讨论《红楼梦》的问题。这种家学，对张爱玲的古典文学修养有很大帮助。

年累月的踩点还有什么意义？没有反证视角的支持，没有反证视角的指引，那么就会成为作家自述及家属的学术附庸，成为人云亦云论者的跟从者，文学史研究就变成了在大海上颠簸的一艘没有指南针的航船。

三　矿藏的分布和开掘

既然田野踩点和富矿开掘同样重要，而且唇齿相依，那么对当代作家矿藏分布的调查和开掘就显得必要了。

纵观近40年当代小说，可发现凡艺术上成熟且自成一格的大作家，一定是“地方性”根底最深的创作者，贾平凹、莫言、王安忆、余华、陈忠实、铁凝、刘震云等等都是如此。贾平凹与商州和西安、莫言与高密东北乡、王安忆与上海淮海中路、余华与海盐小镇、铁凝与保定、刘震云与豫北，这里面有许多张需要勘察绘制的地方路线图。所以文献学家张舜徽先生把整理文献分作“修通史”“纂方志”“绘地图”“制图表”“编字典”“辑丛书”等六个步骤，他的解释是：“有一种‘横的叙述方式’，便是以地区为中心，专详于某一地区的风俗、民情、方言、古迹，以及疆域、人物等等，其中又依时代先后叙述各事物的发展变化，这便是地方志书，也简称‘方志’。”史家固然认为方志是史书的旁支，但它却保存了这地方弥足珍贵的社会真实史料，极有价值。张舜徽在说到北宋沈括山川跋涉、细心实地写摹，用木板绘制沿途地图，在行旅中不废测绘的精神时，特别引用沈的一段话来称赞他考察地理时的敬业态度：“予奉使按边，始为木图，写其山川道路。其初遍履山川，旋以面糊木屑写其形势于木案上。未几寒冻，木屑不可为，又熔蜡为之，皆欲其轻而易赍赍故也。至官所，则以木刻之上。上召辅臣同观，诏边州皆为木图，藏与内府。”① 像张先生说到的“辑丛书”，鲁迅也有相同的逸事。周作人指出，鲁迅最初的地方志和文学训练，与他在绍兴抄古书，后发展到辑录编撰乡贤著作有一定的关系：“鲁迅抄得更多，记得的有陆羽的《茶经》三卷，陆龟蒙的《耒耜经》与《五木经》等。”后来他买到一套古籍丛书，“其中全是古逸书的辑本，有

① 张舜徽：《中国文献学》，上海古籍出版社2005年版，第180页。

古史传，地方志，乡贤遗集，自此抄书更有了方向，后来《古小说钩沉》与《会稽郡故书杂集》就由此出发以至成功”。[①] 由此可知，鲁迅的绍兴小镇和乡土小说，脉络是从这些地方志、乡贤著作和杂书中来的。这是作家的角度。研究者其实也需要勘察所研究作家家乡的地图，其中很典型的，莫过于美国学者金介甫80年代为撰写著名的《沈从文传》，多次赴湘西考察凤凰县城、周围地形、山川河流、民俗、轶事，以及根据《从文自传》所精心绘制的沈从文的“地方路线图”。《沈从文传》中译本译者符钦文先生不禁对作者的勤苦功夫赞叹道：“金介甫是历史学家，他为搜集传记史料花了大量气力。他的资料卡片多达六千张，传记正文281页，而用小字排印的注文竟有81页，几乎是正文的一半。”正由于数次造访、亲自勘察，他不单对沈从文家乡的山川形胜了如指掌，心中早就装着一张路线图；而且顺着这张路线图，又考证出《边城》等许多小说的人物原型。[②]

我们大概已经了解了主要当代作家创作矿藏的分布。贾平凹小说写的是商州六县一区、安康若干县乡以及西安城区；莫言写的是高密及周围两县，但中心是他家乡平安庄一带；王安忆写的是上海淮海中路法租界的十几条弄堂；陈忠实写的是西安附近的长安、蓝田等县，还有他家乡灞桥等地；刘震云写的是豫北延津一带的情形；而铁凝写的是保定平原及山区几县的风景，其中《哦，香雪》的背景，大致是她插队的北方某村，具体情况还有待考证来核实。莫言家乡高密与胶州、平度和诸城等县相邻，一条自上而下的胶莱河横贯县境，从平安庄旁边穿过。因河床高于村庄，莫言记得从小家家都要上河堤抗洪。高密七个乡镇，平安庄居于东北方向，故曰“东北乡”。与上游的县城诸乡镇不同，这里历来是泄洪区，地广人稀，也比较贫穷。这条河经常被莫言写进小说，如《透明的红萝卜》《枯河》《秋水》《丰乳肥臀》等，《透明的红萝卜》里的河闸，就从平安庄出去向左不远的地方，这是作家过去经常途经之处，他还在桥洞下做过小工。莫言回忆说：“上个世纪70年代，我在一家棉花加工厂里做工，下了夜班回家，必须要从这座小石桥上通过。如果有月亮还好，如果是没有月亮的夜

---

① 周作人：《鲁迅的故家》，北京十月文艺出版社2013年版，第113页。

② ［美］金介甫：《沈从文传》，“译后记”，湖南文艺出版社1992年版，第431、432页。

晚，我每次都是在接近桥头时就放声歌唱，然后飞奔过桥。回到家后总是气喘吁吁，冷汗浸透衣服。那小石桥距离我家有二里多路。”① 作家对村旁这条河流也有很多记述。例如他说童年时不小心掉进家里厕所，被在家过暑假的大哥救出：“扛着我就跑到河里去了。我们房后面就是一条河。河水滚烫的，好像四五十度那个温度，鱼好像在里面热昏了头了，乱撞，很多人在追鱼，追着追着鱼的肚皮朝天了。我哥哥就扛着我，把我扔到河里面，用一块肥皂，把我全身上下洗了一遍。肥皂是很珍贵的东西，轻易舍不得用，洗衣服用树上的皂角，或者是将草木灰浸泡后，将清水滗出来用。肥皂的气味很好闻，我经常回忆起肥皂的气味。”② 他还说：“60 年代以前，我们高密东北乡真是像一个泽国一样，水多得一塌糊涂，一到夏天连淹一个月。阴，雨水缠绵不断。”“胡同里面全是水，家里边全是水，当时要挖地，一锹下去水就冒上来了。”有一年发洪水，他生病躺在床上：“透过后窗，看到河里的水，滚滚往东去，河水比房顶都高了，河堤要比房顶高，几乎眼看着河水要从河堤上溢出来了。我说的像马头一样的河水就是这样观察到的。”③ 在作家的叙述里，一份详细的平安庄地形图就出来了。他家所在平安庄属于平原上的低洼地区，年年遭逢洪水，河堤和洪水甚至高过了村庄的房顶，这种地理环境，无形中培养了莫言紧张、敏感的心理气质。这种不安感，在他作品中处处可以看到。假如再走到反面和极端，就构成他为反抗这种恐惧而对暴力叙述的狂热爱好。但是，如果要看到全图，得亲自到平安庄附近十几里方圆的地方去走一走，记下每处村庄、河岔、小桥、田野，居民宗族姓氏，历史迁徙状况，以及婚丧嫁娶的各种习俗，像沈括那样绘出非常详细的“木图”自然最好。要再做点家访，访问莫言当年邻居、亲属等，他小说创作里面丰富的矿藏就大约知道一些了。

写过了莫言家乡地理情况，我们再来看王安忆居住过淮海中路等地区。王安忆祖籍福建，不是上海人。她是 1955 年随母亲、著名作家茹志鹃

---

① 《莫言文集·用耳朵阅读》，作家出版社 2012 年版，第 140、141 页。

② 《莫言王尧对话录》，苏州大学出版社 2003 年版，第 54、55 页。

③ 《莫言王尧对话录》，苏州大学出版社 2003 年版，第 29 页。

先生从南京军区大院迁居来的。父亲王啸平是新加坡南洋华侨子弟，祖籍福建。他抗战爆发回国救亡，转到苏北新四军根据地从事文艺工作。新中国成立后在南京军区剧团担任导演，1957 年被打成右派，后转业至上海人民剧院做导演。母亲茹志鹃 1925 年生于浙江绍兴，因家道中落到上海随亲戚生活，失业后跟大哥到抗日根据地参加革命。1955 年从南京军区转业到上海作家协会《文艺月刊》做编辑，因创作短篇小说《百合花》成名。由此可知王安忆移居上海的原因。茹志鹃分配到上海淮海中路一个弄堂，一大一小两间房，在此居住了 19 年。这里是上海人所谓“上只角”地区，意谓高档社区。王安忆在《搬家》中说：“最早，我们家是住在淮海中路。过去，这是法租界中最富贵而上等的马路。”还是“淮海中路上最繁华的一段，我们弄堂的左右有着益民百货商店，百乐照相馆，长春食品商店，大方绸布商店，世界皮鞋店，上海西餐馆，凤凰食品商店，新世界服装商店——这里的服装，可说是领导着上海服装时代新潮流。再拐个弯，便是锦江饭店，那一条林荫道，奇迹般地在这拥挤的闹市铺下了一路宁静。弄堂口是一个小学，我的母校。前边是一大片街道花园。弄堂直对着思南路”①。因子女增加长大，搬到愚园路一个弄堂，房子变成一个单开间（可能是客厅），一个大房间加一个亭子间。这弄堂一边是愚园路，另一边是南京西路，与淮海中路相比明显落后，要嘈杂不少。没想到却成就了一个优秀小说家，这“市民世界”提供源源不断的创作素材，成为王安忆最结实的“生活基地”。② 作家金宇澄在小说《繁花》在 90 页与 91 页之间有插图，这是他亲手绘制的淮海路一带的地图。与淮海路并行的北边是长乐路、巨鹿路，并行南边的是南昌路、复兴路；横贯它的分别是陕西路、茂名路、瑞金路和思南路。③ 这也是王安忆的生活圈，可当作她的文学地理图来使用。八九十年代，受“地域小说”“市井文化小说”“寻根思潮”

① 王安忆：《搬家》，引自《寻找上海》，学林出版社 2001 年版，第 87 页。

② 程旸：《王安忆小说与“弄堂”世界》，《文学评论》2016 年第 2 期。

③ 金宇澄：《繁花》，上海文艺出版社 2013 年版。与王安忆不同之处在于，金宇澄对自己作品有明显的“文学地理”意识。作品中有很多作者自绘的地图、物品、建筑、街道及 70 年代人们使用过的各种鞋帽等等，不仅指示了小说人物的生活场景、习惯、习俗，而且描绘了这座城市的历史氛围，对研究颇有参考价值。

和上海崛起文化热等的影响，王安忆本人曾对上海地方志下过一番功夫。她在文章《寻找上海》里承认："在当时'寻根'热潮的鼓动下，我雄心勃勃地，也企图要寻找上海的根。"有段时间我"坐在图书馆查阅资料"，恶补上海的都市发展史。她还找来一位老先生开列的"《同治上海县志》（四本），《民国上海县志》（三本），《上海市大观》，《上海轮廓》，《上海通志馆期刊》（二本）"，"还有收藏于徐家汇藏书楼的《上海生活》"等，勤奋研究并抄录这些书籍中的上海建筑、古迹、民情民风、轶事和方言、俚语，等等。① 她在图书馆与一位来上海社科院历史所访学的美国学者切磋，这位学者当时正研究江南一个名叫邬桥的小镇。于是王安忆就来了个移花接木："我写《长恨歌》，李主任坠机身亡，改朝换代，我要为王琦瑶寻觅一个养伤之处，便找到了它。邬桥，我至今也没有去过那里，看见它，但它却给我一个神奇的印象，它避世却不离世，虽然小却与大世界想通，它可藏身，又可送你上青天。这可称作图书馆里的轶闻吧。"② 凡此种种，都能看出王安忆对自己这块文学地理，起初只是熟悉，后来便自觉留心考察，以作家感官亲自触摸这地形的一街一景，烟火缭绕的凡俗人生，品察它的文化脉络及细微纹理。由此而形成自己独特的"上海地方性"，形成看世界的眼光、角度和方法。

以上只是说了作家矿藏即文学地理的分布，所据材料大多是他们的自述。如要开掘，这些材料还仅具有田野踩点的价值，还不算是开掘式的深入研究。从我的经验看，不能根据作家所说而说，文学史研究是要将其拉伸、扩展、问疑、补充，在田野调查的地表下面，再用锄头深深地挖下去，最后开出一个很大的历史遗址，一个文学的考古场地。我们得像地方志所指示的那样，"修通史""纂方志""绘地图""制图表""编字典""辑丛书"，或了解把握那里的风俗、民情、方言、古迹，以及疆域和人物；像北宋沈括先生那样，在文学史行旅中不废测绘的精神时；像鲁迅从抄录和编撰本地乡贤著作遗集一样，深入把脉当地文化精髓；最不济也如

① 王安忆：《寻找上海》，载《海上》，华东师范大学出版社2008年版，第1、2页。

② 王安忆：《到图书馆去》，载《空间在时间里流淌》，新星出版社2012年版，第146页。

金介甫那般，反复深入湘西的山川形胜，做到像他的资料卡片多达六千张，传记正文 281 页，而用小字排印的注文竟有 81 页，差不多有正文的一半。因为迄今，我们只略微知道一点点贾平凹、莫言和王安忆作品“地方志”影影绰绰的影子，而基本未碰那下边曲折蜿蜒的矿址，知其一却不知其二。例如，商州、高密东北乡和上海淮海中路的历史知识和氛围究竟是什么，作家与它们最真实的关系究竟是什么，仍是云遮雾罩的状态，还没有一个比较充分的清理方案。

2016 年 11 月 7 日于北京亚运村

2016 年 11 月 8 日再改

中国当代文学的“下沉期”

一

2019 年，是中国当代文学史七十年，是整整一个历史单元。因为有了历史长度，我估计是，当代文学史研究开始进入了“下沉期”。

什么是“下沉期”？它指的是一个研究、评论对象，变成了研究对象，它的位置下沉到了能够做历史研究的状态，比如十七年文学。在这个领域，洪子诚的《材料与阐释》，黄发有的十七年文学传媒研究，张均的十七年报刊史研究，王秀涛的《第一次文代会始末》的档案研究，是值得注意的成果。① 还有吴秀明、袁洪权、易彬、斯炎伟、赵卫东等的资料整理和研究。在七八十年代之交这个点，黄平的新时期文学“起源”研究，李建立的《今天》杂志研究，也是新看点。从这些研究成果来看，“材料”开始作为“史料学”的骨干部分，被人们重视；“材料”的历史可信度在增加。而在前几年，这种现象几乎是不可想象的。我经常说，一个学科的兴起，是以“史料学”为基础的，没有史料学建设，它只被人看作是一个没有学科自律的群体。前些年，学术界对当代文学界的观感不好，认为它乱糟糟的。现在没有这类偏见了，因为一批当代文学史研究成果开始浮出历史地表，我们也觉得，当代文学史研究真的有起色了。

其次是“半下沉期”的研究对象。它专指两个现象：一个是 80 年代

---

① 张均的这项成果叫《中国当代文学报刊研究（1949—1976）》，王秀涛的成果叫《第一次文代会与当代文艺的发生》，两部著作拟编入程光炜主编、北大出版社即将出版的第三套“中国当代文学史研究丛书”。

文学研究；另一个是故世作家的研究，例如路遥、史铁生、邹志安、陈忠实以及老一代的高晓声、陆文夫、方之和张贤亮。按照中国历史研究的习惯，故世作家是死者，他们作为一个历史段落，可以被列为研究对象。不妨举几个例子。鲁迅 1936 年去世，1938 年第一套《鲁迅全集》就出版了，虽然编选的体例比较乱，没有后面那几套《鲁迅全集》完善（1958 年版、1973 年版和 1981 年版）。路遥 1992 年去世，到今年整整 27 年，他的全部作品已完成，他人生道路的大致脉络差不多水落石出，基本上沉淀下来了，已经是相对稳定的文学史研究对象。所以，人们对《路遥传》《路遥年谱》的撰写和出版不会感到奇怪，也开始慢慢接受。与此同时，《高晓声年谱》《陈忠实年谱》也已出版，因各种原因，它们没有前面两部传记年谱完备。王彬彬研究高晓声的八篇系列文章陆续出炉，材料不少，而且越做越细，他这种以作家传记材料为基础的专题研究，比较有可信性。你跟他争论，他可以拿材料回击，你拿他没办法，除非你再拿出新的材料与他争论。像这样拿材料来争论，就比我们过去，总是拿观念和某种理论来争论靠谱，这是真正的学术研究。

第三个是健在作家的研究，比如贾平凹、张承志、莫言、韩少功、王安忆、余华、苏童、格非、刘震云、金宇澄、阿来，还有铁凝、李锐、刘恒、方方、池莉、毕飞宇、李洱等。但现在有一个误解，认为与他们创作相关的文章就是研究，这恐怕是评论。所谓文学史研究，一个是分期，另一个是作传。分期是针对健在作家依然在不断创制新作的情况而言的；作传是要把他们某一个时期的文学活动用传记形式记述下来，构成一种相对完整的历史叙述。先说分期，贾平凹是目前作家中新作量最大，创作欲旺盛的一个作家，短期内也没有罢手的意思。那怎么办？我觉得可以 1993 年《废都》为界，把他的创作切分成前后期。前期可以研究，后期先不管它。我的依据有两个：前期是作家围绕着“商州”六县一区的山水风物来创作的文学作品，是他的“返乡之作”，有点像鲁迅的“绍兴世界”，沈从文的“湘西世界”。它们在艺术趣味和审美风格上也受到废名、孙犁，尤其是沈从文小说的明显影响，当然有很多突破超越的地方。在我看来，贾平凹前期创作的成就，一点也不逊于后期创作，特色也许更加鲜明。如果说，前期的贾平凹是小说家、散文家，后期的他，以后也许会被当作周作人那样的杂家来看。已经问世的贾平凹各种传记有近十部，虽然良莠不齐，也有了一定的材料基础。它们对传主前期的生活事迹，叙述比较详细，尽管也有不少为贤者讳的疑点。孙见喜、何丹萌的传记，对贾平凹的家族、父母、村落和前妻的情况，有比较清楚的交代。对创作《废都》前后家庭矛盾及复杂心理特征的叙述，尤其详细充分。从研究的角度说，孙见喜和何丹萌的著作，有关他们 80 年代初陪同贾平凹几次同游“商州”六县一区的记述，有许多采集点。几个人在田野调查过程中，沿途上的点点滴滴，读起来颇为有趣。我 2019 年 4 月跟韩鲁华、张文诺老师去棣花镇，走的不是当年孙、何陪贾返乡的那条旧路。我们怀疑原来是一条古道，而不是这条笔直的高速公路。我们避开了他们当年路途的崎岖艰难，但同时也失去了那种历史感觉。没有准确历史感觉的研究者，只能依靠当年随行者写下的作家传记，来揣摩作家的活动踪迹，音容笑貌，包括路途上的各种趣闻。由于受到这次田野调查的启发，我在与商洛学院的老师们交流时，建议他们对贾平凹早期作品的写作地点，不妨先做一个比较系统的地名考察。历史地理学，是历史学科的一个分支。我们其实也可以把这个研究方法搬过来，对贾平凹每篇作品相对准确的写作地点，以及它们的当事人一一考证出来，出一个小册子，方便以后的研究。以上，是笔者认为贾平凹前期能够进行研究的两个粗浅的依据。

另一个作家是张承志。前几天我对学生说，现在看来，当年批评攻击张承志的人，都没有他读的书多，也没有他有见识；他被误解的地方，恰恰是最值得研究的地方。这句话，是经过长时期的观察得出的一个看法，虽然比较尖锐。为什么要这样说呢？我认为张承志是与贾平凹、莫言和王安忆等处在不同路线上的一个重要作家。张承志的思想性，与其他几人的生活叙述，构成了一种对话关系。没有这种对话性，当代小说的状况可能是寂寞简单的，它的历史完整性是难以成立的。另外，我认为在当代稍有思想的作家群体中，张承志的思想脉络最为清晰，当然也充满矛盾和争议。在这个意义上，张承志是一个可以把六七十年代思想与八九十年代文学串联起来的作家，从《黑骏马》《歌手为什么歌唱母亲》《金牧场》《北方的河》到《心灵史》中，有这么一个历史线索。我们这些人今天的思想状况，不可能不与六七十年代思潮发生密切的关联。研究张承志，也可能是研究与他同时期的一代人。在这个意义上，贾平凹、莫言等乡土作家，是无法满足我们这些人的心灵需要的。张承志是一个在作品意义上感人至深的作家，是一个与你的内心世界能够对话的作家。不管喜欢不喜欢《心灵史》和长篇散文《敬重与惜别》，你都无法排斥掉那里面确实有某种感人至深的地方。从技术上讲，张承志的文学史研究不是分期，而是应考虑如何把这几个东西的史料挖掘出来，他的知青生涯、考古生涯、散文随笔中六七十年代的思想活动、语言功力、宁夏西海固等这几个点的材料不出来，张承志就会被误解被误读，对他的批评攻击就很容易。张承志之外，我认为史铁生、韩少功也值得研究。

但有一个问题容易引起争议：健在作家能否入史和作传？这大概是现代文学界的一些偏见人士，对当代文学史研究发出的质询。其实，巴金、曹禺、艾青、沈从文还在世的时候，北京十月文艺出版社的黑皮本传记就都纷纷问世了。世人不仅没觉得诧异，似乎还好评如潮。有一段时间，生活·读书·新知三联书店书柜上一直不下架的，就是这套书。这说明，在优等学科那里，健在作家是有入史和作传的合法性的。比如，凌宇作《沈从文传》的时候，在一些老先生那里并不讨好，它照样也出版了。美国学者金介甫作《沈从文传》的时候，老先生的身体还很康健。我作《艾青传》时，艾青先生住在医院，不好探访。不过，我在他家却受到了热情的接待。又比如，夏志清的《中国现代小说史》（1961 年）出版的时候，张爱玲也只有四十多岁，虽然当时在美国混得不如意。夏先生不光作传，而且把传主变成自己的帮扶对象。有夏先生与张爱玲先生在小说史出版后的通信为证：夏在《张爱玲给我的信件》“自序”中说：“张爱玲至迟在一九六一年三月收到我寄她的英文初版《中国现代小说史》之后，即同我通信了。”① 按照传统史学作者保持客观超然态度，秉笔直书，并没有要与传主或亲属见面叙谈的惯例，这多少有点举贤不避亲。然而，夏先生也不掩饰与张爱玲正式交往的兴奋之意：给张爱玲找到一个将《海上花列传》翻成英文的活，张爱玲见信大为高兴：你们信里“提到《海上花》，这本书我一直最喜欢，老有个志愿把它译成英文”。不敢相信有这种意外之喜，

① 夏志清：《张爱玲给我的信件·自序》，长江文艺出版社 2014 年版。

感叹都是因在美国文坛没有名气之故："除非自己写的东西有点名。所以我找副业永远是个 vicious circle，能够写作为生又不必找副业了。"因此，"想帮我打破这 vicious circle 的寥寥几个人是我最感激的，因为我知道这问题之难"①。夏志清除在小说史里大大抬高张爱玲的文学史地位，还不辞辛苦地替她在大学找教书工作，排忧解难，已有研究为证。② 由于台湾香港对小说史的认可，张在那里马上大红起来。她后半生都是靠皇冠出版社的版税生活的，去世后，银行账户上还结存着 200 多万美元。据我所知，在八九十年代现代文学界，与传主有来往的作者也不在少数，他们是：田本相与曹禺、叶子铭与茅盾、凌宇与沈从文、郭志刚与孙犁……③

二

为什么说有的现象还处在"半下沉期"呢？我再做一点解释和补充。

第一是故世作家研究的材料遗漏问题。新时期故世作家的研究资料，因为陕籍作家、批评家和学者近年来的共同努力，路遥研究资料已有一定基础，我看到的"回忆""研究专辑""传记"等大概有二十余册。梁向阳的《路遥传》、张艳茜的《平凡世界里的路遥》和王刚的《路遥年谱》尤为翔实。不过遗憾也在所难免，路遥与林达的关系究竟怎样，还是猜测的状态（路遥写第一部《平凡的世界》时，两人还有通信，这些是否在林达手里，或者已被销毁，均不得而知）；再如，路遥的"文革"问题等；现在"传记""年谱"讲得比较清楚的是路遥 1976 年到西安《陕西文艺》杂志工作之前的材料，他到西安以后的材料，尤其是创作《人生》《平凡的世界》的材料明显不足。据闻，路遥故世后，许多重要材料，大部分在他三弟王天乐手里（《平凡的世界》孙少平的人物原型）。王天乐去世后，这些材料现在为谁所

① 夏志清：《张爱玲给我的信件》，长江文艺出版社 2014 年版，第 21、22 页。

② 见程旸《美国视角中的张爱玲》，《文艺争鸣》2016 年第 10 期。

③ 但有一个例外，因叶子铭后来身体欠安，《茅盾传》的撰写工作就交给弟子沈卫威完成。沈本《茅盾传》依据史料写到茅盾流亡日本期间，与一女记者同居的事迹，传记出版后，曾被亲属韦韬告上法庭。这个结果，恐怕是叶子铭不愿看到的。

得、所控制，我不太清楚。《路遥传》作者厚夫和《路遥年谱》作者王刚，并不是幸运的人。这是一个大问题。另外，由于他妻子林达女士和女儿路远拒绝采访，隐世而居，很难打开这个文学史黑箱。二人的闭口不言，使得不少材料还处于封存状态。

作家研究的材料遗漏，即使在健在老作家身上也很典型。我在几个场合，都呼吁开展80年代初“北京作家群”的研究，例如王蒙、邓友梅、从维熙、刘绍棠、浩然、林斤澜等。因为，北京作家群对新时期文学思想的破冰之旅贡献极大，他们是思想探索上走在全国文学界前列的老作家。赵天成的博士论文《重构“昨日之我”——“归来作家”小说“自传性”研究（1977—1984）》，是一项值得肯定的成果。论文发掘了王蒙等北京作家50至70年代鲜见的生活事迹，部分修复了当年文坛现场，由于是在抢救材料的基础上开展的研究，这就对这一代作家的“小说”与“自叙传”的关系产生了新颖的理解。朱明伟的《林斤澜复出考》，以翔实的材料，披露了北京许多作家劫后归来的情形，例如刘绍棠与浩然的失和，浩然在圈子中的寂寞等，都因林斤澜“大哥”的“团结宴”而化解，至少是有所缓解。而邵部的《不群与浩然的性格及文学观》《苍生与“八十年代浩然”》连续突破浩然研究的历史魔障，以丰富的材料和独特的分析，呈现了浩然与80年代文学的复杂关系，对80年代已显固化的历史评价进行了大胆质询。与此同时，我的访问学者翟永明最近写了几篇张弦、从维熙身世遭遇及性格方面的考证文章，明显弥补了材料遗漏的不足。尽管如此，我认为材料遗漏的问题依然存在，比如王蒙研究。鉴于复杂人际关系，以及历史本身的避讳性，三卷本的《王蒙自传》的史料价值固然突出，然而遗憾颇多。如果有人对这部自传展开“索隐”研究，肯定会有较大收获，但更应该乘王蒙先生康健，对其进行突破性的访谈——自然会极其艰难。作为“北京作家群”和80年代文学的“双重穿线人”，王蒙的材料遗漏，是最不应当视而不见的。80年代初，他刚刚登场，就荣任《北京文艺》《人民文学》编委、副主编和主编等职，还有中国作家协会副主席、文化部部长等重要职务，是当代作家中仅有的了解上层情况也最掌握全国文学界情况的一个“穿线人”。王蒙在80年代的位置，类似周扬在十七年时期的角色。我的想法是，在建立他的资料库之前，不妨先做一个丰富翔实的《王蒙自述》，如果能像人民文学出版社的《舒芜自述》那样，历史的谜团定会解开。《王蒙自述》有两个展开的视野，一个是他自己的史料整理，另一个是他谈 80 年代初前后的老作家们。

“半下沉期”的个别历史评价，也疑惑丛生。例如新时期初期几本文学史对“重大题材”问题，采取的是墙倒众人推的方式，简单匆忙地予以否定，给今天留下了隐患。比如，你怎么看路遥《人生》《平凡的世界》中“重大题材”的“重新归来”呢？你怎样看最近一二十年，莫言《酒国》《天堂蒜薹之歌》《生死疲劳》《蛙》，贾平凹《古炉》《带灯》，王安忆《长恨歌》，陈忠实《白鹿原》，余华《活着》《许三观卖血记》《兄弟》，阎连科《日光流年》《受活》，格非《春尽江南》，李洱《花腔》等作品，对“重大题材”资源的再利用呢？相对于研究界的集体沉默，倒是作家们先走一步撬动了这个敏感的文学命题。在他们的理解中，这已经不是为政策服务的重大题材，而是以人与历史关系为中心的重大题材。这是抛弃了演绎历史意图的重大题材，是保留了作家历史情怀、历史视野和认识高度的重大题材。它也许是一个重回 19 世纪文学怀抱的重大题材的写作。再比如，对现代派文学的过分颂扬，对现实主义文学的简单排斥。冯骥才、李陀、刘心武的关于“现代派”的通信、高行健的《现代小说派小说技巧初探》，历史价值不可否认，然而也引发对现代派文学的当代迷信。还有对“叙述”的强调，也存在不小的问题。《虚构》《冈底斯的诱惑》《现实一种》《河边的错误》等先锋小说，确实有文学探索的意义，但它们毕竟是作家早期不成熟的作品。现在的教材和研究文章，只谈它们的探索价值，却回避其艺术的稚嫩和突兀，原因即在学术界对“叙述”主张存在的不足没有认真讨论。如想推进先锋小说的研究，好的办法还是对相关作家进行分期研究。在分期的文学史视野里，可以看到有的作家由于成功转型，已经超越了早期小说的实验性阶段，而进入了成熟作家的状态；有的作家由于依然停留在先锋阶段，其作品实际上早已名存实亡。他们身上的问题，可以从对“叙述”观念的梳理开始，尽管现在还不是开展这种清醒理性的学术研究的最好时候。

三

既然谈到“下沉期”，就涉及读书问题。对一个学者来说，他做什么工作，就会读不同的书。以前我热衷文学批评，读过很多精神分析学、结构主义、新批评、叙事学和后现代理论的书籍，比如弗洛伊德、热奈尔、布斯、列维·斯特劳斯、巴特尔、巴赫金、福柯、海登·怀特、吉登斯，等等。后来批评兴趣减弱，转向文学史研究，又改读黑格尔、马克思、梁启超、王国维、柯林武德、韦勒克和沃伦、克罗齐、柴尔德、安托万等人的书。

我近年来感兴趣的书籍是：梁启超的《中国历史研究法》和《中国历史研究法补编》，杜泽逊的《文献学概要》，孙钦善的《中国古文献学史简编》。柯林武德的《历史的观念》，克罗齐的《历史学的理论和实际》，柴尔德的《历史的重建》，安托万的《历史学二十讲》。近几年的文学史研究，受梁启超、柯林武德、柴尔德这几人的书的启发较大。

黑格尔教会我“全部的历史”而不只是“局部的历史”的治学观念，意识到它们之间的辩证关系。他的辩证法在思辨时所产生创新性的思想张力，可以说是惊人的。马克思教会我如何组织材料和问题，当然更有开阔的社会史视野。梁启超把我带入中国史学研究领域，学会了全史、专史、家谱、年谱等具体的研究方法。柯林武德、克罗齐、柴尔德、安托万以西人所擅长的逻辑、思辨的分析框架和研究方法，告诉我如何提出问题，如何定义概念，材料如何围绕着问题和定义往下走。柯林武德的《历史的观念》，我至少通读过三遍，他和黑格尔训练了我逻辑思辨的能力——而在此前，我也是感性地、跳跃性地写文章，是一种说到哪走到哪的随意而为。柯林武德和克罗齐，对研究者与历史的关系的精辟议论，让人终生受益。我知道了研究者如何与研究对象保持客观距离，又如何融入历史的感情和情景当中，“重演”那里曾经发生的一切。

总体而言，我在那些书籍里找到了“史家眼光”。找到了在长时段的视野里看待一个作家的命运，独立地在文学史长河中判断思潮、现象、社团、流派和作家是非的冷静心态。当然在习得研究方法后，尤其需要充分占有材料，在史料学基础上开展细致的研究工作。

举例来说，对如何运用材料文献，杜泽逊《文献学概要》介绍陈垣时提到的一个观点，是非常有意思的。他说，“陈垣《元典章校补释例·校法四例》指出，‘他校法者，以他书校本书。凡其书有采自前人者，可以前人之书校之。有为后人所引用者，可以后人之书校之。其史料有为同时之书所载者，可以同时之书校之。此等校法，范围较广，用力较劳，而有时非此不能证明其讹误’”。

他的意思是，对过去的书，可以用过去的书加以校勘、校对，进行分析比较；这本过去的书被后人引用，可以用后人的书加以校勘，再进行比较分析。但强调，他校法因范围较广，虽然用力很勤，未必能纠正讹误，还有很长很长的路要走。

材料文献是文学史研究的根据，它更是一种历史胸怀。你在掌握材料文献，爬梳浩如烟海的史料时，实际是在完善一种历史胸怀的修为。在这种工作状态中待得久了，就不太相信文坛潮汐的涨涨落落了，就不太跟着文学时势跑了，就不盲从了。而正相反，他对热闹现象充满了警惕，他知道当你得到某种荣誉的时候，也便意味着失去。在这种历史胸怀中，所有的思潮现象、作家作品和文学批评都是过客。我终于理解了当年鲁迅和周作人说自己只是一个“历史过客”的深意。

所以，我对新时期那些俨然已成大作家的人，并没有觉得他们是多么了不起。在几十年内了不起，在几十年外，尤其是在一百年以内也不见得。所以，我强调要对他们漫长的文学道路“分期”。先把能够看清楚的一个阶段固定下来，加以历史化的分析。然而更多时候，是不能看清楚的状况，对一个优秀的作家，对一篇优秀的作品，对很多人的推崇，对很多人的跟风。一段文学史就像一个文学陈列馆。拿这个作家比那个作家，大概可以看清楚他的局限。而拿这篇作品，比另外一篇作品，则知道它的好处。保持“过客”的心态，如同游走在文学博物馆中，外面喧嚣的世界已然不在，绝对安静的是历史的感觉。某种程度上，研究者也类似这种“过客”。他只有把自己与外面的喧嚣的世界隔离开来，才明白自己不过是历史某一个阶段的产物，获得绝对安静的历史的感觉。绝对安静的历史感觉，其实是一个非常好的研究的感觉。研究感觉实际还是一种谦卑的感觉，对热闹走红的作家，对寂寞孤单的作家，它都是怜悯心疼的感觉，而不是敬畏和鄙夷的感觉。这样，从历史的眼光看，那些在新时期俨然已成大家的作家们，都是从我身边纷繁地走过去的一些人。他们早已成为新时期文学史的一部分。

我这些偏误之见，当然是一家之言。我的工作并非臧否作家的创作成就。我也不是一辈子都献给作家的人。我的工作还在历史现象的研究上。作家作品不过是历史研究过程中举的一些例子。

从这个角度看，1979 年到 1984 年之间的朦胧诗、伤痕小说和反思小说是研究不够的。相反，1985 年以后的思潮、现象和作家作品有研究过滥的问题。从历史意义看，前一个阶段历史分量比较重，后一个阶段历史分量比较轻。前一个阶段的作家大都是带着满身伤痕，从历史浩劫中归来的一批人，他们与历史的关系最为密切，也最为惊心动魄。不是说他们的作品如何好，而是说他们揭示的历史问题是极大极深刻的，虽然也只是完成了历史丰碑的十几分之一，他们的作品还都是一些半成品。相较之下，北岛的诗，张炜的《古船》的纵深性和丰厚性的研究，是远远不够的。而归来作家丰富精彩的“生活史”“命运史”的研究，也没拉开序幕。积压了几十年的社会矛盾、人性挣扎和困境、理想与危机的，在上述作品中是大面积、总体性地爆发了，虽然刚刚开头就被打住，但很快转移到日常生活、寻根和先锋上去。历史显然没有得到像样的清理。

鉴于我读的那些书，鉴于我个人的生活经历，鉴于我也是那个大时代的一个成员，我所谓的文学史研究，并非纯粹书究式的历史研究。我在那些书籍中学到的除方法外，还有历史的感情。就像很多朋友已经看到的，我的文学史研究，其实也多少带有一点思想史研究的意味。所以，克罗齐写道：“当人们渴求知识的时候，他们就能把‘资料’的锁打开；但是我们知道，历史存在于我们每一个人身上，它的资料就在我们自己的胸中。因为，只有在我们自己的胸中才能找到那种熔炉，使确凿的东西变为真实的东西，使语文学与哲学携手去产生历史。”他进一步富有启发性地写道：研究者最为重要的工作，“在于寻找和发现那隐存于外表的人心中的内在的人，‘看不见的人’、‘核心’、‘产生其他一切的那些能力和感情’、‘内心的戏剧’、‘心理’”。“如果我们真能使人物与事件在想象中重新复活，如果我们能思索他们的内心，即能思索直觉和概念的综合，即具体的思想时，历史就已完成了”。[①] 在强调研究者利用史料文献的重要性之后，克罗齐更愿意相信“历史的积极性质”和“历史的人性”。

一篇讨论文学史史料的小文章中，我写道：

> 在写《教育——莫言家世之三》的时候，叙述到莫言曾经给当时的国家教育部、山东省招生办、潍坊地区和高密县招生办等各级负责招收工农兵大学生的机构写信，申诉自己无书可读的苦恼，强烈希望能争取到上学机会。为把莫言这件事情的时代背景说清楚，我在文章下面加了一个颇带个人感情色彩的“注 19”，其中写道：
>
> 1972 年 12 月，福建省莆田县城郊公社下林小学语文教师李庆霖给毛泽东写信，叙述自己的儿子和当时下乡知青的困境，揭露了地方上某些干部利用职权开后门招工、参军、上大学的不正之风。次年 4 月，此信由王海容转交给居住在中南海游泳池的毛泽东。据说，读到这封人民来信后，可能触动了内心某种深层感情的缘故，毛泽东当时久久沉默不语，潸然流下了眼泪。他在回信中说：“李庆霖同志：寄上三百元，聊补无米之炊。全国此类事甚多，容当统筹解决。”毛泽东的信通过中央文件的形式逐级下发传达，促使中央高层调整知识青年政策，对某些地方迫害知青的干部严厉整肃。像中国古代社会一样，有时中央政府有些好的政策传到州、县一级便扭曲变样，而前者也常常无奈。“中央”和“民间”两层的隔阂，成为中国社会不同于西方各国的特殊架构，向我们描绘着中国几千年来变与不变的情形。另外需要指出，我们也不能仅仅从政治维度贬低辽宁知青张铁生那封“上书”，虽然他因此摇身一变，成为反“教育回潮”英雄，并得以进入大学。他的上书，与李庆霖的上书，固然诉求角度不同，仍然可完整看做知青社会问题总爆发前夕的一个讯号。若干年后，张氏上书的复杂性，依然可以纳入我们考察历史的范围内，并予以重视。

---

① ［意］贝奈戴托·克罗齐：《历史学的理论和实际》，道格拉斯·安斯利英译，傅任敢中译，商务印书馆 2005 年版，第 14、56 页。

> 不妨说，我在叙述过程中把自己的“感情视角”不自觉地“卷进去”了。我当时确实无法抑制自己的感情，甚至在写作过程中潸然流下的泪水。我心里明白，虽然在写莫言，实际是在写我自己。我在为莫言的人生遭遇流泪，同时也在为自己，也包括了我千百万的同代人流泪。这涉及到感情与历史的关系，涉及到携带着个人感情的叙述者怎样进入到历史认识之中的复杂问题。①

从上述读书、过客说、文学博物馆说到我的历史研究工作一路走下来，我想强调的是：在中国当代文学史的“下沉期”，目前最需要做的工作是七八十年代之交的文学研究，即新时期初期的文学研究。而对它的研究，刚刚才开始，是远远不够的。就新时期文学四十年而言，第一个十年（1975 年到 1984 年）的重要性，酷似于五四文学这十年与整个现代文学史的关系。这不一定是好作家最多的十年，却是历史分量最为吃重的十年。做好这十年的研究，就为新时期文学四十年打好了基础。所以，无论向前推进到前三十年文学研究，向后观望新世纪以来中国文学的发展和问题，这十年，都是思想上的一个关键期。它将会是优秀学者涌现最多的地方。

2019 年 6 月 28 日

① 参见程光炜《当代文学考证中的“感情视角”》，《文艺争鸣》2016 年第 8 期。

抢救当代文学史料*

起初起题目，我本来想谨慎一些，叫《抢救当代文学资料》，称之“史料”容易引起歧义。最近看了一点对“史料”概念的解释，觉得还是用史料较好。有人解释说，通常说的史料，是指那些人类社会历史在发展过程中所遗留下来的并帮助我们认识、解释和重构历史过程的痕迹。人类对历史的认识和研究离不开史料。又说，史料是指可以据以为研究或讨论历史时的根据的东西。一般将史料区分为第一手史料，以及第二手史料。前者是指接近在历史发生当时所产生，可较直接作为历史根据的史料，后者是指经过后人运用一手史料所做的研究及诠释，且二者的界限并不明确（例如史记就很难说是一手或二手史料）。一般中文所称史料，主要是就第一手史料而言。

说到“史料”，我们立刻想到的就是古代文学、现代文学，会纳闷怎么跟当代文学扯上关系呢？这七十年不才刚刚过去吗？离我们的时间这么近，有很多健在的作家，与他们有关的东西，能够称作“史料”吗？还有，这些当事人，包括其亲属，会不会影响、干扰史料的搜集整理和分析的工作呢？也不好说。以下，我会说一点理由，做一点初步的解释。

大家读硕士时就开始接受训练，到人大后接触更多史料专家，想必很了解其内涵外延，无须我多说。因为学校要开博士生指导课，我其实不想接这个活，但也无法拒绝，所以勉为其难地说一点当代文学研究的情况。

---

* 此文为 2020 年 6 月 30 日，在中国人民大学中国现当代文学专业“博士生指导课”的讲义提纲。

一

由于当代文学没有分期，史料建设没有跟上来，研究与批评经常裹在一起打混仗，所以比较乱，缺乏清晰的学科边界和研究自律。而我平时的工作以中国当代文学史研究为主，脑子里对分期、分界和哪些问题可以做，哪些问题不可以做，还算清楚。

为什么说当代文学“史料”呢？还夸张地说要“抢救”？我先说一点自己的理由。在当代文学七十年的视野里讲，这七十年，已经诞生了五代作家。第一代是赵树理、孙犁、柳青、欧阳山等跨时代作家；第二代是新中国培养的作家，萧也牧、李准、马烽、西戎、李束为、孙谦、王汶石、杨沫、梁斌、曲波、吴强、罗广斌、杨益言、杜鹏程、刘知侠、李英儒、雪克、刘流、冯志、冯德英、峻青、刘真、王愿坚、茹志鹃、浩然、贺敬之、郭小川、李瑛、公刘、白桦、流沙河、刘绍棠、王蒙、宗璞、李国文、从维熙、高晓声、陆文夫、方之、张贤亮、蒋子龙、张洁、刘心武、谌容等；第二代作家与第一代作家之间，在年龄、经历和创作道路上的界限有交叉模糊地带，有一些疑点。第三代作家是从回乡知青作家脱胎而来的一批人，张承志、北岛、舒婷、江河、顾城、路遥、贾平凹、郑义、孔捷生、韩少功、李锐、莫言、张炜、王安忆、马原、洪峰、阿城、陈忠实、刘震云、阎连科、史铁生、王朔、林白、池莉、方方，以及稍微年轻点的苏童、余华、格非、孙甘露等；第四代作家是陈染、毕飞宇、李洱、李冯、东西、鬼子、邱华栋等；第五代作家，即是现在说的“70后”“80后”作家。

作家代际的区分，一是根据相对接近的年龄和经历，二是创作与文学思潮的关系。第一代作家大多出生在1910年以后，他们是抗战时期投身革命的老战士。第二代作家出生于二三十年代，在新中国成立以后参加工作，是十七年文学的主要参与者建设者。有些也在伤痕文学、改革文学思潮中扮演了重要角色。第三代作家出生于四五十年代，有知青或回乡知青背景，他们从伤痕文学、知青文学中起步，到了80年代文学中期，变成寻根、先锋和新写实文学等思潮的干将；第四代作家出生于60

年代，跟上一代作家相比，他们跟文学思潮的关系，在一定程度上有所减弱，出现了批评家所说的个人化的倾向；第五代作家出生于七八十年代，性格上似乎更独立一些，思想观念难免也受到了市场经济、大众传媒的影响。

假如按照前面“通常说的史料，就是指那些人类社会历史在发展过程中所遗留下来的、并帮助我们认识、解释和重构历史过程的痕迹”的说法，我以为，第一代、第二代作家，第三代作家的一部分人，可以先列入“史料”考察范围，后面的作家暂不考虑。

对此，我有一个亲身经验。2010 年秋冬，我在澳门大学担任客座教授，因澳门离广州不算远，于是中山大学的张均教授邀请到那里做讲座。那几天，我们曾商量办一个当代文学史料的小杂志，杂志设在中大，由他和师妹黄灯教授张罗，我在外面组一点稿件。起初想到的一个题目，是当代文学第二代作家的“口述史”整理。当时很兴奋，以为发现了一个好领域，可以做点切切实实的事情。可是，当我们掐起指头，一个个把名字捋过来，才发现“20 后”的大部分老人已经故世了，“口述史”只好泡汤。但是，这件事情给了我一个刺激，脑子里跳出了“抢救史料”这四个字。可惜为时已晚。

从这个例子，可以想到此番经验，与 80 年代初现代文学的专家紧急地抢救现代作家的史料，为此创办了《新文学史料》这份杂志的情形，不是一样的真实吗？① 当代文学史，怎么就不能算是“史料”了呢？我最近几年，还有一个经历，让学生去做王蒙、从维熙、李国文等老作家的口述采访，他们都是八十多岁以上的老人，风烛残年，有些已经不能离家下楼，所以，学生要么被婉拒，要么因史料牵涉一些敏感事情、敏感人际关系，也无法去做。这些老作家中，从维熙、高晓声、浩然、张贤亮已故世，其余的人，也不知道什么时候还能接受采访。想想这些状况，“抢救史料”这个问题，日益变得紧迫起来，有了刻不容缓的感觉。

① 中国社会科学院文学研究所的马良春，曾编撰过《三十年代左翼文艺资料选编》，四川文艺出版社 1983 年版。在此前后，不少院校和学者，开始参与到现代文学史料的整理、编辑工作当中。

当然，这代作家中个别故世作家的史料抢救和整理，已经有些眉目，比如浩然。浩然“日记”“通信”正由家人整理，其他方面也会有人跟进。今年的社科基金项目中，就有一个老师申请的《浩然年谱长编》的课题。只是，“作家口述实录”这个最好的“窗口机遇期”，很可能已经错过，不容易弥补。

当代文学第二代作家的史料搜集整理有什么意义呢？我只说一点，就是通过他们的成长史，可以窥见当代文学第一个十年的发生史，可以了解中国当代社会制度变迁史的某些侧面。作为“史料”，它对认识我们今天的精神生活，也不是没有参考的价值。

二

既然说“史料”这个概念在当代文学史研究中，也能勉强成立，那么下面我就说说具体的事例。

前两年，我看过一本书，书名忘了，编写者是德国学者，内容是对“二战”纳粹子弟的访谈录。视角非常独特。作者这个工作曾非常曲折，一是有些纳粹的子弟不愿意接受采访，认为是“家庭之辱”，被拒之门外；二是他们那时只是一个小孩子，在他们眼中，看到的父亲、母亲形象十分正面和家常，没有跟后者的作恶联系起来。即使偶有耳闻，很多细节他们恐怕也不知情。三是随着岁月的流逝，这些长辈会露出一点马脚，有的是纳粹，到了晚年，才吞吞吐吐地讲点他们过去的故事。这本书对我的一个启发，就是如何做第二代作家子女的“口述实录”。当然如果一所大学，花一二十年，组织研究生和青年老师跟踪 10 位到 20 位作家，开展这项工作，将会功不可没。当然，第二代作家与纳粹不是一种人，性质完全不同，我只是打一个比方。意思主要是这种工作的方法比较可取。

比如李准子女的“口述实录”。我不太了解他子女的分布情况，北京、郑州也许都有。北京离郑州，高铁两个多小时，来去方便。如果请河南大学、郑州大学的学生做，就更便捷。就这个实录对象来说，李准的“故事”比较多，他的活动踪迹，可以从十七年时期一直延展到 80 年代初。另外，我感兴趣的还有李准小说的方言问题。他是洛阳郊区的人，洛阳本地的方言、习俗、地域性格，是否也进入了他的小说意识和构造之中？这个视线，就得从亲属身上，转移到洛阳郊区，去查地方志、方言志、习俗史等材料。方言，在语言学学科中，是一个相对独立的研究部门。方言调查和语料整理分析，是这些老师的基本工作，我们做文学史的缺乏这种知识，但可以借一些书来看看。李准的个人经历，对他创作《不能走哪条路》《李双双小传》等代表性作品，有哪些特定的影响？比如，十七年时期河南的政策措施，省报的新闻报道，洛阳地区的具体政策，土改运动后，农民的反应等等，都可以列入考察范围。因为没有这些因素，光在当代文学史层面上谈，他为什么动了写《不能走哪条路》的念头，就不太好解释，前因后果也说不太清楚。花个两三年，或者再长一点的时间，持续做这个工作，史料陆续披露于当代文学研究的各种刊物，一定会受到学界同行注意的。这种蹲点式的研究，往往比打一枪换一个地方的巡游式的文章，更见功底，效果也好。

山西“山药蛋派”作家中，赵树理已是显学，马烽的研究尚属空白，至少不充分。要知道在十七年时期，马烽是山西除赵树理之外的第二号人物，代表作品也多，值得研究。我从一个访问学者和毕业同学做的从维熙研究中得知，作为当时山西作家协会负责人，马烽对落难山西的从维熙有不少照顾。陈为人的《唐达成文学风雨五十年》一书（香港出版），也对马烽这一时期的事迹，有所记载。① 其实，一个比较完整的马烽子女口述实录，可以先走一步。马烽一生的活动踪迹，横跨延安、太行山根据地、山西“山药蛋派”创作、北京中央文学讲习所、“文革”、有调到中国作协做领导传闻等不同的时期，从一个横切面，反映出当代文学第二代小说家的活动史和创作史。有的同学会疑惑，这是一个多么冷僻的研究领域啊。不错，目前确实有点冷，不像赵树理热，但不等于不值得重视。从长远角度看，也有可能把它发展成一个热领域。根据是什么呢？拿出成果来，尤其是拿出结结实实的一部子女口述实录来。先把它们陆续发表在当代文学研究的刊物上，让大家看到。接着做后续的整理和研究，慢慢就会被承认。因为，马烽是“山药蛋派”的一个线头，是重要线索，牵一发而动全

① 陈为人：《唐达成文坛风雨五十年》，溪流出版社 2005 年版。此书是程光炜参加严家炎主编《二十世纪中国文学史》时，严所赠。

身，做对他的研究，等于是把山药蛋派都牵扯出来。一个点做好，另一个工作面就形成了。目前的当代文学史研究，最缺乏的就是这样大大小小的工作面。而在现代文学学科中，这种工作面是遍布于各个领域的。

另一个我觉得值得做的，是萧也牧的子女口述实录。从时间上讲，萧也牧是新中国出现的第一个小说家，他的《我们夫妇之间》最早触及“干部进城”这个制度性问题，比王蒙的《组织部新来的青年人》早了五六年。如果说，柳青、李准、马烽和浩然是在制度设计中创作的作家，萧也牧小说的价值会有不同。目前，关于萧也牧的材料还比较稀少，仅有石湾著《红火和悲凉：萧也牧和他的同事们》等几种。① 邵部的《萧也牧之死探究》等，在材料和研究上有所深入。但总的讲，依然是不够的。所以，赶紧找他的几个孩子做一本《萧也牧子女口述实录》，是一个已变得紧迫的任务，书可以先不出，等到合适的机会再刊行，有一些材料，先在杂志上陆续披露。此外，似也可找中国青年出版社跟随父母下放信阳黄湖农场的子弟，做一点采访，可以作为该书的附录。据我了解，出版社为解决下放父母和子女分离的问题，先后在五七干校创办了子弟小学和中学，不少孩子于是从北京来此团聚。其中，有不少知情人，还有人亲自见过萧也牧被打，后来下葬的情形。这些史料弥足珍贵，真正是到了抢救的时候了。

三

接着我谈谈第三代作家史料抢救的问题。前面谈到的这些人，年龄最大的张承志 72 岁，最小的刘震云，已经 62 岁，都迈入了老人的行列。

在第二代作家史料整理上，建议采取“口述实录”的形式。第三代作家用这种形式，就不太合适。他们大多都健在，出于“为贤者讳”的治学习惯，可先在他们的自述、访谈、少量通信、创作札记和后记里找线索，其后，再把触角伸向杂志与他们有关的材料，比如朋友回忆、转述，等等。把这些看似零星凌乱的材料一点点捋出来，编辑成史料集，编成一个考证性的故事，积少成多，由此开展初步性的史料整理工作。经年累月，

① 石湾：《红火和悲凉：萧也牧和他的同事们》，上海锦绣文章出版社 2010 年版。

一定会在某个时刻起到一点成效。

张承志的创作成就无可置疑，然而其生平史料，基本是个空白。前些时，一个学生到北大档案馆查阅他的入学材料，被拒，理由是需经过本人同意，依据我的了解，张承志是不会同意的。我曾因写《〈心灵史〉的历史地理图》这篇文章，把人大图书馆馆藏的他的60多本书（其中重复编选的作品甚多），都借来读了一遍，对作者的人生经历、活动踪迹有了初步了解。因此，我以为根据这些线索点，可以做以下了解。

一是张承志的家世。他家在北京牛街，出生在一个父母离异的家庭，父亲情况不详，母亲是一个教师，后生病。他的自述从不涉及家庭，从《北方的河》暗含的敌视父亲的细节，以及记述内蒙古房东的《我的额吉》等材料来看，他与家庭关系是比较疏远的、不亲近的。他性格形成的原因，与此似乎有一点牵连。因家世材料没出来，现在只能猜测，无法证实。如果从文如其人的角度看，掌握作者家世的史料，是一个绕不过去的前提。

二是他关于怎么插队事迹的考察。从作者模糊的叙述来看，不知什么原因，他下乡插队的过程好像不太顺利。是他不具备到内蒙古插队的资格，是清华附中的故意刁难，还是家人反对，都不太清楚。比起前一个家世史料，这个问题的分量轻一些，但也不是没有了解的必要。

三是他从事北方考古的十年事迹。在当代作家中，真正可以称之为“学者型作家”的，唯有张承志一人，没有第二个。关于这个史料并不难做，只是下功夫到中国历史博物馆、中国社会科学院和北大考古系办的学术杂志上查找张承志的论文，先做一个编目。然后进一步搜求，他参加过几次河南、新疆等地的考古工作，这些考古队是怎么组织的，负责人是谁，队员有哪些，张承志在几次考古中扮演的哪一种角色。仅仅是助手，还是后来又变成某一项目的小负责人，也需要弄清楚。以按图索骥的方法做，先找好考古线索（学术杂志上应该都有报道、综述、考古报告等信息），再寻找参与者，通过他们回忆张承志这几次活动的踪迹和个人逸事。然后，也以时间前后线索，弄出一个编目，中间夹杂一些叙述文字，终至给人水落石出的印象。不知他的业师翁独健先生的后人是否在京，如果在，这也是一个很好的为线索，采访一些关于张承志读研究生的情况，从中，也可追寻到他从事考古工作的旁证材料。

四是关于进入西海固的情况。西海固的具体当事人不要碰。可以先绕开，从作者的自述等材料里，梳理一点前因后果，当然，他很理想化、浪漫化的散文采信度不是太高，如果有稍微客观一点的材料，则可使用，自然是经过甄别分析之后的使用。与此相关，“文革”红卫兵的史料，与伊斯兰教关系的史料，都暂且放下，都不碰，留待以后再说。据我看到的材料，他萌动这个初衷，是一次在新疆考古时，遇到一个戴白色帽子的老人，一问，祖籍是甘肃的，好几代前从甘肃迁徙到了新疆。张承志是一个训练有素的考古学者，有专业敏感，这触发了他专业的好奇心，由此也揭开了后来进入西海固的重要一幕。显然，这个材料比较稀薄，还得从他的专业、思想、好奇心等等上做文章，找线索，然后像滚雪球一样，逐渐把它放大，变成一幅幅比较清晰的旧照片。这个史料，关乎张承志思想的变化发展，所以比较重要，值得做，但麻烦也比较多，需要特别谨慎小心。

五是留学日本的情况。张承志的散文对此有比较多的记述，其中，《敬重与惜别》这部长篇散文，散发着他思想的光彩，有不少可以考证、辨别、追踪的线索，没有与日本左翼青年及相关历史材料的接触，仅仅靠作者思想的转变，是无法完成这篇宏文的。这个史料，在价值上与“进入西海固”同等重要，值得下大功夫做。如果懂一点日文，能够找到他留学时期的日本学者，让他们提供一点线索，假如学术杂志上也有记载，均可以作为材料线索利用。另外，他好像还用日文写过一本书，国内没出版，如果能找到国外的版本，也是一个不错的材料。

下面说说路遥史料的抢救工作。因为他是一个故世的作家，在第二代作家史料的整理上，是目前做得比较充分，已经形成了一定史料基础的一位。①

① 这些传记和史料是：厚夫的《路遥传》，人民文学出版社 2015 年版；海波的《我所认识的路遥》，长江文艺出版社 2014 年版；航宇的《路遥在最后的日子》，陕西师范大学出版社 1993 年版；晓雷、李星编《星的陨落——关于路遥的回忆》，陕西人民出版社 1993 年版；马一夫、厚夫主编《路遥研究资料汇编》，中国文史出版社 2006 年版；李文琴编《路遥研究资料》，山东文艺出版社 2006 年版；马一夫、厚夫、宋学成主编《路遥纪念集》，人民文学出版社 2007 年版；申晓主编《守望路遥》，太白文艺出版社 2007 年版；李建军编《路遥十五年祭》，新世纪出版社 2007 年版；王刚编著《路遥纪事》，北京时代华文书局 2014 年版；王刚编著《路遥年谱》，北京时代文化书局 2016 年版等。此外还有路遥纪念馆编，北京时代文化书局出版的半年刊《路遥研究》2015 年和 2016 年春夏卷、秋冬卷等一些资料。

我写过一点考证文章，对路遥的情况稍微有些了解，但与专门研究他的学者相比，所知仍然较少。所以，我只谈一两个史料的问题，是否可取，容同行批判。

路遥史料的下一步整理工作，难点在于他的两位亲属身上。

一是对他已故三弟王天乐那八九箱材料的追踪。据航宇《路遥的时间》所述，[①] 路遥去世前，曾把藏有自己手稿、通信和其他重要材料的八九个木箱，交由他暂时保管，以防不测。路遥离世很突然，对后事没有及时交代，所以他去世后，王天乐和九弟一天突然到航宇宿舍，拿走了这些箱子。后来，王天乐也因肝病去世，遗下妻子，这些箱子，现在究竟在他妻子手里，还是转手到了九弟手里，至今是一个谜。我们现在很难确认，它们收藏了路遥的什么材料，究竟有多大的文学史价值。依我读《路遥的时间》这本书，航宇对王天乐的非议，王天乐妻子后来在网上对这本书的否定，对航宇的批评等材料，综合起来看，这些宝物中，一定藏有值得关心的作家文物。但是现在，大家都知道作家文物的重要性，因它产生了很高的商业拍卖价值，所以，要想从王天乐遗妻，或九弟手里弄到它，令其真相大白，至少目前是比登天还难。

二是路遥妻子林达手中的史料。他们两人1970年结识，后确定恋爱关系，1978年结婚，次年生女，1992年拟出离婚协议，因路遥突然故世未办理。他们两人的交往史，贯穿在路遥延川“毛泽东文艺宣传队”和办《山花》时期、上延安大学、毕业分配至陕西省作家协会，以及《惊心动魄的日子》《人生》《平凡的世界》写作过程的始终。从亲缘关系的角度看，她是不逊于或者比文学圈子更贴近地了解路遥文学创作的第一见证人。两人因感情破裂导致分手，信息被完全阻断，因此，我不了解以下一些史料是否还在林达手中：（1）两人的书信；（2）路遥的部分手稿及与社会各界的往来书信。另外更重要的是，作为活材料的林达关于路遥的“口述史”，能否可能在她生前进行？或事先留下这份史料，留待百年后由女儿及其他亲属拿出来？都不得而知。还有，路遥女儿路远这里，也是一个史料源。但原因与母亲相同，已受路遥故世刺激太深，及碍于路遥影响，不便披

① 航宇：《路遥的时间》，人民文学出版社2019年版。

露，等等，这个史料源，实际也已阻断，不知何日才有可能畅通。

三是关于路遥的“文革”问题。60年代末，路遥是延川县两大造反派组织之一的头头，因武斗，致另一组织成员死亡。当时，县公安局曾介入案件，路遥因受牵连失去上中专的机会，他被推荐上延安大学时，另一组织还向有关大学招生组告过状。后来虽然结案，查明路遥没有直接责任，但“文革”后，省作家协会仍在对此进行调查，当然之后又做出令路遥解脱的结论。关于路遥生平，这仍然是一个有待解决的悬案。为此，曹谷溪曾撰文为路遥洗刷责任，然而，此文的取证及相关解释，有不少模糊之处，尤其是并未采纳另一组织成员的叙述，总体来讲，此文的事实根据，都不能算是充分。因此，有必要继续挖掘史料，继续追踪事件的真相。

与此同时，另一位已故作家史铁生的史料搜集，也基本没有进行。趁作家妻子还康健，插队时期的同学多在北京，他的其他亲属也都能提供一些信息，史料搜集可先在这方面进行。另外，史铁生作品手稿、书信、日记（假如有的话）、藏书、各种证件证书，似也应纳入整理的范围，同步进行。作家史料整理工作，一是亲属做，二是研究者参与，帮助亲属着手开展工作，此前在现代文学研究中已有先例。

最后补充一点，关于第二代作家，如果中国现代文学馆已有史料收藏，例如手稿、日记、书信及相关档案，可能存放时间已经不短。出于档案安全考虑，暂不开放，是可以理解的，然而，是不是先允许馆里研究人员尝试性地接触呢？如果先行一步，总会做出比接触不到史料档案的人更好的研究成绩。当年，北大的钱理群教授就是利用藏于鲁迅博物馆的周作人日记，率先撰写《周作人传》的，该书信息丰富、史料新鲜，占有地利先机，自不待说。① 听说，后来周家人知悉后，曾想以不经授权使用史料档案为名，告发钱老师，被各方劝阻，才没酿成事件。我没摸过现代文学馆里的第二代作家史料，不知深浅，更不知有多少可以利用研究的价值，

① 据《舒芜口述自传》，周作人在世的时候，自己拿出前半生日记，卖给了文化部。这部分日记都已经公开发表。另一部分日记，即后半生的日记，尤其是敌伪时期的日记，则在家里保存，结果“文革”中被全部抄走，交给了鲁迅博物馆。钱理群的《周作人传》，因抄录了这后一部分日记，因此引起周家人不满。人民文学出版社2014年版，第375、376页。

只是凭直觉提出这个问题，算是一个不成熟的猜想。

当代文学史料的抢救，头绪繁多，浩如烟海，此文只是略说其中一二，远未达到充分翔实的程度。

2020 年 6 月 24 日于端午节

再谈抢救当代文学史料

一

我2020年秋天写就的文章《抢救当代文学史料》,[①] 从当代文学七十年中划分出五代作家，认为从史料沉淀的角度看，第一和第二代作家（“20后”“30后”）可列为“抢救对象”，因不少人已故世。对部分第三代作家，如去世的路遥、陈忠实和史铁生等；尚存争议的张承志、王朔等，可依具体事例，做一些追本溯源的工作。第四、第五代作家，因创作面貌未整体浮现出来，终评未落实，暂时搁置。这篇文章仅就全国性作家而言，没有涉及地方性作家。

事实上，在当代文学史上，“全国性”作家和“地方性”作家不是严格区分的概念，不少人身上，是全国性和地方性兼而有之，比如孙犁、柳青、王汶石、马烽、李准、刘知侠、冯德英、路遥、韩少功、张炜、陈忠实、贾平凹等人。他们长住本地，可属于全国性的作家，这不是说他们和作品没有“地方性”。

在中国现代文学史上，较少有这种地方性作家，文学中心是北京、上海，不在那里发表作品，从事文学活动，难以走上文坛。[②] 当代文学史的体制与现代文学体制的一个区别，就是从20世纪50年代初起，中国作家

① 程光炜：《抢救当代文学史料》，未刊。此文是上学期在新冠疫情期间，为研究生线上授课写的文章。

② 钱理群、温儒敏、吴福辉：《中国现代文学三十年》一书的“本章年表”，叙述的主要是北京、上海的文学事迹和活动，包括文学社团、杂志创办、作家作品发表的情况。北京大学出版社1998年版。

协会在各省设立省作家协会，以及地区、县级的文联组织，任命省作协主席、副主席，地区和县级文联领导。这就把全国文坛，从北京、上海的位置上拉下来，对文学资源和力量重新统筹整合，平均分配。于是，当代文学史“地方性”的文学组织、流派、杂志等活动，就这样浮现出来。这里所说当代文学的“地方性”，因此有了一定根据。

我所说的“地方性”，还指各省一些虽没有全国知名度，但在本省市仍有一定影响的作家以及本地杂志的编辑等。这种人群数量远远大于我们知道的那些著名作家，如果依托中国作协和各省作协会员名单，用作协相关部门的材料，建立一个数据库，想必对以后当代文学史的“地方研究”有一定帮助。我读作品少，与各地作家接触不多，基本没有发言权。而对从事文学批评的人，尤其是作协相关部门的人来说，他们应该有更多这方面更丰富的知识。

我所说的“地方性”，另外是指全国性作家在地方文学杂志发表的名作。比如，孙犁的《风云初记》1950 年 9 月 22 日起在《天津日报》连载，李准的《不能走那条路》见于 1953 年 11 月 20 日《河南日报》，陆文夫的《小巷深处》发表在《萌芽》1956 年第 10 期，吴强的《红日》1957 年 3 月起在《延河》连载，马烽的《三年早知道》刊载于《火花》1958 年第 1 期，茹志鹃的《百合花》发表于《延河》1958 年第 3 期，赵树理的《锻炼锻炼》见《火花》1958 年第 8 期，柳青的《创业史》第一部从 1959 年 4 月起，在《延河》连载……①当然，很多作品也在《人民文学》《收获》等全国性杂志刊发，或由全国性的出版社，如人民文学出版社、中国青年出版社、作家出版社推出。这种在地方性杂志发表，然而具有全国性影响的作品的传统，一直延续到 80 年代，如《鸭绿江》《清明》《雨花》《青春》《延河》《山西文学》《黄河》《山东文学》《奔流》《山花》《红岩》《福建文艺》《芙蓉》《朔方》《新港》《长江文艺》《北方文学》《钟山》《花城》《作家》等。

---

① 参见洪子诚《中国当代文学史》“中国当代文学年表”，北京大学出版社 1999 年版。年表统计只是一部分作家作品，还有一些未统计在内。

90年代后，鉴于压缩杂志或改刊等因素，文学资源再次向北京、上海集中，除《钟山》《花城》《作家》等少数杂志还保持全国影响外，上述地方性杂志逐渐衰落。作家愿意把自己新作发表在《人民文学》《上海文学》《收获》《十月》《当代》等全国性杂志，以及《钟山》《花城》《作家》等。这就使一篇作品，如果初次发表的不是全国性杂志，便很难再进入文学批评的视野，成为“名作”的概率大为减少。

我所说的“地方性”，也包括一些名作家在走向全国的过程中，最初几年，省作协和当地文学批评所发挥的作用。以陕西几位作家为例，例如，贾平凹的成名作《满月儿》发表于《上海文学》1978年第3期，可是如果没有省作协的培养支持，当地批评家对他作品的第一波评论、介绍，他从“地方”到“全国”的过程中便缺了重要一环。换言之，在他创作起步时，推动最有力的还是王愚、肖云儒、李星、刘建军、费秉勋、胡采、畅广元和李小巴等批评家。据初步计算，1985年前关于贾平凹的评论文章有101篇，当地作者文章32篇，占三分之一。① 它们是胡采的《关于贾平凹和他的小说》，费秉勋的《试论贾平凹小说的艺术风格》《贾平凹新作浅议》，王愚、肖云儒的《生活美的追求》，李星的《贾平凹的几篇小说近作》，刘建军的《贾平凹小说散论》，等等。其中，费秉勋的文章最多。他不单是贾平凹就读西北大学时的老师，两人也是亦师亦友的关系，此例证明，费对后者文学世界介入之深。

路遥创作起步阶段，每写就一部新作，要拿给当地批评家看，听意见，再做修改。李小巴说，《人生》写好后，他看过初稿，提过修改意见。在此过程中，两人有过多次交流。1981年初冬，路遥和妻子林达来他家。路遥刚从陕北回来，谈到农村“分田到户”的情况，又说他刚完成的《人生》，比前两部《惊心动魄的一幕》《在困难的日子里》都好。“林达说，她读原稿时都哭了。”② 李小巴不仅是路遥创作的最早引导者之一，参与过作品的修改，也是第一个提出路遥本人和作品具有“两面性”的批评家。

① 参见郜元宝、张冉冉编《贾平凹研究资料》“评论文章索引”，天津人民出版社2006年版，第459—465页。

② 李小巴：《留在我记忆中的》，载晓雷、李星编《星的陨落——关于路遥的回忆》，陕西人民出版社1993年版，第168页。

“好多评论文章只看到路遥是‘农民的儿子’这一点，而忽略了另外的却是很重要的一点，即路遥始终在努力摆脱‘农民儿子’带给他的局限性、狭隘性。他总是努力‘脱出壳来’回首观察自己熟悉的农村社会生活。他总是努力把分析社会生活的立足点提到能够全景式俯瞰的高度。这给他的作品提供了较大的构架，也使他的作品有一种逼人的气势。”他还加重口气地强调：“他对文学表现出的美很注重，也有自己的个性追求。他的每一部作品都力求在格调上表现出高尚的庄重感。”①

董墨是《延河》一位资深老编辑，是发现路遥的人之一，在他大学毕业后到杂志社工作中发挥了一定作用。路遥曾经将中篇小说《惊心动魄》初稿，交给他阅读和提意见。《平凡的世界》第一部初稿完成后，路遥第一个想到的也是董墨：

> 一天他来我家里问我，能不能看看他的第一部初稿？尽管我手头有事儿，我还是欣然应允。第二天他抱来十多本稿纸，放在桌子上足有尺许高，一见这么一摞稿纸，就可以想见整个工程的浩繁。我停下手头的事儿，用了两天多时间阅读了一遍。由于这是一部多卷的长篇小说的第一部，下边几部如何展开？人物具体地如何发展？一时尚难估计，所以总体尚很难置评，只对一些细节和他交换了一些意见。他说他还要再写一遍，好多地方还得仔细琢磨一番。②

路遥还告诉他：这部作品不是写给专家，而是写给广大普通读者看的……③由这些材料可知，“地方性”应包括省市文学杂志的编辑，像董墨这种直接给作家提出修改建议和意见的人。这方面作家和编辑关系的逸事应该很多。

---

① 李小巴：《留在我记忆中的》，载晓雷、李星编《星的陨落——关于路遥的回忆》，陕西人民出版社 1993 年版，第 171 页。

② 董墨：《灿烂而短促的闪耀——痛悼路遥》，载晓雷、李星编《星的陨落——关于路遥的回忆》，陕西人民出版社 1993 年版，第 44、45 页。

③ 董墨：《灿烂而短促的闪耀——痛悼路遥》，载晓雷、李星编《星的陨落——关于路遥的回忆》，陕西人民出版社 1993 年版，第 45 页。

二

地方文学杂志，是文学史料整理需要首先抢救的对象。

1949 年以后各省市创办的文学杂志究竟有多少种？分布情况如何？地区、县级没有刊号，内部交流的文学杂志，能否归于这一范围？它们确切的数量是多少？至今无人统计，处于暧昧不清的状态。

差不多十年前，我申请了一个国家社科基金项目《当代文学史资料长编》，杨庆祥、黄平是课题组成员，带着他们的硕士生做了很多基础性工作。因资料长编涉及诸多领域，我们只整理“当代文学期刊目录”，待到辑成，有 150 万字，可以编四大卷。① 但我们整理的对象，只限于中央、各省两级杂志，没把地区及县级文学杂志统计进来。所以，这个期刊目录只包含各省的“地方”，而不包含地区及县级的“地方”，是它的不足之处。

这个目录等于为研究者提供了一个作品目录索引，让人看到当代文学期刊的大致样貌，再者提供了一个地理图，可以对当时作家作品发表状况有一个初步了解。容我把编书设想、思路略做介绍：“最近十年的当代文学期刊研究，明显集中在‘中央杂志’，而实际忽略了‘地方杂志’的存在，如《人民文学》《文艺报》《上海文学》《北京文学》《十月》《当代》《收获》，等等。事实上，由于十七年文学强调对‘工农兵作者’的培养，建立起一套培养工农兵作家和作品的生产机制，很多青年作家，例如李准、王汶石、马烽、胡万春、闻捷、公刘、流沙河、白桦、陆文夫、高晓声等等，都是经过地方杂志的精心培养这一历史台阶，才最后走向全国的。如果不对地方杂志做系统性、大规模的收集和整理，那么这群作家的史前史将不复存在。这一历史链条的断裂，实际上也无法重新去释读一个作家或一个作家群的形成史。做出这种判断，并不是项目设计者的闭门造车，而事实上是基于对十七年文学生产制度的初步的了解。”我们的辑存

① 这部四大卷《当代文学期刊目录》还放在北京大学出版社，因校对工作进展较慢，正式出版有待时日。

范围，从 1949 年到 1999 年，总计 44 种杂志，是中央和省市级以上的，地区级、县级暂不在此内。① 杂志如下：

根据已采集整理的材料，按照中央和各省地区之分布，拟选取一部分杂志予以介绍：**北京市**：《国外文学》（1981 年创刊）、《外国文学》（1980）、《世界文学》（1959）、《人民文学》（1949）、《十月》（1978）、《当代》（1979）、《中国作家》（1985）、《北京文学》（1950）、《解放军文艺》（1951）、《青年文学》（1982）、《民族文学》（1981）、《诗刊》（1957）、《北京纪事》（1994）、《词刊》（1980）、《剧本》（1952）、《民间文学》（1955）、《神剑》（1985）、《小说选刊》（1980）、《新剧本》（1985）、《中国文学》（英文，1951）、《传记文学》（1984）、《啄木鸟》（1984）、《作品与争鸣》（1981）、《东方少年》（1982）、《儿童文学》（1963）。**天津市**：《散文》（1980）、《蓝盾》（1985）、《新港》（1956）、《通俗小说报》（1984）、《小说家》（1983）、《小说月报》（1980）、《少年小说》（1985）。**河北省**：《长城》（1979）、《大众文艺》（1949）、《当代人》（1949）、《女子文学》（1984）、《散文百家》（1989）、《杂文月刊》（1985）。**陕西省**：《百花》（1957）、《延安文学》（1979）、《延河》（1956）。**甘肃省**：《飞天》（1950）、《西北军事文学》（1986）、《阳关》（1979）。**西藏自治区**：《西藏文学》（1979），等等。

这里只有六个省（区、市），其中北京最多，自然最后出书，当然远远不止这些省份的杂志。这六省（区、市）杂志括弧中所标示的年份，是指创刊时间。

从以上数据看，地方性杂志整理只占三分之一，数量惊人的地区、县级杂志还没有囊括进来。当时我们没有进一步深挖的野心，假如有人一省一省地对地区和县级杂志进行统计，先用图表形式写成文章，应该很有价值。此项工作如最后做完，最少也得一二十年时间。不知道我的想法是否现实？中国当代文学研究会，每两年开一次“年会”，中间为何不开一两

① 这种考虑，一是如果把它们囊括进来，工作量太大；二是地区级和县级文学杂志多没有刊号，算不算正式出版物还得讨论。不过，依我看，只要作品印成铅字，就应算正式发表。当然，不包括 80 年代数量更多的自印诗歌杂志。

次杂志统计方面的小型研讨会？先把风放出去，形成某种氛围，渐渐地，就会有一些有心人惦记这种工作，也许先行实验了。如果全国、各省、地区和县级的文学杂志统计不出来，当代文学史料中地方文学杂志的“抢救性”整理，就不能说有基础性建设。

我听说武新军教授在做地方性文学杂志的整理工作，不知进度如何。[①]地区和县级文学杂志的期刊目录，其意义不比我们已完成的中央、各省文学杂志的期刊目录小，相反，研究者的考察可以借此下沉，看到文学史有些冷僻的角落。众所周知，当代作家创作刚起步时，实际在地区或县级杂志发表作品不少，比如莫言最早几篇小说就刊登在河北保定的《莲池》上。我 1978 年春上大学时，热衷写诗，还有点“校园诗人”的浮名，作品先发在甘肃的《飞天》、河南的《奔流》、辽宁的《芒种》等处，后来升级到《诗刊》《人民文学》《青年文学》等全国性杂志。据我所知，河南省的地区级文学杂志不少，例如信阳地区文联的《鸡公山》、洛阳地区文联的《牡丹》等。不少青年作家，在走向文坛的过程中，像我这样到处撒网的情况应该不少。所以，“抢救性整理”地区和县级文学杂志，可以弥补这一缺憾。

刚故世的吴福辉教授，北京大学中文系硕士毕业后，分到中国现代文学馆编《中国现代文学研究丛刊》，一干几十年，直到退休。他曾对我说，自己保存有一套完整的《丛刊》，至于现代文学馆的馆藏是否完整，就不好说了。这家中央级学术杂志的命运尚且如此，得靠“个人收藏”保存，各省地区、县级文学杂志能否完整保存下来，究竟保存在谁手里，实在无法预料。以自己亲身经历来说，1996 年春，我在中国人民大学中文系任副主任，看到收藏在学校图书馆的《丛刊》不全，就想去中国现代文学馆“淘一套”《丛刊》（实际是购买）存放系资料室。我带着资料室一位老师，到文学馆原址破旧库房里扒拉扒拉，弄得一身灰尘，终于找到一套《丛刊》，它至今还在中文系资料室。经我这么叙述，就知道所谓“抢救性整理”地方文学杂志，不是一句空话，而有着实实在在的内容。

---

① 河南大学文学院从任访秋、刘增杰到关爱和、解志熙、沈卫威，再到刘进才、刘涛、武新军、孟庆澍、张松建、李建立，有几代学者长期致力于文学史整理研究的传统。

“地方性杂志”整理工作的缺失，已经在近年来出版的作家文集中反映出来。我手里有作家出版社的《莫言文集》、上海文艺出版社的《张承志文集》、十月文艺出版社的《路遥文集》（五卷）、陕西人民出版社的《贾平凹文集》（1998 年版、2008 年版）、作家出版社的《余华作品》和作家出版社的《王安忆自选集》等数种。① 据我所知，在上述文集中，有些在地区、县级文学杂志上发表的作品未收。其中原因，首先因稍微完备的地方文学杂志目录未整理问世，没有一个详细可靠的作品路线图，作家未必记得自己发表的所有作品；其次，由于是“文集”，而非“全集”，不重要作品没选入，也属正常；最后，或许还有模糊印象，但无处寻找，所以“漏选”就难以避免。以现代文学研究为例，《郭沫若全集》的最早版本，应该是人民文学出版社 1982 年版的“38 卷”，距今已 39 年。然而，山东师范大学的魏建教授仍然发现了不少郭沫若的“轶作”，考证工作还在继续。

老作家茅盾在撰写回忆录过程中，不时嘱人查找、核对原作，也是一个值得列举的例子。

茅盾从 1975 年起，开始悄悄写长篇回忆录《我走过的道路》（上、下），由儿子韦韬、儿媳陈小曼任助手。他老人家居然也记不得有些作品、评论文章和商榷性论文确切的发表之处。新时期初期，当这件事可以公开后，他通过总政、人民文学出版社将儿子、儿媳妇借调为秘书，全职帮助做上述作品、评论和论文的搜寻、查对、勘误工作。为此，后者跑遍北京、上海的图书馆。八十高龄的茅盾先生还多次写信，向有些朋友询问实情，以求材料的真实、准确、可靠。他在该书“序”中声明：“所记事物，务求真实。言语对答，或偶添藻饰，但切不因华失真。凡有书刊可查核者，必求得而心安。凡有友朋可咨询者，亦必虚心求教。他人之回忆可供参考者，亦多方搜求，务求无有遗珠，已发表之稿，或有误记者，承读者来信指出，将据以改正。其有两说不同者，存疑而已。”②

为何像茅盾这样德高望重的人，在核实自己作品、文章的过程中，还

① 最近到京东网上查阅，发现这些作家“文集”的版本很多，有重复版，也有增订版，不一而足。

② 茅盾：《我走过的道路·序》（上、下），人民文学出版社 1981 年版。

如此谨小慎微、如履薄冰呢？我的理解是，他发表的杂志不尽都在北京、上海，还有不少散落在各地的地方性杂志上。从20年代到三四十年代，因政治和战乱原因，茅盾的生活一直处在动荡之中，九江牯岭、香港、桂林、新疆、延安、重庆等地，国外日本，都留有他的游踪。有些杂志是办几期就停刊，有些是办刊人也边编边走，举止不定，有些则夹混在报纸副刊中，他儿子、儿媳尽管下了很大功夫，真弄起来，有一些恐怕还是大海捞针，未必能一网打尽。因故，连一向严谨自持的茅盾先生也感叹道："或有误记者，承读者来信指出，将据以改正。"①

如果是有好奇心的人，就《我走过的道路》上所述作品、文章重新核实，想必一定还有"遗珠""误记""存疑"罢。不过，瑕不掩瑜，这部上下卷的皇皇著作，大概是我读到的现代作家最好的长篇回忆录之一，其独特的文学史价值不言自明。

三

"地方性"研究，还包括各省作家协会的史料整理。

近年来，丁帆等人编选的《江苏当代作家研究资料丛书》，我和吴圣刚团队编选的《中原作家群研究资料丛刊》等书陆续出版，其中略为涉及两省作协的材料。如果开展史料整理，需要在以下几个方面做一些工作。

一是各省作协的组织机构，包括全部主席、副主席、作协会员名单，改选、增选情况等。从作家角度看，人事变动，可反映他成名过程、影响力日增的轨迹；从领导角度看，这种变动，足以影响到一个时期里当地文学创作的发展。比如，柳青担任陕西作协主席时期，变化就不显著，因为他的主要精力是创作《创业史》，人又住在西安郊区的皇甫村。到胡采任主席的80年代，情况大变，他对青年作家帮助较大，带动了一批人的成长，陕西三大作家路遥、贾平凹、陈忠实从陕西走向全国，就在这一时

① 即使他撰写态度如此认真，仍然被人指出了"百处错误"，可见查找核对杂志工作难度之大。参见沈卫威《茅盾〈我走过的道路〉百处错误概说》，《湖州师范学院学报》1990年第3期。

期。另外，80 年代中期，他力倡长篇小说创作，为创作《平凡的世界》《浮躁》等作品营造了良好环境，对 90 年代初的“陕军东征”现象的出现，也发挥了作用。[①] 我看到一点胡采和路遥、贾平凹关系的材料，虽只是一鳞半爪，也挺有意思。假如写一篇详细的考证文章，就可以把 80 年代陕西省作协“组织机构变动”，对创作产生了积极作用的史实呈现出来。河南省作协也有类似例子：80 年代南丁担任作协主席，他对河南小说创作的发展，也发挥了积极影响，比如把张宇从洛阳、李佩甫从许昌调到省作协来，改变了他们的身份。当时将一个人的身份由工人、农民转换成作协干部、专业作家，难度很大，南丁很有气魄，自然也花费了极大精力。如果不是这样，就没有今天的李佩甫了。其他省份，大概也有这种材料，可惜一直没有人搜集和整理。

二是各省作品研讨会的材料。从文学史角度看，省级的作品研讨会，没有国家级的研讨会影响大，否则，路遥《平凡的世界》第一卷研讨会就不会费时费力跑到北京来举行了。可本省的研讨会也有价值。80 年代中期以前，还没有今天动不动就到中国作协创研部、现代文学馆开研讨会的习惯，研讨会在各省召开的比较多，留下的材料应该不少。“研讨会中心”逐渐从各省移到北京，与省作协和作家主动推介作品，出版社的促销需求，都有一定的关系。其中，尤以出版社为最积极者。出版社为扩大发行量和读者覆盖面，促使各省从分割、封闭状态转变成全国性的流通机制，形成了全国性市场，也实现了出版社和作家双赢的局面。根据上述情况，如果持续跟踪和搜集一省作品研讨会的沿革，编纂一批研究资料，至少可以写几篇有关“研讨会演变史”的文章。说不定许多年后，这类史料整理形成一定规模之后，会有人选择做一篇博士论文。在文学史生产中，“研讨会演变史”虽然不是主要构件，但也能从一个侧面反映出一个作家成长的过程，以此为中心，则折射出文学体制的某些变化调整。

现在，还没有一省或多省作家作品研讨会的系统资料丛书，也不知道是否有人动过编选的念头？如果没有，我觉得真可以动起来。现在各省的社科基金指南，研究对象还是全国性的文学现象和作家，为什么就不能为

① 参见樊宇婷的《“陕军东征”的知识考古》，《小说评论》2015 年第 1 期。

当地文学服务，以本省作家研究为主呢？据我所知，江苏、陕西作协对本省作家的研究是比较重视的。最近几年，“路遥研究热”并非在北京兴起，而是起步和集中在陕西本地，这种现象非常新鲜。但究竟是省作协牵头，还是研究者自发的行为，目前还不清楚。就我在北京参加的几次研讨会看，好像是研究者的自发行为比较多，当然也不排除省作协的某些支持帮助。从1993年到2007年，陕西本地的路遥研究是默默无闻的，近几年局面大变。据我搜集的材料，就有二三十种之多。厚夫的《路遥传》，人民文学出版社2015年版；海波的《我所认识的路遥》（长江文艺出版社2014年版）和《告诉你一个真实的路遥》（此书在前书基础上修订完成），广东人民出版社2019年版；航宇的《路遥在最后的日子》，陕西师范大学出版社1993年版；马一夫、厚夫主编《路遥研究资料汇编》，中国文史出版社2006年版；李文琴编《路遥研究资料》，山东文艺出版社2006年版；马一夫、厚夫、宋学成主编《路遥纪念集》，人民文学出版社2007年版；申晓主编《守望路遥》，太白文艺出版社2007年版；李建军编《路遥十五年祭》，新世界出版社2007年版；王刚编著《路遥纪事》，北京时代华文书局2014年版；王刚著《路遥年谱》，北京时代文化书局2016年版；航宇著《路遥的时间》，人民文学出版社2019年版等。以及路遥纪念馆编，北京时代文化书局出版的半年刊《路遥研究》2015年和2016年春夏卷、秋冬卷等一些资料。可能还有一些书或资料，我没有买到或看到。

这说明，依靠本省作者努力，是能够把这种工作做起来的。陕西省促成“路遥研究热”的成功例子，给了我一定的启示。但遗憾的是，与作家的实际地位相比，贾平凹、陈忠实的研究资料目前做得还不够。有两三本贾平凹朋友、熟人撰写的作家传记，其中，对他早年生活的记述较有意思，而对《废都》以后的事迹，材料则较单薄。目前有一本《陈忠实年谱》，其他著作尚未看到。其中原因，一个是贾平凹仍然健在，以回忆、研究的方式开展像路遥那样的工作，恐怕不太方便。陈忠实故世年头不长，史料的进一步整理和出版，尚需一段时间，这都需要我们这些旁观者保持耐心。依据我对陕西省当代作家研究的观察，他们是不会轻易放弃对贾平凹、陈忠实的文学史研究的。

做研讨会资料整理，除利用作协本省档案外，还要查找当地报纸的会议消息报道进行互证。我课堂上有一个女生，是从西北大学考来的，她跟其他老师读硕士，看到我出的题目《陕军东征》，便主动承应下来。暑假回去，就到《陕西日报》等当地报刊上查，结合《光明日报》等报纸，写出了一篇材料扎实的《“陕军东征”的知识考古》。[①] 文章在《小说评论》发表后，承主编李国平先生欣赏，推荐作为当年“唐弢青年文学奖”的备选文章，虽未获奖，价值却有。作者是现代文学出身，经过材料训练，所以写篇当代文学研究文章，优势就显现了出来。我一向主张，做当代文学史研究，应该向现代文学研究的方法靠拢，尽量做具体研究，材料要扎实，不能光凭主观愿望，凭某种理论写。尤其是这种为了证实一个文学事件的来龙去脉的考证性文章，必须老老实实地写，否则很难服人。

另外，各省作家协会的史料整理，除组织机构、作品研讨会资料外，对某作家“口述实录”性的材料，也可以纳入其中。我这里指的不是健在作家，而是故世作家身边朋友的回忆性实录材料。举例来说，关于路遥的回忆文章就比较有意思。路遥 1992 年 11 月故世，次年 6 月，仅半年时间，晓雷和李星编选，陈泽顺责编的《星的陨落——关于路遥的回忆》即由陕西人民出版社出版，可以说是急就章式的回忆实录资料，留着“急就章”痕迹，有些地方还较粗糙简单。[②] 该书作者 47 位，有陕西作协的，也有不属于作协，但认识路遥的人士。且把名单录下：郃尚贤、牟玲生、陈忠实、赵熙、晓雷、董墨、贺艺、李天芳、肖云儒、畅广元、王愚、贺抒玉、白描、李星、陈华昌、高建群、孙豹隐、陈泽顺、李敬寅、邢良俊、徐岳、王观胜、张艳茜、张子良、李小巴、莫伸、汪炎、李凤杰、银笙、京夫、闻频、洪章、何志铭、郑文华、王鹏、子页、黄河浪、李勇、徐来见、朱鸿、梁宝林、叶锦玉、劲挺、邢小利、木子、延鸿飞、刘春生。47 人中，除黄河浪，都是本地人士。对这个名单上的人，不光我，恐怕很多研究者，不一定会认识吧。从文学史角度看，作协人的回忆有价值，但不

① 樊宇婷：《“陕军东征”的知识考古》，《小说评论》2015 年第 1 期。

② 晓雷、李星编：《星的陨落——关于路遥的回忆》，陕西人民出版社 1993 年版。

能说其他职业的人的回忆就没有价值，后者反倒取了一个我们不熟悉、然而有意思的视角来看路遥。说实话，这本书我读得津津有味。因为回忆者是本地人，就比当代文学圈子里的人谈到路遥时更加具体、切近、生动和形象，有一种栩栩如生的效果，路遥仿佛一下子“复活”了。此书出版距今已 28 年，史料价值反倒越来越重要。

最后，我还想到赵树理（山西）、马烽（山西）、西戎（山西）、孙犁（天津）、柳青（陕西）、王汶石（陕西）、李准（河南）、南丁（河南）、梁斌（河北）、徐光耀（河北）、刘知侠（山东）、冯德英（山东）、峻青（上海）、吴强（上海）、罗广斌（重庆）、杨益言（重庆）等各省驻会作家的史料整理问题。历史地看，他们大部分的生活和文学活动，都在本地。把他们“本地史料”发掘整理出来，可以观察其作品产生全国性影响的来龙去脉。因为作品的“全国性影响”不是突发性的，而是有一个在本地长期生活和创作的酝酿过程，现在的研究者，对此知之甚少。以前曾出版过一些作家的传记，比如《孙犁传》《赵树理传》。《柳青传》近年才出版（作者为传主女儿）。前两本，叙述作家本地生活不够翔实，只是为他们后来的创作生活做点铺垫；后一本出自女儿视角，虽然材料比较丰富，但也没怎么涉及柳青在陕西作家协会的生活活动。我看过一点李准创作初期的材料：李准，河南省洛阳县（现为孟津县）下屯村人，1928 年 5 月生。他出身于乡村教师兼小地主家庭，祖父教过 50 年书，父亲曾任洛阳县第四小学校长，叔父也做过小学教师，但他夫人董女士是农村姑娘。这种婚姻，加上孟津地处洛阳近郊，进城方便，就让李准具有“亦乡亦城”的意识。1948 年，经亲戚介绍，他到豫西中州银行（后为洛阳银行）当职员，三年后任货币计划股股长。“三反五反”运动时，摔过跟头，但后来路就走顺了。1954 年调河南剧改会工作。1956 年以《人民日报》“特约记者”身份，到东北几地采访，写出电影剧本《老兵新传》，从此开始“触电”，以小说家和电影剧作家的双重身份名世。李准对农村生活的熟悉，在十七年时期小说界人所共知，一是因为他过去的“亦乡亦城”经历，成为作家后，还下过一番苦功，例如 1959 年他对全省十几个县做过采访、调查。这为他成功塑造一系列农村妇女形象准备了条件，如《李双双小传》

《两代人》等名作。[①] 据我所知，浩然早年生活和晚年生活事迹也开始引起研究者的注意，已有人进行史料搜集整理，且有文章在陆续发表。[②]

仅举以上两个例子，就知道在各省作家协会史料整理方面漏洞不少、空间很大。以上所举，都是全国性的名作家，一般会以为史料工作差不多了，其实现有材料多半是全国层面的，地方层面的则基本未动，留下不少空白。

四

由此可知，中国当代文学史，是一部包含“全国性文学”和“地方性文学”的文学史。它们彼此联系，承传不止，缺一不可，这从史料建设上已经体现出来。

中国是一个大国，不是中等国家、小型国家。它幅员辽阔，地理多元复杂，民族众多，而且南北、东西文化习惯和习俗差异很大。在现代文学史阶段，因作家人数较少，文学规模不大，大部分作家都从小地方流动到北京、上海等中心城市，因此地方性文学，基本布不成阵。到当代文学史阶段，由于国家统驭力量加强，垂直下降到各省、市、县镇，有意识地在省、市、县三级建立作家协会和文联组织，这就使中国文学史的地理图发生了根本变化。因此可以说，“地方性文学”的活动，只有到了当代文学史阶段，尤其是十七年这一时期，才日益强烈、集中起来，留下了大量历史陈迹，这都为史料整理提供了便利条件。这种观点我前面说过，这里再做强调。

当代文学史上的组织结构，不似现代文学那样松散无定，它有固定场所、人员和资料机构，对相关史料的搜集整理，相对会较容易。自然前提是，有些资料不要因为运动而销毁、失踪。刘锡诚先生为什么退休后，能写出几本当代文学史料的著作？他办退休时，有意识地用板车拉走了自己

① 《李准传略》，江苏师院中文系编《李准专集》，1979 年版，第 1—5 页。这套书是新时期出现较早的当代作家研究资料，未刊。

② 参见年轻研究者邵部近年来对浩然的研究成果。

办公室的材料，等于自存史料。我不知道各省作协老人中，是否有类似现象？如果有，请勿随便流失到社会上去，不然就可惜了。当代文学研究杂志，似乎可以设立一两个文学史史料的小栏目，让编辑积极征集或邀请各省老作家及其亲属提供史料，请他们写一点东西。这种具体、切实的工作，比我在这里呼吁有效得多。倘积少成多，很多年后，一定会结出丰硕成果。加强当代文学史“地方文学”史料的抢救性整理，是一个长期的任务。

本文开篇，我对何谓“全国性文学”“地方性文学”，做了一点界定和区分，说得比较笼统，难以严丝合缝，无懈可击。原因是，这不是一篇专门讨论全国性文学和地方性文学关系的论文，暂不需下此功夫；然坦率说来，即使想写这篇文章，也很难真正写好。因为中国当代文学史的下限还未确定，当代文学作为一个独立学科的条件尚不存在。当代文学史的认识，还处在不断浮沉、移动的过程之中，虽然表面看，是因为史料建设没跟上来，缺乏基础性研究的原因所致。

“地方文学”史料会被认为是“小题目”。“小题目”也可以做出“大学问”。近一些年，国外不断涌现“地域研究热”，就是用小题目做大学问的现象，比较有名的如安德森的《想象的共同体——民族主义的起源与散布》，研究的是印尼和东南亚地区的语言和地域文化的关系，题目相当冷僻。我说的“地方文学”史料的抢救性整理，也是这个意思。比如，陕西、河南、山东等黄河中上游的几个省份，为什么在当代文学史，尤其是最近几十年出现的小说家最多，实力最为雄厚？这一现象，也说明地方文学的史料整理，不是一个可有可无的小题目，那里面的水深了。

2021 年 3 月 9 日
2021 年 3 月 15 日改

当代文学七十年的分期、研究和史料建设*

一　当代文学的分期

魏华莹：程老师，您好！2019年是中国当代文学七十年，当代文学不仅走过了一个甲子，还超出现代文学整整十年。它的历史长度，是现代文学的一倍多。在这种视野里，应该怎么看当代文学七十年的分期、研究和史料建设等问题？请您谈谈自己的看法。

程光炜：近年来，我曾呼吁当代文学研究和批评的一线杂志，可以适当地进行当代文学分期问题的讨论，但没人响应。现在的杂志，有强烈的批评意识，却没有文学史意识，这跟办刊人的眼光，当然也跟当前当代文学批评的整体氛围有关。

如果说分期，首先得说起点。大多数人相信，中国当代文学史的起点，是以1949年全国第一次文代会的召开来划分的。最近一些年，有人提出以1942年延安文艺座谈会为界标。在现代文学界，流行几十年的起点是1949年的五四文学革命，这就使学术界以“五四”和“鲁迅”为统领，统一了认识，形成了文学评价标准。现代文学为什么比当代文学更像是一个成熟的学科，除了时间因素外，很大程度上，是因为有统一的历史观念和文学评价标准，所以，它后来的学科积累和史料学建设，越来越成熟细致的思潮、流派、社团和作家作品研究，才能在这一基础上发展起来。因此，讨论分期问题，第一步要先讨论起点，先把大家的思想认识统一起来。

---

* 本文采访者魏华莹在中国人民大学文学院获得博士学位，现为郑州大学文学院副教授。

关于当代文学的分期，目前有“前三十年”“后四十年”的说法，还有“十七年”“文革文学”“新时期文学”等习惯用法。

魏华莹：某种程度上，分期实际关涉到当代文学七十年研究的开展，非常重要。您能不能就这个问题先谈一下个人的见解？

程光炜：这两种划分方法，各有优长，也有自身不足。实际上，任何分期都有它使研究者的历史观念更加清晰，凸显自觉的研究角度和定位的好处，当然局限性也是同时存在的。例如，现代文学“三十年”。他们把中国现代文学的发展历史，用三个“十年”统领了起来。具体地说，就是20世纪第一个十年的“文学革命”，第二个十年的“多元分化”，第三个十年的“40年代文学”，有人也把第二个十年叫作“30年代文学”。这种历史分期，可能是受到毛泽东新民主主义论的影响。然而这样一来，就把第一个十年做大做强了。历史地看，现代文学领域，在第一个十年取得的成果最为丰富，涌现的学者最多。从1979年到80年代结束，几乎现代文学界倾巢出动，把这十年研究得透透的，例如五四新文化运动、文学革命、陈独秀、胡适、周作人、刘半农、钱玄同，顺便还延伸到晚清思想文化界和文学界，例如梁启超、王国维、章太炎等人。由于扯出来了晚清，就把五四这一代知识分子的思想文化和学术的传承说清楚了，比如“章门弟子”等的研究。自然，第一个十年文学研究最成熟的标志，是几代学人的鲁迅研究。在现代文学研究领域，有“鲁迅研究界”的说法，这说明大家都把它看作是学术积累深厚、研究方法和材料最为成熟的一个领域。相较之下，第二个十年，第三个十年的研究至今还比较薄弱。第二个十年有一些比较大的作家，第三个十年似乎就可以说进入现代文学的历史尾声了。第二个十年的主要研究对象是思潮、流派和作家研究，例如京派文学、左翼文学、通俗文学，茅盾、巴金、老舍、曹禺、沈从文、张爱玲、钱锺书，最后一个十年有赵树理，其余是比较年轻的作家。

目前当代文学分期的第一种说法，即“前三十年”和“后四十年”这种分期法，是蔡翔、罗岗和倪文尖最早提出来的。他们的依据是社会主义前后期的发展史。它的优点是比较简单明了，不足是以思想史为贯穿，容易把前后两个时期的关系搞紧张，更容易把文学史当成思想史的附庸来看待。

后一种分期法，是当代文学研究界自然而然地形成的。这是一种以“1980年代”为中心的历史划分办法。最早提出这个办法的，是由中国社会科学院文学研究所当代文学研究室集体编写的《新时期文学六年》（1985），以及朱寨主编的《中国当代文学思潮史》（1987）。后来，张钟等的《当代中国文学概观》，郭志刚等的《当代文学初稿》，洪子诚的《中国当代文学史》，陈思和主编的《中国当代文学史教程》，董健、丁帆、王彬彬的《当代文学新稿》，孟繁华与我合著的《中国当代文学发展史》，陈晓明的《中国当代文学主潮》等，都接受了这种说法。最近四十年的文学批评，对历史、文学和作家作品的看法，也沿用了这个观点。这显然是一种启蒙论的视角，与前一种后现代主义视角形成某种对话关系。但启蒙论视角里有历史滚滚洪流的声音，有一代代人奋斗前行的身影，更充满了探索的勇气和艰险。我们经历过这一切的人，都能在这历史洪流中找到自己的记忆，在内心深处产生长久的激动。因为如此，这种分期法被学术界广泛采用。不过，它跟社会史的距离比较近，也容易影响到文学自身的独特规律和自主性，需要保持一定的警觉。

魏华莹：看来，后一种分期法被采用较多，有比较深的历史根源。如果进行更深入的思考，尤其是把组织了这一切的复杂因素揭示出来，也需要花费很大的研究精力。

程光炜：确实是这样。“十七年”“文革文学”“新时期文学”提法的出现，跟它们自身携带的时代背景和历史观有直接的联系。也就是说，它是在它自己的语境中产生的。“文革文学”暂且不谈。“十七年文学”现象的出现，与新中国成立初期欣欣向荣的经济建设、阶级斗争剧烈化、苏联当代文学影响和《讲话》精神都有关系。也离不开这期间全国三次文代会对文学创作的规划蓝图，以及在此基础上所形成的“社会主义现实主义”的思想方法和创作原则。你只有在这个特定历史框架里来理解它，而不是简单的臧否。比如，为什么会出现柳青、赵树理、“山药蛋派”、李准、王汶石、浩然的小说，为什么会出现《红旗谱》《红岩》《红日》《青春之歌》《敌后武工队》《野火春风斗古城》《苦菜花》《林海雪原》等红色经典。十七年作家，大多有这些鲜明特点：第一，他们是从战争中走来的革命文艺战士；第二，其中一些人，亲身参与40年代末在根据地，或新中国成立后的土地改革运动，用今天的说法，是比较接地气的一代现实主义作家；第三，他们深受《讲话》精神的思想影响，相信文学来源于生活又高于生活的理论，甘心情愿地以文学为武器，为现实和广大人民群众的利益服务。这种鲜明的历史观，这种社会主义现实主义的文学精神，在百年中国文学史上是独一份，可以说前无古人，后面也不一定有来者。这是独特的历史转折造就的一代充满了浪漫主义和理想主义精神的作家群体和文学现象。

对"新时期文学"的理解不能脱离这样一个路径：没有改革开放，何来新时期文学？新时期文学与十七年文学，既有一定的承传关系，更多是不同。首先，新时期初期，十七年作家多半已退场，"30 后作家"和"50 后作家"成为新时期文学的主体；其次，这些归来作家和知青作家，尽管经历过政治运动震荡，经历比较坎坷，但他们的思想行为有和平时期的鲜明特点。更重要的是，由于跟着改革开放这列火车前进，使得新时期文学及其作家拥有了世界性眼光和胸怀，无论思想观念还是创作手法，都发生了不同于十七年文学的深刻变革。除此之外，我认为无论研究十七年还是新时期，都要注意这些时间点：1949 年、1957 年、1958 年、1966 年、1979 年、1993 年。

我的意思是，我们要带着这种历史视野和框架来做分期研究。没有框架感的文学史，是不能做文学史研究的。

二　七十年文学研究

魏华莹：进行文学史分期之后，我们来到了下一个问题：怎样开展七十年文学的研究？您认为是应该先做分段研究，还是一上来就做整体性研究？

程光炜：我认为先做分期研究比较好。由 20 世纪 20 年代滥觞到七八十年代的"法国年鉴派史学"，对全世界史学研究的面貌，产生了深刻广泛的影响。法国年鉴派主张"微观史学"，用我们的说法是，就是对某个历史时段做专题研究。因此，有人把他们的历史研究方法称为"时段史学"。这个方法有它的好处，就是做得非常具体、细致、深入，一本书，可以把一个地方、一个时期的历史打捞清楚，例如《地中海》《朗格多克的农民》《马丁·路德：一种命运》等名著。他们强调专注于某一种现象的跨学科研究，对传统史学产生了很大冲击。他们尽管对宏观史学给予了很严厉的批评，但并不真正地反对“长时段”研究，反而认为在微观研究中具有宏观史学的视野也是有必要的。

魏华莹：这样说，您强调先做分段研究，也不反对进行整体性研究啦？

程光炜：是的。但目前当代文学整体性研究很流行，流于表面、笼统，给人宏观模糊的印象，让人不得要领。所以，我认为应该先做分段的具体的研究。

例如专题性的“十七年文学”研究。近期有意思的成果是洪子诚的《材料与阐释》，黄发有的十七年文学传媒研究，张均的十七年报刊史研究，王秀涛的《第一次文代会始末》的档案研究。从这些成果看，“材料”开始作为“史料学”的骨干部分，被人们重视；“材料”的历史可信度在增加。这在前几年是不可想象的。其他学者也都有值得肯定的研究，例如陈思和、蔡翔、吴秀明、罗岗、赵勇、王尧、黄平、李建立等人的著述。相较之下，十七年的文学制度研究成果斐然，具体作家研究还没有跟上来，例如对柳青、浩然、李准、王汶石、马烽的研究，远远不够。这样就形成了一头沉一头轻的现象，大家都争先恐后地研究制度。

魏华莹：十七年作家研究，哪些地方有开掘价值？还有没有被触动的空间？

程光炜：具体点说，李准小说与地域文化和洛阳方言，河南人兼有世故和老实本分地域性格的关系，就没有解释清楚，老是在合作化运动上转来转去，其实没有真正触及他小说创作之所以取得成功的原因。作为河南当代小说的“一个小小的传统”，如果对李准创作不研究清楚，就无法解释在刘震云、周大新、阎连科、李佩甫和李洱创作中还在传承的那种特殊的“土味”。河南作家的土味，不同于其他北方地域的作家，这是他们创作风格最为鲜明的地方。陕西、山西和山东作家身上尽管也有土味，但那种土味跟河南作家不一样。如果做具体研究，要查地方志、方言、气候地理和传统习俗方面的书籍，比如查查李准《李双双小传》方言的出处，例如洛阳郊区的某乡某村。世人为什么对法国年鉴派代表人物布罗代尔的

《地中海考古：史前史和古代史》这么佩服？关键是人家把地中海的气候、地理、人文等研究了十几年，摸透之后，在积攒了极其丰富材料的基础上，才动笔写的。

我个人印象是，当前十七年文学研究，资料整理和文学制度研究成绩比较突出，作家创作研究相对滞后。这可能与认为作家作品的“文学性”不够，艺术上相对粗糙的看法有关。不妨先搁置文学性问题，做点“山药蛋派”“白洋淀派”的流派研究。从新时期初期铁凝、贾平凹等人的创作看，“白洋淀派”尤其是孙犁的影响是很大的，可以探讨白洋淀审美风格的流传问题。“山药蛋派”是从赵树理这一脉下来的，它与山西的山川地理、风俗文物、语言特点究竟有什么关系，也应该有更细致深入的研究。

魏华莹：最近十几年，您带领的中国人民大学博士生团队一直在做“80 年代文学”研究，积累了不少经验，得到学术界认可。您能否估测一下，除 80 年代文学外，前面的六七十年代思想史，后面的 90 年代文学，是否还有研究的可能？

程光炜：事实上，我们也涉足过 70 年代小说和 90 年代文学。课堂论文结集而成的《七十年代小说研究》一书已由中国社会科学出版社出版；90 年代研究论文，也编成《走向枢纽点——九十年代文学研究》交给了北京大学出版社，即将出版。

70 年代文学这块，除了公开发表的“文革文学”外，还有“地下文学”作家作品。撇开它自身的存在价值，70 年代小说和思想对于新时期文学的意义，还没有被充分地认识到。例如从思想层面看，“9・13 事件”导致的思想觉醒，对北岛、张承志、韩少功和张抗抗等的影响可能是巨大的，它有脱胎换骨的作用，因为它点燃了这一代作家思想的火把。小说《波动》《北方的河》《金牧场》《北极光》中，主人公为什么一直在与人争论？什么人生价值啊、生死问题啊、真与善啊，争论的思想宽度从 60 年代、70 年代，一直延续到八九十年代，很难说直到今天它就停止了下来。因此，它作为思想资源有正反两个方面，需要深入讨论和挖掘。从文学层面看，“重大题材”也影响了新时期初期作家的创作，例如蒋子龙、刘心武、路遥等人；“重大题材”1985 年后似乎走向了式微，丧失了历史动能，这只是表面现象。最近几年，它被人重新提起，引起不少作家的注意。这说明，“如何重写重大题材”其实还有思想和创作方法的活力，并不像表面上那样是死水一潭了。这是70年代文学不能小觑的地方。

90年代文学，它的重点在文学与市场、文学与革命这两个点上。通过研究，我渐渐感到它仍有开采的价值。比如90年代文学界知识分子的精神状况，国家对图书市场一度的权力让渡问题，书商阶层兴起对文学创作产生的正反作用，作家和批评家心态的微妙变化，尤其是作家与读者关系的巨大变化，批评家工作的独立性等问题，没有被仔细梳理，也缺乏一个总体性的历史把握。

魏华莹：您认为90年代文学研究的难点在哪里？

程光炜：除了上述思想层面上的夹缠外，困难在资料的掌握。对现在的杂志，我的抱怨是不愿意做资料工作。实际上，杂志除大量批发作家作品评论，早应该像80年代初的《新文学史料》那样，有意识和有步骤地组织作家写回忆录，把珍贵的资料留下来。举几个具体例子。比如，为什么张承志没有沿着《北方的河》的创作路线继续往下走，反倒去了宁夏西海固，后来写出《心灵史》了呢？这期间，作家的思想如何变化，个人生活发生了什么等，大家都不知道。以猜测为基础，而不是以资料为基础的作家研究，根本站不住脚。再比如，对贾平凹创作《废都》的前前后后，有几部传记稍微写到，也有作者零星的回忆，但这不是基础资料，因为它无法让人看清楚作家思想、观念和生活上的复杂变化。因此，就不能对他为什么要创作这部长篇小说做出有分量有说服力的解释。《心灵史》和《废都》这两部作品尽管存在争议，但对于理解90年代文学，意义十分重要。还有史铁生的《我与地坛》，也需要资料支撑来开展研究。

鉴于市场和革命等层面的东西比较复杂，能不能先从小处落实，从资料入手来开展对90年代文学的研究？因为资料缺乏，我和学生都曾在这里碰壁，感受尤深。当然，除寄希望于杂志，也可以先动起来，多找人访谈，跑几个地方。

三　史料建设

魏华莹：从既往文学史研究的经验看，史料建设不是一个新话题，但确实非常重要。程老师能否利用纪念当代文学七十年的机会，再谈点什么呢？

程光炜：确如你所说，史料是中国古代文学的基础建设，在现代文学80年代兴起的过程中，也扮演着压舱石的作用，虽说是老话题，可对七十年文学的研究来说依然非常重要。

最近几年，《文艺争鸣》和我们学科都先后举办过史料问题的会议。浙江大学、中山大学和杭州师范大学也有类似专门的研讨会。这些现象，说明史料建设日益受到当代文学研究界的重视，研究者的史料意识越来越自觉强烈了。

从集体作业的情况看，浙江大学以吴秀明教授领衔的史料整理，开展了很多年，取得了突出成绩。我和杨庆祥、黄平先后编辑了《中国当代文学期刊目录》（540万字）、《新时期文学研究资料》十六卷，前者还在北大编辑过程中，后者已由百花洲文艺出版社推出。我印象中还有北师大的《当代文学编年史》、南京大学的《江苏作家研究资料》、信阳师院的《中原作家研究资料》等系统性的资料出版。

从个人作业看，黄发有、张均和王秀涛三人的工作值得注意。黄平和李建立也做了很多工作。个人作业虽不像集体作业规模大，系统化，但质量也不能小觑。黄发有对史料的开发是多方面的，除杂志原刊、档案外，还掌握了一千多封作家的通信。由于长期耕耘，他对史料建设有独特的见识。张均的工作主要在报刊上，除一期期阅读杂志，翻阅旧报刊，也是他经常的工作。在掌握丰富资料的基础上，他的研究不光具有了史家的眼光，而且有一定的思想性。王秀涛目前的工作，依赖的主要是稀见档案，鉴于与众不同，得出的结论大概就不同寻常。而且他对资料细部的观察、淘洗、挑拣和利用，也独具功底。黄平目前的着力点在新时期文学的“起源点”上，他还可能以时间为节点，一步步地深入下去。李建立的《今天》派研究独具特色。就他掌握的资料、了解的程度看，已非人能比。除此之外，我认为还应注意袁洪权和易彬两人的研究。他们从现代文学转过来，有比较严格的学术训练，例如版本、文献等等。最后，也要提到武新军、斯炎伟、赵卫东等人所做的工作。武新军正在对地方文学杂志，做系统性的整理，拟出版较大规模的资料丛书，值得期待。

魏华莹：您觉得目前最应该抓的大的工作是什么？

程光炜：现在史料建设基本是各自为政，不像80年代初那样采取九院校、十四院校集体合作的方式，虽单位较多，协调工作难做，亦取得不小成就。我初步考虑，能否以一两所大学为主，申请国家社科基金重大项目支持，包括后期项目支持，花上一二十年的时间，对70年代文学，进行系统性、大规模的史料建设工作，从思潮、现象、流派、社团到作家作品，分时期一步步地进行，采取一网打尽的办法？当然，这只是幻想，真要实现这一宏大目标，谈何容易？不得一两代人前赴后继地进行？现在已经不是合作的时代，即使有所谓重大项目的分工合作，也都是名义上的，真正做事的，还是申请人和他的学生们。

魏华莹：既然几所大学合作很困难，那么您是否还有其他的建议和办法？

程光炜：我能想到的，是近年可以专门开一个相关大学老师参加的小型研讨会。大家坐在一起先务虚，然后讨论一下能否采用分工合作的办法，把我刚才所说的宏大工程扎实地做下去。具体来说，有的大学做制度史资料整理，有的大学做思潮、现象和社团，有的大学做作家作品，其余零零碎碎的工作，再找一两所大学分工来做？

魏华莹：刚才谈的都是比较宏观的问题，如果从微观角度看，您觉得您和自己的团队还能做哪些事情？

程光炜：我对这个话题感兴趣。一个老师在大学教书，最大的乐趣，就是带着学生，或者说也是跟着学生做研究。其实，你的精力、经验和人际关系，只能团结学生们来一起搞，专注于一个领域的史料建设，由此开展文学史的专史研究。

就我目前的工作而言，如果进行史料的建设，我想先从《八十年代文学资料丛书》开始。虽然对此做了十四五年的研究，然而还缺乏一套专业资料工具书。当然，关于它的编选目标、规模和体例，可以专门研究。如果前后做一点延伸，在80年代文学资料丛书完成以后，不妨先把《七十年代文学资料丛书》弄起来，接着再做《九十年代文学资料丛书》。这样做的好处，一是它有“三个十年”的全局观，有历史轨迹和轮廓，有比较清楚的时间轨道；二是稍微区分一点段落，可以清楚地看清文学思潮和作家作品的变化；三是在此基础上形成一个相互呼应的关系。没有“70 年代”，何来“80 年代”？也就是说，70 年代事实上是 80 年代文学的历史起源，是一个前理解。那么，90 年代文学资料丛书，则可以回溯过去，把 70 年代和 80 年代再回顾性地清理一遍。因为某种程度上，它是 80 年代历史的延伸和变异，虽然很多方面都发生了剧变，但基本问题、文学精神和思想障碍，还在那里，没发生任何变化。资料丛书的建设，就是要通过史料文献，把上述这些困惑弄清楚，好好解决一下。

至于十七年文学，其他大学已经先行了一步，他们已经做了很多工作，我们就没必要再做重复性的工作。这也算是分工合作嘛！

魏华莹：还没谈几个问题，几个小时就过去了。您能否用最后一点时间，回溯一下前面谈过的问题，对当代文学七十年研究的未来做一点展望？

程光炜：展望谈不上。我简单回溯一下吧。我在其他场合已多次谈到，一个学科的发展和积累，需要几代学人的努力，不是一朝一夕能够完成的。所以，以上所说，只是我的一家之言，不当之处还希望同行见谅。

综上所述，我认为文学史分期的问题尤为迫切，不妨在杂志上先搞起来，有一些争论没关系。只有争论，最后才能逐步达成共识，推动学术的发展。再就是七十年文学研究的问题和方法。是整体研究还是分段研究，也可以讨论，更重要的是先做起来。一个段落一个段落有人去研究，历经数年之后，大家把这些段落合起来，或者相互作为参照，整体感的要求，就会慢慢产生了。最后，关于史料建设，也是急不可待的工作。只有史料建设完全跟上来，研究才会更有起色，有更大的进步，有更大更多的学术发现。我最近写过几篇小的考证文章，比如《一份沉埋的孤证与文学史结论——关于路遥 1971 年春的招工问题》和《路遥和林虹关系的一则新材料》。亲身做一点史料考证，感觉跟过去写比较宏观的讨论文章很不一样，主要是宏观文章有很多办法绕过难点，但考证文章只要被一个材料卡住，就绕不过去了。

2019 年 6 月 19 日

关于建立当代文学研究会的材料

白烨先生是批评家，多年编选有关当代文学的资料，例如他在中国社会科学院文学所主编的《文学年鉴》。在我书柜放了15年，由他和刘锡诚编选的这本《中国当代文学研究会25年：1979—2004》（“内部材料，会员交流”），就是他2005年送给我的。[①] 当时说：“有史料价值。”

我一直想就这本书写篇文章，始终没有找到适当机会。原因很多，在此免述。本书以编年的体例辑成，前为中国当代文学研究会简介、章程、组织沿革、分会与机构。后由“历届年会纪要”“重要学术会议”“研究成果表彰”“分会、期刊与函大”“筹建与沿革”，体例比较完善。不过，考虑到中国当代文学研究会建立已41年，后来16年事迹未收入，其间人员和其他情况均发生了一些变化，这本书作为“史料”，还不全面。而且即使是25年，问题、头绪也较繁多，所以本文只截取一个“瞬间”——叙述建立当代文学研究前后的逸事。

一　筹建和建立

1979年3月，借征询《中国当代文学史初稿》一书的修改意见和交流当代文学教学之机[②]，在上海静安寺的建国饭店，开了一个全国性的学术

① 此书是内部交流书籍，2004年10月由白烨、刘锡诚负责辑成。数量不多，只供一些人浏览保存。本论文引用的材料，均出自该书。

② 这部由郭志刚、陈美兰主编，北京师范大学、东北师范大学、武汉大学、南京大学和上海师范学院等院校的老师参与编写的《中国当代文学初稿（上、下）》，1980年，作为教育部委托编写的高等院校中文系教材在人民文学出版社出版。

会议。因为住宿房间相邻，刘锡庆、吴重阳[①]、胡刚、刘定恒、刘延年、宋学知、李志远、魏绍馨8位老师商议，是否可以成立一个“中国当代文学研究会”，作为联合全国学者的当代文学研究团体？此议题，得到了中国社科院文学所当代室主任张炯、人民文学出版社理论编辑室主任毛承志的响应，于是，由这次会议主持者、上海师院的邵伯周主持，召开了全体会议，获得一致赞同。为落实筹备事宜，成立了一个由吴重阳、毛承志等人组成的秘书组，统一由张炯联系协调。[②]

据有人回忆，秘书组后续筹建联络工作，主要在北京进行。[③] 这次筹建工作，前后持续了四个月之久。因该文不足一千字，交代简单，不少细节没有披露，个中过程，我们只能根据国情略做一点补充。按照当时，包括延续至今的关于国家一级学术会议的管理程序，一般应向学会挂靠单位中国社科院文学所递交请示报告，然后经社科院一级组织批准备案，再向相关国家部委民政部申请报批。[④]“经过四个月筹备，中国当代文学第一次学术讨论会与中国当代文学研究会于1979年8月在长春举行。成立大会上，选举冯牧为会长，朱寨、张炯、韦君宜等副会长。”同时成立了负责研究会日常工作的秘书处，秘书长为张炯，副秘书长是毛承志、吴重阳、郴容、张化隆、陆士清、陆一凡、季成家、吴野、杨匡汉，分别代表学术、组织、华北、东北、华东、中南、西北、西南等方面和地区。[⑤]

1979年初，虽然党的十一届三中全会已确立了思想解放和改革开放的基调，但右派还未平反，诸多历史问题尚在澄清过程中，而且经常因争论构成障碍。“文艺界在文艺观点上分裂为两大派”，虽然“在组织上基本完

---

① 刘锡庆、吴重阳分别为北京师范大学、中央民族大学中文系教师，其他老师来自河北大学、山西临汾师院、哈尔滨师院、锦州师院、昆明师院和山东师院。刘锡庆老师已故世。

② 吴重阳：《中国当代文学研究会筹备经过》，载《中国当代文学研究会25年：1979—2004》，第327页。

③ 吴重阳：《中国当代文学研究会筹备经过》，载《中国当代文学研究会25年：1979—2004》，第327、328页。

④ 目前挂靠在中国社会科学院文学所的中国现代文学研究会、中外文艺理论学会和鲁迅研究会等学会，应该都会像中国当代文学研究会一样，在此前后经历了这么一个请示、申请报批的过程。

⑤ 吴重阳：《中国当代文学研究会筹备经过》，载《中国当代文学研究会25年：1979—2004》，第328页。

成了拨乱反正的任务，但在思想上，特别是在文艺上拨乱反正的任务则更艰巨更复杂”。“文艺界有的人把指责矛头对着《文艺报》，责难《文艺报》思想解放走得太远了，扮演了‘带头羊’的角色。其实，他们刮的是反对三中全会的风。”见此情形，作协领导冯牧出来打圆场说，对前一段估价《文艺报》的工作，我同意大家的意见，要防止被一些“风”刮倒。有不同意见，可以在编辑部的范围内谈，请不要出去议论。① 1979 年的社会形势，确如朱寨等的著作所描述的：“值得注意和发人深思的是，在差不多仅仅一年的时间里，理论批评界就连续发生了上述三次（实际还不只三次）文学思潮方面的论争，这既非个别人的偶然的思想失误，也不是孤立的现象。它是社会上一种文学思潮的必然反映。这些论争彼此相联，互为观照。论争的共同焦点，是如何正确估价粉碎‘四人帮’以来，尤其是三中全会以来文艺战线的形势。”反对一方，仍然习惯在“左”的轨道上生活，习惯用“左”的眼光来分析文艺形势。②

发起成立当代文学研究会的高校老师，虽不像文艺界的人士这么敏感，不过也是从那个年代过来的。何况研究会挂靠单位是社科院，离敏感地带更近。这说明，无论在上海建国饭店，还是北京筹备组楼房的高墙之外，这个“社会外围”是无形的存在，不可能不影响到墙内的热心人士。由此可以想象，从发起、筹备到正式成立研究会，需要多么大的勇气和坚毅。可是，在字里行间，现在已看不出任何的忧虑和担心；由于记述简单，那些情感因素已被叙述者挤干；或者因为社会在和平安全环境中运行了多年，叙述者用不着担心因这些叙述加害自己。③

二　第一届年会内外

这本资料集，记载的是从第一届到第十二届年会的全部会议纪要，内

① 刘锡诚：《在文坛边缘上——编辑手记》，河南大学出版社 2004 年版，第 193、195、303 页。

② 朱寨：《中国当代文学思潮史》，人民文学出版社 1987 年版，第 547 页。

③ 吴重阳这篇回忆文章没有落款日期，估计是本书编选前不久，2004 年 10 月结集前一段时间内，应约而写。这距 1979 年已有 25 年。

容丰富，信息较多，从研究角度看，前几届尤其是第一届年会纪要更有研读的价值。

纪要说，1979 年 8 月 10 日到 21 日，由吉林师范学院、吉林大学、吉林省社科院、《社会科学战线》和长春电影制片厂共同承办的“中国当代文学学术讨论会”在长春召开，会议整整开了 11 天。会议层次和与会人员，要高于上次《初稿》修改意见会，出席会议的有北京大学、北京师范大学、南京大学和武汉大学等 72 所高等院校的老师，中国社会科学院、文化部艺术研究院、北京市哲学研究所等十所科研院所，《人民日报》、《光明日报》、新华社、《文艺报》、《诗刊》、《十月》、人民文学出版社、上海文艺出版社等，总共 112 个单位，180 多名个学者和批评家。

第一届年会，因“左祸”横行多年，积压的问题甚多，所以拖拖拉拉开了 11 天。据纪要整理，研究会讨论内容分为“对建国后十七年文学中的现实主义发展情况的看法”“对文革十年和近三年文学情况的看法”“对一九五六年到一九五七年文艺运动的看法”“对其他问题的一些看法”等四大部分。凭它们可得出一个印象，这是一次关于当代文学思潮的年会，有些问题，已超出“学术研究”范围，在中国当代文学史上，它也许能荣获许多个“第一”。因手里没有关于分组的资料，大会开幕式和主旨发言之后，各小组的讨论非常热烈，甚至激烈，这种历史性场面，只能在想象中浮现，无法真实凸显，是个遗憾。

关于对十七年文学中现实主义发展的看法。一种意见是它虽然受到“左”和右的干扰，经历了曲折过程，但基本上贯彻了无产阶级革命文艺路线。持这种看法的人为此列举分析了一些作品，说明它们是从现实基础出发，源于生活又高于生活的，因此“塑造出了一批至今仍然活在人们心中的典型人物”，“教育了我们整整一代人”。它们与过去年代的文学作品相比，也毫不逊色。另一种看法，是十七年文学创作、理论批评，存在严重反现实主义倾向。主要表现是，片面强调为什么服务，贬低损害了文学的真实性，从而形成普遍性的公式化、概念化问题。还有一种意见，认为不能以现实主义或反现实主义的概念笼统地评价十七年的文学现象。①

---

① 《中国当代文学研究会 25 年：1979—2004》，第 14、15、16 页。

前一种意见表明，鉴于“文革”的暴虐，人们尚对相对温和的十七年包括十七年文学持留恋态度，尽管它内部存在一些比较“左”的思想残渣和习惯。后一种意见则在思想解放和文学自主性视野里，重新审视十七年的现实主义，从而得出了相反结论。在现实主义概念中，19 世纪批判现实主义曾是主流，后来塞进了社会主义现实主义的内容，鉴于建政后需要文学参与社会控制，因此又加入了功利主义色彩，这样就出现了后者指责的那些非文学性的东西。没想到当时一些领导，却对文学抱着更宽容的“现实”态度，王蒙曾经俏皮地回忆说：“胡（乔木）说他读了《哭小弟》，给作者写了信。我向他介绍了冯（钟璞，即宗璞）的家学渊源。他后来又接触了一些冯的作品，颇赞赏。胡的艺术趣味偏于雅致高洁，与宗璞对路。他曾经激赏过我的小说《歌神》，却接受不了我的幽默、调侃，也是一证。有一位革命文艺批判家权威，一提宗璞就气不打一处来。这位权威主要是厌恶宗璞的书卷气与学府生活。比较一下他和乔木的态度，令人叹息。”①

有关对“文革”十年和近三年文学情况的看法。对“文革”文学，大家态度一致，认为“四人帮”推行封建法西斯专制主义和极左文艺路线，大兴阴谋文艺，因此它主要倾向是反现实主义的，导致了古今文学史上的大倒退。分歧出现在对“文革”与十七年文学关系的理解上。一种意见是，不能把前者孤立于十七年文学的发展之外，“早在一九五七年（有人认为在一九六三年）就形成了一条‘左’倾文艺路线，文革十年的极‘左’文艺路线，是在已有路线上的恶性发展。两者只有程度上的差别，并无本质的不同”。另一些老师持反对意见。认为“四人帮”推行极左文艺路线，是利用了十七年文艺工作中的一些缺点和错误，联系是有，性质却根本不同。“两者有必然的联系，但又有性质上的差别。”对这三年文学的发展，与会者意见一致，认为不仅恢复了现实主义传统，而且在主题、题材和人物等方面有所突破。②

“文革”文学与十七年文学的关系，一直困扰着 80 年代文学研究史的

① 王蒙：《不成样子的怀念》，人民文学出版社 2005 年版，第 54 页。

② 《中国当代文学研究会 25 年：1979—2004》，第 16、17 页。

展开和深入。八九十年代文学史教材流行着“断裂论”，人们愿意用“没有什么”“何来什么”的逻辑思维，来影响和决定文学史叙述的面貌。大有不宣布“旧”“新”，作家作品就不出来的意思在里面。显然，第一届年会敏锐提出了一个并未过时的研究命题，而且这一命题至今仍在制造加深当代文学研究界的“内部分裂”，目前还看不到弥合的迹象。这证明了第一届年会与今天当代文学史研究的历史联系并未中断，只是鉴于当时条件，人们还没有充分的学术理据，对这一复杂关联做出更为细致的辨析和讨论。不过，今天看来，这个话题仍未过时，只是从四十年前面的表层，下潜沉淀到今天文学史的底部而已。人们只能借助“遗忘”的方式，才能继续前进，但不通过遗忘手段前进也无其他办法。这就导致，十七年文学研究虽然展开得如火如荼，其所进行的不过是史料建设，并未真正触及历史观问题；而对十七年文学，也包括“文革文学”与十七年文学的关系，只是采取闭眼不看的回避态度，即使将来，十七年文学的史料建设开展得如何如火如荼，其文学史价值仍然可以说大打折扣。

关于对1956年到1957年文艺运动的看法，第一届年会纪要的讨论也很热烈。不少同志指出，1956年到1957年上半年文艺界出现了思想活跃、敢想敢说的生动局面。然而，对1957年文艺界反右斗争的评价，却有明显分歧。一种意见强调，对文艺界开展反右斗争，是混淆是非，混淆敌我，影响很坏，很多同志至今“心有余悸”。由此证明，文艺界的反右斗争不是是否存在“扩大化”的问题，而是根本搞错了。另一种意见认为，不能离开当时的历史条件看问题，当时无论是从国际到国内，从政治到文艺，确实有两种势力的较量，因此反右斗争的必要性，不能否定。自然，因为手段方法过激，造成了“扩大化”，这个教训应该吸取。至于有无教条主义的问题，双方看问题角度也存差异。有的同志表示：“一九五六年——一九五七年，我国文艺战线上曾经出现过一场教条主义对反教条主义的大论争。这次论争是以何直的文章《现实主义——广阔的道路》为中心而展开的。”何直的文章“向文艺上的教条主义开火”，“击中了要害”。当时批判何直，是“教条主义的反攻”。有的同志则认为，1956年和1957年文艺界没有所谓思想解放运动。因为，凡是一次思想解放运动，都是先进的思想冲破发展的束缚。而这两年并不存在这种束缚，如果这样，就会把双方置于对立的方面，此话不够妥当。①

虽然“思想活跃说”“反教条主义说”，出现在1979年夏的第一届年会纪要中，鉴于后来形势发展，它逐渐压倒了另一种不赞同的声音，占据上风。这可从几年后出版的中国社会科学院文学研究所当代文学研究室集体编写的那本《新时期文学六年》看到明显痕迹。对“‘现实主义广阔道路’论、‘现实主义深化’论等开展的错误批判，不能不助长‘为了观念的东西而忘掉现实主义的东西，为了席勒而忘掉莎士比亚’这种早为恩格斯所反对的倾向。及至林彪、江青反革命集团控制文坛的十年，文学更走向‘瞒和骗’的绝境。文学一旦脱离生活，也必然脱离群众”。又如，“五十年代关于真实性、关于现实主义——广阔道路、关于革命现实主义和革命浪漫主义相结合的讨论”，“虽然论述大致属于创作方法和创作原则的范畴，但广泛涉及到如何正确处理文艺与政治的关系这一根本问题”。这种情况下，“新时期文学现实主义传统的恢复”，就反映了“已经成熟了的历史变革和思想解放潮流的必然要求”。②

三　现在能否代替历史

从中国当代文学研究会的筹备和建立的叙述材料看，确实有用“现在”代替“历史”的动机存在。这是由于在五六十年代，文艺界和学术团体“结社”是不被允许的，发起成立当代文学研究会本身，就构成了对“历史”的否定。它以“现在”这种组织方式出现在七八十年代，“代替意味”是非常主动明显的。正像它的章程所声称的：“本团体为全国性的学术团体，由全国从事当代文学教学、研究、评论、编辑等工作的专业人员自愿组成，为非营利性的民间社会组织。”它还严正表明：“本团体的宗旨为在马克思主义、毛泽东思想和邓小平理论的指导下，在遵守宪法和恪守政策法规的前提下，开展当代文学的研究活动，促进当代文学的学术交流，推进当代文学的研究、教学和评论的水

① 《中国当代文学研究会25年：1979—2004》，第18、19页。

② 中国社会科学院文学研究所当代文学研究室：《新时期文学六年——1976.10—1982.9》，中国社会科学出版社1985年版，第19、76、77页。

平，为发展和繁荣社会主义的文学事业作出积极的贡献。”①

另外，看第一届年会纪要整理的各种意见材料，在文字、内容和比例分配上，好像是平等对待、不存歧视的印象。例如，关于对十七年文学中现实主义发展的看法这部分，双方观点的陈述篇幅接近，并未偏袒排斥。但如果放在整个纪要“上下文”的语境之中，就会注意到，比起反对意见，肯定意见要处于下风，属于勉强自辩的状态。再例如，关于对 1956 年到 1957 年文艺运动的看法这部分，整理的否定意见，放在前面叙述，而表示理解的意见，则放在后面做陪衬。这种位置配置，是一种观点的强调，是一种态度的显示，是毋庸置疑地用“现在”代替、超越“历史”的编排方法，凡是读到这部分材料的人，马上心知肚明。这是不言自明的材料编辑逻辑。该书“编后”，也不隐瞒这种“进化论”的想法：“研究会的 25 年足迹，也从一个重要方面折射了中国当代文学，尤其是中国当代文学研究 25 年的历史。”②

一般情况下，当前一段历史给文学史叙述者造成一定伤害，或留下一些不愉快的回忆，尽管这一页已经翻过，当事人仍会秉持用“现在”代替“历史”的思维方式。仔细检点这几十年的思想历程，自己也确实走过了两段路程。

一段路程是 80 年代初。认为第一届年会纪要里争论的观点十分陈旧，已经跟不上当时急速发展的文学思潮，知识更新的步伐，不值得重视。所以，很容易用“现在意识”轻易地覆盖掉“过去历史”。我的所谓“自我更新”，在后来写就的《文学讲稿：“八十年代”作为方法》一书中昭然若揭。我这样斩钉截铁地写道：“在一定程度上，我更愿意相信这一个事实，即，当代文学的重新提出，其主要根据是肇起于七八十年代之交的‘历史重释’运动。这对我们今天研究当代文学史的问题非常重要。”又写道：“思想解放运动的核心，是要对‘文革’及其以前的极左路线进行全面检讨，而它的根据，是对过去的历史做重新解释。”③ 相信现在的年轻人，都不会对此起疑，

① 《中国当代文学研究会 25 年：1979—2004》，第 3 页。

② 《中国当代文学研究会 25 年：1979—2004》，“编后”。

③ 程光炜：《文学讲稿：“八十年代”作为方法》，北京大学出版社 2009 年版，第 4 页。

反倒觉得它说得痛快淋漓，把“现在”所想说的话都说出来了。然而，事实又是怎样呢？仔细去看，这种表述对当代文学研究会成立之初的复杂历史状况，采取了简化的方式，或者不再停留在他们争论的原点，像考古学的田野调查一样，选一个地方挖下去。我想，80年代以来诞生的当代文学史教材，文学史研究著作，都会有类似问题。只是大家意识不到，或者即使意识到了，也不愿意拿出来重新讨论和研究罢了。是故，这本《中国当代文学研究会25年：1979—2004》被遗弃了十几年，实在可惜。

另一段路程，是在我2005年在中国人民大学开设名叫“重返八十年代”的博士生工作坊之后。因为课堂讨论的需要，我读了一些书，例如柯林武德的《历史的观念》、克罗齐的《历史学的理论和历史》（又名《历史学的理论和实践》）、安托万的《历史学十二讲》，想法有了一些变化。在著述中，他们都强调要历史地、辩证地看待前后期历史之间的关系，不赞同用一种新东西代替另一种旧东西这种简单化的思维倾向。克罗齐是以提出所有的历史都具有“当代性”著称于世的，然而他严肃指出：“在提出当代性不是某类历史的特性，而是一切历史的内在特性后，就需把历史同生活的关系理解为统一关系，当然其含义不是抽象同一而是综合统一，它包含二词的差异和统一。”“当说到一种历史，又不拥有该历史的文献，其荒唐可笑不亚于人们谈论一事物的存在，又一致断言缺乏其存在的一个基本条件。”因此，“同文献无关的历史是无法证实的历史。”① 前一句话，是说“当代性”应该包含在“历史的内在特性”之中，它们不是抽象而是综合的统一。后一句是说，当论证一种历史时，如果忽视或回避该历史的文献，这样就把你希望排斥掉的历史变成了一个“无法证实的历史”。在这里，他特别强调在反思前一段历史的时候，应该首先重视对它文献价值的利用。

回顾第一届年会纪要对几个争论问题的整理性材料，阅读“十七年文学”和“文革文学”关系的部分时，会想到，尽管否定十七年与“文革文学”的牵连没问题，然而另一种看法，认为“文革文学”日益激进的形态，其实是从十七年文学本来的一些理念“内化而来”，它们不是“断裂

---

① ［意］贝德托·克罗齐：《历史学的理论和历史》，田时纲译，中国人民大学出版社2012年版，第5页。

关系”，而是综合的统一关系的观点，反倒显示出比前一种观点更复杂的眼光，更具历史难度。另外，在对 1956 年到 1957 年文艺运动的看法这一部分，一种观点说它是一场思想解放运动，因为这是一次“反教条主义”的文艺复兴；另一种观点则不认为“一九五六年和一九五七年文艺界有所谓思想解放运动。因为，凡是一次思想解放运动，都是先进的思想冲破它发展的束缚”①。这是因为，就大多数人的思想状况而言，并不存在“思想解放”的历史条件。而事情的发生，是由于当时的国际国内环境，所以不能离开历史条件来看问题。这些珍贵文献，都被遗弃在我的书架上，多年不予闻问，想来不应该，但是后悔也来不及了。

到第二个阶段，我就觉得，离开历史文献，离开历史条件，简单用“现在”代替“历史”的做法就存在问题了。这是因为，我们总是习惯于把别人当作“反思”对象，而不愿意自己当作“反思”的对象，也就是说，不把“自己的问题”提炼和凝聚成一种有质量的反思对象，这样，就不容易与这本《中国当代文学研究会 25 年：1979—2004》开展有质量的思想的、文学史的对话。自然，如果深入研究，光凭手头这本小书也不够，还要回过头再翻阅与此相关的历史材料，也包括文学史历史材料之外的社会学、历史学材料，比如党的十一届三中全会前后的各种档案材料，口述史、回忆录、历史著作，将这个“大环境”作为背景，将其置于对《中国当代文学研究会 25 年：1979—2004》再读工作的背后，作为基础性的“历史文献”。今天去看，这本《中国当代文学研究会 25 年：1979—2004》虽然比较单薄，但作为一份历史材料，是有存在的价值的。

2020 年 12 月 3 日于北京亚运村

2020 年 12 月 7 日修改

① 《中国当代文学研究会 25 年：1979—2004》，第 18、19 页。

当代文学史阶段的划分问题

在今天上午的会议上，吴俊教授讲的一个观点我比较认同。他说如果当代文学史没有下限，这个学科就无法成立。① 几年前，黄发有教授也表达过类似看法："当代文学是一门没有时间下限的学科，而且，随着历史的推进，对于当代文学的历史起点也陆续响起了质疑之声。"② 文学史家们对学科本身的忧虑，并非个人看法，而是反映了当代文学在运行了 70 年之后，需要告一段落的自身要求。对之，我表示极大的赞成。

提出当代文学下限这个问题的一个重要前提，是周扬在第一次文代会的报告和第四次文代会的"祝词"，它们是由对当代文学性质和任务的界定所决定的。按照这个界定，当代文学实际早已完成了自身任务，至于以后的文学应该怎样命名，那是在此之后的下一个问题，可以在另一问题层面上来讨论。

如果从当代文学已完成自身任务的角度来看问题，我认为有几个截止点可以考虑：一是 1984 年，原因是 1985 年寻根、先锋文学思潮，改变了当代文学的方向；二是 1993 年，邓小平南方谈话后，文学从文学与社会，转向文学与市场、大众媒体的关系上来，《废都》风波是其中一个作品标志；三是 2001 年，这一年中国申奥成功和加入 WTO，这个节点的缺点是，没有有力的文学作品予以支持。这几个截止点过后的文学，是否还可以叫作当代文学，是存在很大的疑问的。但经过通盘考虑，我个人认为将截止点设定在 2009 年比较合适。从时间上说，正好是"当代文学六十年"。

---

① 吴俊是在 2020 年 10 月 10 日《文艺争鸣》召开的"当代文学史：发展和变化座谈会"上，发表这一看法的。

② 黄发有：《重新理解当代文学史》，《当代作家评论》2017 年第 2 期。

下面就说说我的理由：

我个人认为，文学史阶段的划分有两个标准，一个是文学与社会史的角度；另一个是重要作家作品的角度。我主要说第一个角度。

众所周知，当代文学阶段的划分，一般是根据传统史学的习惯做法来进行的，例如十七年文学、新时期文学，等等。有些是依据历史事件，有的也可以依据一些历史地标。2001 年，中国申奥成功，正式加入 WTO。2008 年中国成功举办了举世瞩目的夏季奥运会。这一连串的地标，是否把文学史划分的可能性提出来了呢？

大家看到，2001 年至 2008 年之间，发生了翻天覆地的变化。成功申奥和加入 WTO，再到奥运会举办，表明中国结束了封闭状态，确立了一种面向世界的开放性姿态。这种改革开放的转变是根本性的。人们发现，现在互联网上世界发生的任何一件大事，都能牵动中国人的神经。当代文学，实际很难再是一种内部生产和消化的文学，而需要面向世界文学，参与全球性的文学生产和消费，当然，它也要坚持自己的民族形式和民族特色。而生活在这种历史情境的中国当代作家，已无法置身事外，莫言获得 2012 年的诺贝尔文学奖就是证明。基于以上理由，我比较倾向于把 2009 年作为当代文学发展阶段一个地标性的年头。

因为有诸多问题还没有厘清，对相关问题也许还存在不同的看法，所以，现在只能比较笼统地说。如果 2009 年作为当代文学前后阶段的一个地标，我们可以大致观察到前后阶段当代文学的某些特征。例如，前一阶段当代文学具有社会动员的功能，因为需要动员民众参与国家的变革，因此文学呈现出一种内部生产和消费的特征。处在这个阶段的作家，比较注意描绘重大历史事件，及这些事件对于人们精神生活的影响。后一阶段的当代文学，顺应市场经济的潮流，开始改变内部生产和消费的状况，注意与市场结合，与世界接轨，比如很多作家开始重视自己作品的外译。莫言之所以能获得诺贝尔文学奖，没有这种外译，是不可能的。另外一个需要注意的变化，是作家开始由对外部事件的兴趣，转向自我经验、日常生活方面。他们对作品稿酬和版税，也表现出极大的兴趣。在这种情况下，如果还让当代文学在内部生产和消费，也是不大可能的。

如果描述上述状态，可能需要写很多文章，即使写很多文章，也不一定能够说得清楚。我比较关心的是，前一阶段的文学叫当代文学是可以的；后一阶段的文学，我们应该叫它什么呢？能不能找到一个容易被大家记住，且会被学术界逐渐接受的文学名称呢？我们知道，现代文学“三十年”，是在现代文学结束（1949）之后将近30年（1987），由钱理群等一些年轻学者在文学史教材中提出来的。在此前后，也即80年代初，就已有学者对这三十年做了一些切分，比如，提出“第一个十年”“第二个十年”和“第三个十年”的概念。但当时不是这种说法，而是“五四十年”“三十年代”，等等。而我们当代文学，还在发展的过程中，是否可以预先提出什么概念，或做一些讨论，有没有这样的可能性？今天有现代文学的学者在场，他们可以告诉我们一些成功的经验。

从文学与社会史的角度谈下限问题，比较容易说清楚。但如果顾忌到另一个角度，即重要作家作品的标准，可能会有一点麻烦。我们知道，一般文学阶段的划分，是以一代大作家创作的起落为边界的。而且在我心目中，能够代表当代文学史第二个阶段的大作家，① 应该是“50后”作家。② 划分文学史段落，应该以他们创作的起落为标准。然而现在麻烦的是，他们目前的创作热情仍然很高，新作不断，其文学创作期，远远超过了20世纪中国文学前一个阶段，即现代文学几代作家的创作寿命，而且现在也没有停止的意思。对这个问题应该怎么处理？可以拿出来，在另外一个场合来讨论。我认为，比较稳妥的办法是将他们的创作分前后期，前期创作的作品，可以放到当代文学史中来，后期创作的作品，就不一定了。当然，这种看法肯定会引起质疑的声音，甚至有人持反对态度，这都很正常。因为，大家还都不习惯当代文学史下限的划分，不习惯宣布当代文学史已经告一段落，不习惯按照吴俊、黄发有两位教授的见解，当代文学史应该可以作为一个完整的学科来研究了。

2020年10月15日

① 如果按照蔡翔、罗岗和倪文尖当代文学有“两个三十年”的说法，第一个阶段是十七年文学、“文革”文学；第二个阶段就是新时期文学了。

② 年龄不是绝对因素，比如“40后”的张承志，60年代初的余华、苏童和格非，也属于这一圈子。

当代文学考证中的“感情视角”

2016 年 5 月，我应浙江大学中文系吴秀明教授之邀，去参加他博士生的毕业论文答辩，其间还有一次与博士生的座谈。吴秀明教授是我的老朋友，他闲谈中问道：“你怎么看当代文学考证过程中叙述者的‘感情视角’？”他指的是我前两年在刊物上陆续刊登的《莫言家世考证》等系列文章。我们知道，秀明教授是著名的史料文献整理专家，他带领浙大博士生历经十余年做的大型当代文学史史料丛书，有数十本之多，规模宏大，体系完整，相信它们出齐后会引起大家的兴趣。

由于答辩和旅途匆忙，我当时没有深想秀明教授提出的这个尖锐问题，他是出于老朋友的善意，才向我发问的。借这次《文艺争鸣》编辑部举办的“中国当代文学史史料研讨会”之机，我简单谈谈看法，以便就教于学术界同行。众所周知，当代文学史史料的整理研究，包括我刚刚开始做的“作家家世考证”，都属于文献学的范畴。著名文献学研究专家张舜徽先生在《中国文献学》一书中，对文献学的范围和任务、编述体例、校勘、目录整理、抄写、注解、考证、辑佚、辨伪，以及方志、地图、制表等方面，均有富有启发性的论述。他主要强调，在这些工作中，整理者的客观眼光、有距离的筛选和甄别是非常重要的一个环节。也就是说，整理者应该以一种“看过去”的冷静态度开展工作，而不应该把自己的感情好恶卷到其中去。[①] 这与秀明教授对我的提醒十分相似。

说老实话，我 2014 年秋冬在澳门大学陆续做的《莫言家世考证》，纯粹是一个无心插柳的工作。由于此前没有接受过文献学的严格训练，只是在澳门大学图书馆临时借出基本入门书，先啃起来。当时带到澳门的莫言

---

① 张舜徽：《中国文献学》，上海古籍出版社 2006 年版。

资料，也不够用，打听到与该校有相互借阅流通关系的香港中文大学，这方面的材料也极缺乏。关键还有，我对自己这个“历史叙述者”角色，也并没有想好。举例来说，作为历史“当事人”的我，究竟与莫言先生的身世历史是一种什么关系，我和他作为同代人，共同经历过“七十年代”这样的大时代，那么，在叙述这段历史情况的时候，我自己的“位置”——也即这篇短文中所说的“感情视角”应该怎么摆？例如，在写《教育——莫言家世之三》的时候，叙述到莫言曾经给当时的教育部、山东省招生办、潍坊地区和高密县招生办等各级负责招收工农兵大学生的机构写信，申诉自己无书可读的苦恼，强烈希望能争取到上学机会。为把莫言这件事情的时代背景说清楚，我在文章下面加了一个颇带个人感情色彩的“注19”，其中写道：

> 1972 年 12 月，福建省莆田县城郊公社下林小学语文教师李庆霖给毛泽东写信，叙述自己的儿子和当时下乡知青的困境，揭露了地方上某些干部利用职权开后门招工、参军、上大学的不正之风。次年 4 月，此信由王海容转交给居住在中南海的毛泽东。据说，读到这封人民来信后，可能触动了内心某种深层感情的缘故，毛泽东当时久久沉默不语，潸然流下了眼泪。他在回信中说：“李庆霖同志：寄上三百元，聊补无米之炊。全国此类事甚多，容当统筹解决。”毛泽东的信通过中央文件的形式逐级下发传达，促使中央高层调整知识青年政策，对某些地方迫害知青的干部严厉整肃。像中国古代社会一样，有时中央政府有些好的政策传到州、县一级便扭曲变样，而前者也常常无奈。“中央”和“民间”两层的隔阂，成为中国社会不同于西方各国的特殊架构，向我们描绘着中国几千年来变与不变的情形。另外需要指出，我们也不能仅仅从政治维度贬低辽宁知青张铁生那封“上书”，虽然他因此摇身一变，成为反“教育回潮”英雄，并得以进入大学。他的上书，与李庆霖的上书，固然诉求角度不同，仍然可完整看做知青社会问题总爆发前夕的一个讯号。若干年后，张氏上书的复

杂性，依然可以纳入我们考察历史的范围内，并予以重视。①

不妨说，我在叙述过程中把自己的“感情视角”不自觉地“卷进去”了。我当时确实无法抑制自己的感情，甚至在写作过程中潸然流下的泪水。我心里明白，虽然在写莫言，实际是在写我自己。我在为莫言的人生遭遇流泪，同时也在为自己，也包括了我千百万的同代人流泪。这涉及感情与历史的关系，涉及携带着个人感情的叙述者怎样进入到历史认识之中的复杂问题。1974 年春季以后，我被困在河南大别山腹地的一个知青农场，无书可读，也前途茫茫，有两年多时间。虽然我当时读了很多书，也胡涂乱抹地写了不少东西，但这终究不是个办法。上大学，是我一个久久积蓄在内心深处的强烈的愿望。

凭借在写《家世考证》之前一点文献学的自学经验，我知道这种“感情视角”是非常不应该出现的一个错误。但是，更令我苦恼的是，作为“当代史”的当事人，又无法完全彻底地把这个“感情视角”剔除出去，如果这样，那么克罗齐所说的“历史的人性”“历史的积极性质”还有什么意义呢？② 换句话说，即使考证者不抱着把历史真相告诉下一代读者的想法，但如果他的叙述只是一些冷血材料，是一些类似木乃伊的历史断片，那么“最终的考证价值”又在哪里？说老实话，对这些深奥纠缠的问题，我是惶惑的。道理上清楚这是怎么回事，但一到具体考证工作的操作的层面上，问题就发生了，非常突出尖锐地摆在你面前。所以，说了这么多，我的不成熟的看法是：第一，虽然现在做当代作家的文献整理和考证工作，时间稍微早了一点，但也不是不能做的。因为很多“50 后”作家的年龄都已在 60 岁以上，趁着他们记忆还清楚的时候，不妨先试做一些个案，先把史料文献留下来。遇到不清楚的地方，还可以当面向他们咨询、求证、辨伪和辑佚。我的意思是，先把中国当代文学史的“史料学”做起来，至于“感情视角”往哪里摆，作者叙述与史料文献之间的距离尺度，以及与此相关的一些问题，则一边做一边解决。解决不了的，推给下一代

① 参见拙作《教育——莫言家世考证之三》，《中国现代文学研究丛刊》2015 年第 8 期。

② ［意］贝内德托·克罗齐：《历史学的理论和历史》，田时纲译，中国人民大学出版社 2012 年版。

的研究者来质疑、纠正、批判和丰富完善。第二，与这个问题相关的，有一个史料文献整理和叙述的“简与繁”的问题。我的看法是不妨先“繁复”一些，力求翔实穷尽，进一步挑拣、筛选和剔除的工作，也留待下一代研究者去做。就是先抢救材料，多多益善，堆积在那里没关系，等经过数十年的努力，做成一个当代文学史史料文献的巨大仓库之后，后面人的工作压力就会大大减轻了。

因此，我在刚完成的《莫言家世考证》的初稿中，加了大量乃至不免烦琐的“注释”。有些章节的注释，字数上还超过正文，我整个变成了一个“文抄公”。但我心里开始明白，尽管文献学方法论著作在提醒“剪裁”对于整理者的重要性，然而，作为与所叙述的“历史”还保持着“同步状态”的人来说，完全从叙述中挪走“感情视角”是不现实的。另外，材料的“繁复”虽然显得芜杂、重复，但也非常必要，因为这样可以保留历史存在状态的丰富性和它可感知的体温，当然这样也容易露拙，未能把杂质剔除尽净，给人还不够“严谨”的印象。当代文学史的史料文献整理才刚刚开始，我个人认为尺度先不妨稍微放宽一点。

2016 年 7 月 5 日于北京亚运村

新时期文学的“死魂灵”

——读七八十年代之交《新文学史料》的回忆和悼念文章

在我的记忆中，在七八十年代之交的报刊上登载的，一般是从浩劫中归来的文学作品和文章。饱经沧桑的人们，准备以满腔热情投身于新的时代，是当时普遍的心态。近日读1978年至1983年的《新文学史料》，我的印象完全不同。一道长长的“死魂灵”的影子，似乎在“回忆录”和“悼念”等栏目中徘徊。它们把我拉回到那个不愿意再回去的年代，让沉重哀歌重新啃噬着我已经安稳下来的心灵。这个文学史边角料，是我在过去了的38年生活中不曾想到的。

堆放在我书桌上的史料，从1978年创刊的第一期，到1983年第3期，总共15本。① 它们已经陈旧破损，有几期缺页，还有一期刊物的封底被人撕去一半。大多落满了灰尘，纸张发黄、变脆，翻看时稍不小心，就有掉落和破碎的危险。如果是在图书馆，估计大概要仔细存放在“馆藏部”，只能经过允许到里面查阅。我之所以得到这套《新文学史料》，是拜托一位在人民文学出版社工作的朋友，从一间堆放多余书籍的房屋中觅得。所缺的刊物，又在孔夫子网上购得几期，还有一些至今未能搜齐。我当时只是想保存一套，偶尔做资料用，没有想到还会以写文章的方式与它重逢。

这本杂志第一个栏目是“回忆录”，发表与本文有关的追忆文章有数十篇。最后一个栏目“悼念”，登载了46位作家、批评家和各类文艺家故

① 《新文学史料》是季刊，从1978年到1983年不止这15本。这15本主要是跟这篇文章内容有关，才作为叙述对象的。

世的消息，以及追悼会报道等。[①] 大部分悼词中有“受到四人帮的残酷迫害”的字眼，一部分没有。逝者年纪最大的是郭沫若（86 岁）和茅盾（85 岁），年纪最小的才 50 出头，是死于“文革”的缘故。他们出生年月多在清末民初。一些人可能确实是被迫害致死，例如老舍、傅雷、邵荃麟等，另一些人是心灵上受到伤害，因心情压抑和身体有病而亡故，例如魏金枝等。有些则是正常死亡。清末民初出生的人，到这个时候也有六七十岁了。当时人的正常寿命应在六十岁左右，不像今天可以通过药物将死亡时间推迟到八九十岁。那个年代只有郭沫若、茅盾享受的医疗条件能做到这点。所以，不能说所有人都是“被残酷迫害致死”。不过，死在新时期开始恢复正常的那几年，虽然是这些逝者的命运，也觉得惋惜遗憾。

一　老舍的故事

老舍（1899—1966）原名舒庆春，出生在北京一个贫寒的家庭。父亲是普通的满族护军士兵，八国联军攻打北京时战死；全家靠母亲给人洗衣服，缝缝补补，在小学里当勤杂工维持生计。因为这个缘故，老舍衷心热爱新社会。新中国成立后，他是作家中最受政府信任的人。他女儿舒济说：“毛主席生前曾多次亲切地接见过他，亲自观看和听他写的话剧和相声，邀请他出席历次最高国务会议。敬爱的周总理生前多次给他点题，观看他写的话剧彩排，给他讲解党的政策。”[②] 要讲，这种人生经历和背景不应该是“文革”戕害的对象。

1966 年 8 月 23 日早上 8 点多，老舍到北京文联上班。文联的人都很惊奇，因为他身体不好正在住院。有人问他，老舍淡淡地回答：“这是一个运动，康生告诉我了，这是个大运动，应该去参加，感受感受，所以我

① 这 46 位作家和文艺家是：郭沫若、田汉、茅盾、老舍、阿英、冯雪峰、丰子恺、邵荃麟、何其芳、郑伯奇、傅雷、魏金枝、金山、郑君里、萧三、徐懋庸、孟超、陈翔鹤、王任叔、陈梦家、李长之、穆木天、曹葆华、柯仲平、董秋斯、焦菊隐、周立波、赵树理、柳青、李季、吴伯箫、罗稷南、崔嵬、黄宁婴、黄谷柳、侯金镜、韩北屏、李星华、阿垅、彭柏山、方殷、芦甸、董每戡、杨朔、黄新波、彭慧。

② 舒济：《回忆我的父亲老舍》，《新文学史料》1978 年第 1 期。

就来了。”当时文联和社会上已经非常混乱。下午 2 点多钟，天安门旁边北京 28 中的一批中学生冲到文联，把萧军、老舍等人揪上汽车，老舍眼镜被人打掉。这群人被拉到文庙，脖子上挂着牌子，跪了两个多小时。老舍的头还被中学生砸破，鲜血从脸上流到衬衣上面。文联革委会的人生怕出事，借故把老舍从现场弄回家。第二天，老舍在新街口豁口外太平湖公园坐了整整一天，午夜投湖自杀。根据当时的逻辑，他应该是“安全系数”最高的社会名人，不至于有如此结局。“他大概以为不大会揪他的，他闹不清咋回事，他表现得很沉静。”“他自己以为自己是爱国的，也是无党派，也不是走资派，也不是当权的，他是个作家。”① 联系前后这种种迹象，老舍之死大概是一个意外。

这个故事的引子很值得注意，就是老舍身边的文联办公室主任曹菲亚刚才说的那段话：他大概以为不会揪他，自己爱国，是无党派，又非当权的走资派。他进一步强调说：“老舍先生很大一个长处和优点就是，他是个非常善良、非常豁达的这么一个老人。”② 实际不仅是上述史料，1949 年以前的“老舍故事”，也在加强印证着人他这种“安全系数”很高的印象。

例如，曾在武汉时期跟着老舍办协会、编杂志的作家楼适夷回忆说，抗战爆发后，老舍立即卸去山东齐鲁大学教授的职务，将家人留在济南，只身一人来到武汉。他说，“在一向的印象中”，老舍是“平时不大习惯参加任何政治活动的先生”，这次抱着爱国热情，答应担任“中华全国文艺界抗敌协会”的总务主任，主编《抗战文艺》。国民党很想把这个力量收罗门下，为它所用。为此，国民党中宣部部长张道藩摆了宴席，可出席者寥寥。只有老舍和冯乃超等少数人参加。老舍有自己的理由：“我不是国民党，也不是共产党，谁真正的抗战，我就跟着谁走，我就是一个抗战派！”1938 年 3 月文协成立时，原先答应承担经费的国民党，又变卦了。“尽管先生一次次跑腿坐索，结果还是一个钱也不发。协会付不出房租，

① 曹菲亚：《老舍当时为什么不躲开，现在也觉得是个谜》，引自傅光明《老舍之死采访实录》，中国广播电视出版社 1999 年版，第 62—69 页。

② 曹菲亚：《老舍当时为什么不躲开，现在也觉得是个谜》，引自傅光明《老舍之死采访实录》，中国广播电视出版社 1999 年版，第 62—69 页。

发不出工作人员的生活津贴，要开会也租不起一个会场。但是这并没有难倒名为协会总务部长而实际是主持人的老舍先生，他亲自掏腰包，四处奔走，联络文艺界的朋友，向冯玉祥、向邵力子等抗战中的闲员，还有张道藩、陈立夫等，凭着自己的面子去借款，而且利用他们阔气的公馆，一次一次当作理事会的会场。"① 作家锡金当时是一个 22 岁的小青年，最初见到名作家老舍时有点紧张，可他在别人说话时插上一两句笑话，引起满座哄堂大笑后，自己的顾虑马上就消除了。他是老舍的另一个助手。他记得："老舍建议，由我、适夷、姚蓬子三人直接处理编务。""我当时是不公开的共产党员，属于设在八路军办事处的文艺小组，老舍也许可能有些知道，所以他坚决推举我。适夷当时出狱不久，组织关系尚未恢复"，因此他和老舍一样"算'无党无派'。"《抗战文艺》刚开始是三日刊，封面由梁白波绘制，刊头字是丰子恺所写。"编三日刊很忙，要组稿、看稿、编稿、校稿，印出来以后要发行，还要结算账目。所以老舍总是跟我们滚在一起。"他自己写稿，署名"总务部"。"我们只管编、校，其他的杂务都是老舍，他干得井井有条，一点也不杂乱。往往在我们想到还有什么事要干时，他已经干掉了；有的稿子约定了未送来，有时就是他去跑。"②

楼适夷还说到对老舍平时生活的印象。老舍当时的收入只是五元、十元的零星寄来的稿费，吃的是大锅饭，"穿的是从北方小行包中带来的几件旧衣服"，"从未见他穿过当时大家习惯穿的西服。在国外生活过那么多年，但他身上却找不到一丝一毫的洋气，倒像一位从乡下出来的三家村的学究。他自己光抽廉价的纸烟，有一个熟朋友来，谈久了便提议：'好，上外头去走走。'于是便一起到武昌街头熟悉的小饭馆，叫上一壶酒，几只简单的酒菜，吃一点小点心，又把话题引起来了。最后由他掏出钱包来付钞；'不许同我争，到底我比你们还富一点呀'"。后来楼适夷向老舍借了几十元路费，去香港找事，还是老舍找许地山帮的忙。"许先生便说：'老舍嘛，他是穷苦出身，从小在北京大杂院里长大，他一直保持勤劳人

① 楼适夷：《忆老舍》，《新文学史料》1978 年第 1 期。

② 锡金：《严肃 · 勤恳 · 诚笃——追念老舍同志》，《新文学史料》1978 年第 1 期。

民的本色。’”[①] 郑振铎的夫人高君箴在《一个难忘的人——忆老舍先生》里说到他朴实的为人。1930年初他从新加坡回国，来沪在她家中住了半个多月。老舍很勤奋，天天埋头写作，他那篇童话小说《小坡的生日》，就是在那里完成的，后发表在郑振铎主编的《小说月报》上。“那时我家境况不好，加上福建人的习惯是早晚两餐粥，只有中午才能吃些干的，老舍先生是北方人，我怕他不习惯，因此几乎天天中午总是做一大碗肉丝面招待他，再好的却是无力办到了；有时深夜，他与振铎促膝谈心，充做夜点的也还是一碗面。每当我带着十二分的歉意把面端到他面前时，他总是表现出非常爱吃的样子，大口大口香甜地吃着，似乎是在安慰着我，而我却至今仍然感到内疚，我没能好好招待他……老舍先生是多么纯朴的人啊!”[②] 李长之1933年认识老舍，当时老舍34岁，他23岁。在他的印象中，老舍是一个会鼓励也会规劝别人的人，考虑问题和做事比较有分寸。李长之那时写文章抨击商务印书馆总经理王云五，老舍开始没有说什么。以后有一天，“他给我信说：‘与王老板大战，真如赵子龙，浑身是胆。’这是鼓励。我不久告诉他说，我要搞文学史了，他来信说：‘还是搞批评的好，因为这救急。’我批评他的《离婚》后，他来信说：‘你批评一个人演关公，就只问他演关公怎么样，不责备他没演张飞。只是一些琐碎之处，可以去掉。’这都是规劝”。他接着说：“一个要求进步的人，也关心朋友的进步。老舍就是这样。我觉得在他那里得到不少教益。我觉得他确是我的良师益友。”[③] 这篇文章写于1978年老舍骨灰安放仪式之前，40多年前的旧事，他还记得清清楚楚。

再例如1939年重庆北碚“文协”的同事萧伯青，也谈到了当时与老舍相处的点滴。北碚是嘉陵江上游的一个小镇，街道不多，但很清洁。店铺不少，菜馆、饭馆、冷酒馆、旅馆，以及邮局、电报局和银行，也有几家书店。撤退到大后方后，这里集中了很多文化机关和学校。住在北碚的中华全国文艺界抗敌协会的理事和会员，在那里有三十多人。从这里上重

---

① 楼适夷：《忆老舍》，《新文学史料》1978年第1期。

② 高君箴：《一个难忘的人——忆老舍先生》，《新文学史料》1978年第1期。

③ 李长之：《忆老舍》，《新文学史料》1978年第1期。

庆开会太远，车船拥挤，路途不易。所以，决定在北碚设立一个文协分会。老舍搬到北碚，大概是秋天以后的事情。他记得老舍每天的生活比较规律："每晨要打太极拳。上午写作，写一阵就自己拿扑克牌过五关玩一阵，有时是用骨牌拿一百开。玩完了，他又写起来了。午饭后要睡午觉一小时。下午或写作，或看书，或看朋友。晚上写的不多。"他说，文协虽是一个松散的民间团体，但从全国流离过来的文学界朋友仍然不少，一来就住在那里。相处久了，他对老舍的性格有了切近的了解。萧伯青在这篇文章里回忆道："老舍对朋友真是好，可以说是'善与人交，久而敬之'，肝胆照人，情谊深厚。他喜欢朋友，朋友喜欢他，他有很多朋友，总是越交越厚。他平易可亲，和善待人。但不是一团和气，一遇到大是大非，他立时爱憎分明，有棱有角，不畏强暴，敢碰敢顶。有一作家向国民党反动派告密，说老舍私下说不满意政府的话，老舍听说后，就立时恼了，就叫另一作家给那个作家带个口信，请他'以后不要再来我这里了，如果来了，我将他王八蛋臭骂出去！'"他认为老舍虽没明说，心里是同情共产党的。萧伯青对有一件事印象很深。《新华日报》设立了一个北碚分社，是两间门面两层楼。在那里订报、分报、送报、卖报，门面摆了一个售书摊，再卖些进步书刊。街对面开着一个菜馆，天天坐满喝茶的人，其中也有特务在座。"分社送报的报童给老舍送报每天都是到黑夜悄悄地把《新华日报》从门缝下塞进屋里来，就连忙离开。有人问报童：'为什么不在白天里送，偏偏在夜里给老舍送报？'报童说：'我们怕给舒先生惹出麻烦，所以才暗暗送报。'一个报童说这个话，正说明党在那时对老舍是如何的关怀。"①

将这些三四十年代的"老舍故事"，与60年代的老舍对接，才知道他真不是一个热衷于政治活动的文人。但这些故事也反照出我们过去没想到的东西来。前面说"老舍之死大概只是一个意外"，意思是说如果不叫他赶上，可能事情就会是另一番样子。

---

① 萧伯青：《老舍在北碚》，《新文学史料》1978年第1期。

二　邵荃麟的身前身后

邵荃麟是一个与老舍不同的例子。

邵荃麟（1906—1971），原籍浙江宁波慈溪，生于重庆。四岁时返回家乡慈溪。先后在复旦中学、复旦大学读书，受鲁迅、郭沫若等人文学作品的影响，走上革命道路。1925年入团，次年入党。担任过党的区委书记、地委组织部长、省委常委等职，参加过上海工人第三次武装起义。抗战时期在浙江金华任东南局文委书记，主编过《东南战线》《文化杂志》。创作过《英雄》《宿店》两部短篇小说集，写过剧本和文艺批评。抗战结束后，任香港工委副书记、文委书记，主编《大众文艺丛刊》，领导了对胡风文艺思想的批判。新中国成立后任中国作家协会党组书记。1971年被迫害致死。这种不同，首先他是资深的革命者，中国作家协会的主要领导，老舍是“无党无派”人士。另外，他身上有一个“大连会议”的旧案背着，而老舍干干净净的，就像他从北京文联被拉到文庙路上心想的，大概“不大会揪他”吧。

尽管这是一篇研究史料文献的文章，我想应该有一个“叙述结构”。前面老舍的部分是“倒叙结构”，邵荃麟部分则是“顺叙结构”，究竟是为什么我先不说。倒叙是倒过来说，顺叙是根据传主的事迹顺序排列。关于邵荃麟的身世和革命生涯，讲得最详细的，是他女儿邵小琴写于1982年2月的长文《辛勤奋斗的一生——追念我的父亲邵荃麟》。研究史料文献，最忌讳的是传主家属的叙述材料。但假如旁证不够，也没办法。据邵小琴介绍，她祖父是一个有钱的药材商人，在家里请一个私塾先生给幼童邵荃麟授课。我们知道鲁迅只能到别人家的私塾就读，付学费还感到有些吃力。可见邵荃麟是一个富家子弟。他1925年秋念复旦大学经济系的时候，为马克思的《资本论》所吸引，地下党也注意到他，就把他发展成青年团员，次年3月入党。从此以后，邵荃麟一边念书，一边秘密从事地下工作。后事情败露，他被学校开除。“爷爷听说儿子被开除，决心要他离开上海，去日本留学。”邵荃麟躲到青岛，还托人送一封家信骗父亲“一路平安”。从事地下工作既艰苦又危险，随时有杀头危险，或与组织失去联系。在上海，“有一次他走进一条巷子去找个同志联系工作，临近那房子时才发现情况不对。低矮的围墙头上已经露出了北洋军阀大兵的枪刺，偏偏这又是一条僻静的死弄堂，一个人也没有。急中生智他便一头钻进旁边一家小缝纫店，凑巧缝纫师傅又错把他当作前来取衣服的顾客，拿出做好的衣服左比右比。父亲也只好将错就错，推说衣服不太合适，改日来取，说罢压低帽檐，走出店铺。类似这种化险为夷的事情是经常遇到的”。她接着说，1928年父亲先后担任江苏省团委常委，浙江省团委书记，浙江省党委常委，并在一次会议上认识了周恩来。1929年他得了严重的肺病，地下党偷偷把他送到霞飞路一家德国人开的私人医院，住院费非常昂贵。组织上于是通知邵荃麟在上海开钱庄的父亲支付这笔医疗费。“爷爷一得到他儿子的消息，头戴着一顶红瓜皮帽，身穿着长袍匆匆奔到医院，经过抢救，我父亲居然从死亡的边缘又挣扎过来了。”然而，即使再秘密，有些事也是躲不过的。1934年4月，因一个姓曹的叛徒出卖，邵荃麟去西门书店与人接头时被捕，受到严刑拷打。他从看守那里知道自己要被解往南京雨花台，“这时他回顾自己所走过的路程，对自己的选择义无反顾”，反倒“感到了一种异乎寻常的平静”。但因事先他买通看守给父亲送信，父亲通过几个大商人的关系，用两千块大洋把他从监狱保释出来。[①] 这次被捕，在他的“革命履历”中留下了“污点”，出狱后一度受到冷遇。“文革”中再次被关押，也是一条罪行。

他30年代中期以后的生涯，我就比较熟悉了，不过也只了解概况，具体细节还是从邵小琴文章里得知。养病期间，邵荃麟读了大量文学名著，对文学的爱好日益加深。而鲁迅和高尔基是他崇拜的作家。1934年12月，他在内山书店第一次拜会了鲁迅，“本是鲁迅先生约我母亲（笔者按：女作家葛琴）去谈话，答应为她的短篇小说集《总退却》写序”。邵荃麟出狱后与组织失去联系，他一面找党，一面开始拿起笔写小说和评论。1936年发表短篇小说《糖》《车站前》等。之后参加左联。他还与叶以群、张天翼、吴组缃、蒋牧良、朱凡和刘白羽等，一起到妻子葛琴家乡江苏宜兴的丁山埋头写作。1937年抗战全面爆发后，八路军在南京设立办事处，邵

① 小琴：《辛勤奋斗的一生——追念我的父亲邵荃麟》，《新文学史料》1983年第2期。

荃麟、葛琴这才与组织恢复联系。他们被派到浙江丽水、金华和福建永安一带，领导党的文化工作，邵荃麟担任中共东南局文委书记，主编《东南战线》等杂志。[①] 如果说邵小琴对父亲事迹的记述，可能一部分从父母那里听来，一部分来自间接的史料。那么，同为中共党员并与邵荃麟三四十年代多次交往的作家周而复的回忆，则无疑是“亲历者”提供的史料。他是 1936 年在上海欧阳山主编的《小说家》月刊座谈会上见到邵荃麟的：“他穿着一身布袍子，出狱后虚弱的身体和清癯的面容，两眼奕奕有神，讲话的声音细而尖，却给我留下了深刻印象。”因为大家担负不同工作，聚少离多，有时还失去了音讯。1946 年冬或 1947 年春，他们在香港再次相逢。邵荃麟当时任香港工委副书记兼文委书记，指导对疏散到那里的文化人做统一战线工作。周而复说，“我和冯乃超同志住在英皇道，他们一家住在马宝道，他们楼上住着杜宣同志。因为都从事文化界统一战线工作，住的地方又比较近，——从英皇道走到马宝道不过一二十分钟就到了，所以往来的机会比较多，几乎每一个星期都要碰到一次甚至两次。他来英皇道的次数多一些，每次见面几乎都毫无例外地全谈工作，或者研究问题，很少谈及个人生活方面的问题。他有时约冯乃超同志和我到他家里吃个便饭，受到葛琴同志热情洋溢的接待，见了面，也还是谈文艺方面的问题”，“全家生活全靠葛琴同志独自管理，这时小琴不过十岁左右，受到母爱的抚养，有时帮助做一点家务。荃麟同志从来不过问家里的事，甚至他个人的生活也是靠葛琴同志照料，什么时候该穿什么衣服，该吃什么，该买什么，全靠她安排。他像是小弟弟生活在大姐无微不至的温暖的关怀里一样。荃麟同志不注意生活小事到这样的程度，连刮胡须这样的琐事也要人催，而他只能马马虎虎刮一下。我认识他以后，几乎没有一次看到他的胡须是刮得干干净净，总有一些地方没有刮到，留着残余的胡须”。但这时候，他正在谋划领导着一件大事，就是对胡风文艺思想的批判。为此，邵荃麟在他创办的《大众文艺丛刊》上，发表了两篇长文《论主观问题》和《新形势下文艺运动的几个问题》，组织一班文艺家对胡风文艺思

① 小琴：《辛勤奋斗的一生——追念我的父亲邵荃麟》，《新文学史料》1983 年第 2 期。

想展开了严厉批判和清算。[①] 小琴文章对这场批判只轻描淡写几笔带过，作为家属，她不想在胡风问题上扭曲父亲形象，也有情可原。[②]

导致邵荃麟“文革”蒙难的是1962年的“大连会议”。相关史料，他女儿小琴的叙述比较细致。从女儿的角度，小琴当然不认为父亲做这件事有过错，更何况《新文学史料》当时就具有为老作家“平反昭雪”的历史功能。自然这也是历史的结论。小琴随便几笔讲胡风批判事件，对父亲卷入“大连会议”的始末，则记述得不厌其烦。她说：“1957年以来，一系列的政治运动及同时滋生的‘左倾’思潮都给文学创作带来极大的影响。六十年代初，一些描写农村题材的作家勇敢地披露了共产风、浮夸风，瞎指挥风等错误思潮对国民经济的严重破坏，赵树理同志的小说《实干家潘永福》便是以实干来对抗浮夸。这遭到了舆论界的非议，有人又挥起大棒了。”“我父亲清醒地意识到这种尖锐的矛盾，他看到再不纠正文艺界的‘左’倾思潮，文艺创作的路子将越走越窄，社会主义的现实主义基础将彻底被破坏，文艺园地必将百花凋零。对于这一期他是有着切肤之痛的。他着手组织全体创研室的同志深入农村，深入基层认真调查研究关于农村题材短篇小说创作的问题，探讨究竟怎样才能真实地反映农村复杂的现实斗争，反映大量存在的人民内部矛盾。”[③] 洪子诚的《“大连会议”材料注释》为我们提供了另外的旁证。他引用了侯金镜的“交代材料”：“约在1962年5月，邵荃麟听了陈云在国务院部委党组书记的会议上的报告之后，就神色不安，忧心忡忡。会下他向我说过好几次，‘情况严重，要加强团结，同度难关’。”邵荃麟的“交代材料”：“根据我当时思想状况和周扬、林默涵的谈话，又和党组同志交换了意见。于是我起草了一个‘1962年至63年一年半工作计划’，和一个‘作协工作制度和工作方法’的草案。”“在计划中，拟定了要开一系列的创作座谈会。农村题材短篇小说座谈会的计划就是这时提出来的。”他向周扬汇报，“周扬完全同意”。“7月间，我又看了他一次。这时大连会议有了个初步计划”，周扬也表示

① 周而复：《回忆荃麟同志》，《新文学史料》1980年第3期。
② 小琴：《辛勤奋斗的一生——追念我的父亲邵荃麟》，《新文学史料》1983年第2期。
③ 小琴：《辛勤奋斗的一生——追念我的父亲邵荃麟》，《新文学史料》1983年第2期。

同意。侯金镜的“交代材料”接着说：“邵荃麟……拉茅盾来参加会，事先有个组织准备，这就是《作家书记处的工作方法和工作制度》。其中规定加大书记处的权力，加大第一书记，也就是茅盾的权力。邵荃麟事先和周扬商定好所谓改进作协工作的新精神，贯彻周扬‘发扬民主，加强团结，活跃创作，提高质量’的修正主义方针。这文件是在1962年4月由邵荃麟口授提纲，我写第一遍稿，然后又由邵荃麟修改两三次，才提交党组会讨论通过。”“有这个文件，大连会议就一定得拉茅盾参加，一定得知茅盾共同‘领导’这个会了。”“邵荃麟去大连之前，找过茅盾。因为，茅盾要去大连休养，才确定会在大连开的。”①

小琴接下来对父亲用了正面塑造的笔法：为筹备大连会议，“我父亲几乎是废寝忘食地工作，有时和侯金镜同志通宵达旦地讨论。他一篇又一篇地大量阅读着那几年出版的小说，连在饭桌上也和客人讨论，我总听到什么工作量、亩产数，深砍高粱缺柴烧，听起来活像个小队长在算账（其实，你若问他多少钱一双皮鞋，他保证说的让你啼笑皆非）。经过多少个不眠之夜，费尽多少心血，‘农村题材短篇小说创作会议’终于在1962年8月于大连召开了”。“康濯同志告诉我：‘你爸爸这段话是批评1958年高指标冒进的，他也是讲明他对当时形势是经过反复考虑、深刻研究的。’”这里有个特殊背景，上层正就“走哪条道路”展开激烈的斗争。邵荃麟虽是正部级干部，但距那一层还差许多个级别，不可能知道内幕。也是这个缘由，“会上我父亲的前后两次讲话，后来被断章取义归纳为‘现实主义深化论’和‘中间人物论’。成为‘文化大革命’中被一批再批的文艺‘黑八论’中的两论”。1962年过去了。1963年也并不平静。张春桥和姚文元在上海提出“写十三年”，认为只有十三年才是社会主义的文艺。在中宣部召开的宣传工作会议上，邵荃麟点名批评了他们的做法。“参加那天会的李季同志告诉我，那天开会时正好张、姚坐在桌子的一面，我父亲和许多北京的代表坐在另一边，面对面，形成鲜明的两派。”“张、姚恼羞成怒，怀恨在心，之后他们一见到我父亲就表现出势不两立的傲慢态度。

---

① 洪子诚：《“大连会议”材料注释》，《海南师范大学学报》2011年第4期。著名文学批评家侯金镜因此被牵连和批判，在“文革”中受到迫害。

从这个时候起就埋下了‘文化革命’中我父亲惨遭迫害的祸根。”1964 年“两个批示”一下来，邵荃麟就进入了被批被罢官之列。他还继续当选第三届全国人大代表。“中央书记处曾征求他意见，是否到浙江省去当副省长。我父亲表示愿意到外国文学研究所去研究外国文学，于是 1965 年他便离开了作协，在外国文学研究所担任了研究员。”“文革”开始后不久，邵荃麟被点名为文艺界的反革命修正主义分子。有一天，“我曾经当着父亲流过泪，父亲沉默了好一会，像自言自语，又像在宽慰我：‘这没有什么，要经得起。’”还有一天下午，邵小琴陪父亲到城外的公园散步。“在公园的长椅上，父亲似乎轻松一些，向我谈起几十年前的老事，特别怀念起许多为革命而牺牲的战友。他谈到当时上海地下党在王明路线下，曾经出现过对抗国民党白色恐怖的所谓‘红色恐怖’，一些优秀的共产党员被外地调来上海执行暗杀国民党要员的任务。这些同志人地生疏，往往完成了任务，甚至来不及完成任务就暴露了自己，他们英勇牺牲了，连姓名都没有留下来。”不久邵荃麟被捕入狱。又过了很久，中央专案组用长途电话通知她，邵荃麟于 1971 年 6 月 11 日因心肌梗死死亡。对方不让家里办理后事，不允许保存骨灰。最后，她以庆幸的口气写道：“黑暗终于到了尽头。”在追悼会上，叶剑英、陈云、邓颖超送了花圈。“胡耀邦、王震、余秋里、周建人、宋任穷、茅盾等同志都来参加了他的追悼会。胡乔木同志主持了追悼会，周扬同志致了悼词。”她说，当自己“望着父亲那副清瘦的遗容，看到许许多多叔叔伯伯阿姨为父亲洒下了真诚的热泪，甚至失声痛哭时，我心里充满了温暖，充满了力量”①。

周而复还有一段插叙。大概是 1975 年前后，他听到邵荃麟在狱中过世，葛琴瘫痪的消息，就去邵家探望。葛琴面容的变化令他吃惊。“我走进荃麟同志住的院子，给人一种冷落的感觉，院子荒芜了，那间大客厅空空洞洞，家具大概给搬走了。我叫了一声‘葛琴同志在家吗？’客厅右边的屋子里走出一位高个子的男青年，自称是荃麟的孩子，叫邵小鸥。”他压低声音告诉周而复，因妈妈有病，爸爸去世的消息都不敢告诉她。他们移步到客厅左边一间屋子，“那是两间套房，外面一间当做饭厅，里面一

① 小琴：《辛勤奋斗的一生——追念我的父亲邵荃麟》，《新文学史料》1983 年第 2 期。

间是葛琴同志的卧室”，葛琴虽然还笑着，但脸歪了，说不出话。“她紧紧握着我的手不放，好像肚里有千言万语要对我说，但她只能发出笑声，却一句话也不能说。我看她颤抖的站立不稳的身子，心里很难过。”“我看到桌上有两样菜，她面前有一碗面条不断散发出油的香味。阿姨把面条放在调羹里，然后往她嘴里送，她也不能好好地吃，有时面条就滑了出来，阿姨连忙用筷子夹了面条，再往她嘴里送。”周而复不禁黯然神伤，葛琴当年在重庆、香港满腔热情迎接客人，招待他们吃住的往事，一一浮上心头。小鸥偷偷告诉周而复，妈妈 1968 年被抓走，1973 年脑血管破裂，病危八天后才送医院“监护”治疗。刚刚见一点好就被赶出医院关进牛棚。小鸥说，在走投无路的日子里，子女们“想起了敬爱的周恩来总理，给总理写了一封信，恩来同志看到这封信，立即批示，马上接回家治疗，工资照发”。每当“谈起这些全家人都非常激动”。①

将上面史料文献捋一捋，做点比较可以看出：邵荃麟早年投身革命，是最早的一批党员之一。老舍是民主人士，是团结的对象。新中国成立以前，老舍固然追求进步，但主要是一个自由作家。邵荃麟二三十年代在上海就出生入死，冒险从事党的地下工作，具有坚定的马克思主义信仰。解放后，他担任文艺界的重要职务，但因“大连会议”得罪了人。依照这个顺序推进，他“文革”中“被四人帮迫害致死”的说法，在逻辑上能够成立。这与老舍因偶然原因卷入致命，就有了天壤之别。这是我在邵荃麟这里用“顺叙结构”，而老舍则用“倒叙结构”的原因。“倒叙”包含着一点点稍感意外的意思。

三　茅盾逸事二三

茅盾无论在文学还是政治地位上，都比前两位传主高出不少。茅盾（1896—1981），原名沈德鸿，字雁冰。浙江嘉兴桐乡县乌镇人。北京大学预科毕业后，进入商务印书馆，因编《小说月报》和从事文学评论而知名。主要作品有《蚀》三部曲、《虹》、《子夜》和《腐蚀》等。1921 年 7

① 周而复：《回忆荃麟同志》，《新文学史料》1980 年第 3 期。

月加入共产党，国共合作时期任国民党中央宣传部秘书、《民国日报》主编。因1927年大革命失败脱党。新中国成立后担任全国文联副主席、中国作家协会主席、文化部部长和全国政协副主席等重要职务。1981年故世，享年85岁。

新中国成立后茅盾个人生活没发生什么波澜。1964年毛泽东关于文艺工作的“两个批示”出来后，他被免去文化部部长职务，但不久出任全国政协副主席一职。茅盾一家住在北京沙滩文化部院内的独栋小楼，后搬至安定门交道口一座三进的四合院，享受国家领导人待遇。茅盾儿子媳妇韦韬和陈小曼撰写的《父亲茅盾的晚年》，记述他1965年到1981年间的晚年生活甚为详尽。[①]“文革”期间，茅盾在受到红卫兵的冲击后，被周恩来列入几十位重要民主人士名单保护起来。[②]他有坐冷板凳的感觉，但仍经常陪国家领导人在国务活动中露面。这本书写道，1966年8月30日，家里的服务员老白“叫来了‘人大三红’的红卫兵。30日清晨，一群红卫兵闯进家来，领头的小伙子举着一把日本军刀，声称他们得到举报，说这里有大批‘四旧’物品，他们来清查这些物品的。他又对爸爸说：我们对你还是客气的，白天来，张治中家我们是夜间去抄的，刚刚抄完，我们是直接从他家里来的”。“爸爸问他们的行动得到了哪一部门的允许？小伙子不屑地拍拍臂上的红袖箍，理直气壮地说：毛主席说，红卫兵的革命行动是天然合理的。爸爸非常愤慨，就给统战部打电话”，“接电话的是金诚同志”。[③]在这个事件中，茅盾夫人孔德沚受惊吓生病，需要茅盾照顾，其余无大碍。

韦韬、陈小曼这部回忆录插叙了一些茅盾五六十年代的逸事，仍感史料单薄，著名翻译家戈宝权的《忆和茅盾同志相处的日子——从五十年代

---

① 陈小曼为人民文学出版社编辑，后来与韦韬离婚，嫁给了著名诗人牛汉。

② 1966年8月12日夜，因北京大学经济系红卫兵闯入章士钊老先生家，受到惊吓的章写信向毛泽东求救，毛遂做出“送总理处，应当予以保护”的指示。周恩来迅速开出“予以保护”的13位著名民主人士名单：宋庆龄、郭沫若、章士钊、程潜、何香凝、傅作义、张治中、邵子力、蒋光鼐、蔡廷锴、沙千里、张奚若和李宗仁。其中，也包括了国务院、人大常委会、政协等首脑机关的主要领导干部。茅盾因此以后者的名义被“保护”起来。

③ 韦韬、陈小曼：《父亲茅盾的晚年》，上海书店出版社1998年版，第22页。金诚为中央统战部副部长。

初直到茅盾同志的晚年》一文，可以略做补充。“文革”中，戈宝权随中国科学院哲学社会科学部（中国社会科学院前身）下放到河南信阳“五七干校”，1972年回京。“大家不是靠边站，蹲牛棚；就是深居简出，闭门思过，这样我们好几年都没有见面，但心里还是时常想起茅盾同志。”他1974年7月6日写信给茅盾，8日茅盾回复：

> 宝权同志：得函欣慰。残躯衰老，百病丛生，而以心脏病（冠状动脉硬化，心律不齐），老年性目疾，手指麻木（写字不便），腿脚软弱（走路蹒跚）为最讨厌。左目为老年性黄斑，盘状变形，几近失明；右目为老年性白内障（初发期），视力仅0.2—3，故只能阅大字书，五号字完全看不清，用放大镜稍可辨字形，然二、三分钟即目酸。医戒用目，谓如若不从其教，恐一年半载内右目亦将与左目同样半失明了。尊作极思拜读，但如为小字印本，那只好请儿、孙辈读给我听，但他们又忙甚，亦无多大时间分给老人也。如蒙过访，以下午四时—五时为最适宜，但最好先电话联系，因为时时去北京医院，有时下午亦不在家故也。匆复，顺致敬礼！

这封信告知如下信息：夫人孔德沚先生去世后，他与儿子、儿媳和孙女同居一楼并被陪护。他是国家领导人，能在北京医院得到最好的治疗。所告“冠状动脉硬化”“老年性黄斑”“白内障”“手指麻木”和视力“0.2—3”等，也都是这个年纪普通老人的常见病，并不稀奇。印象较深的，是茅盾一如既往做起事来认真细致。鲁迅在日记中对每天读书写作接待客人等琐事都一一记述，不厌其烦；周作人直到晚年，如发现一角钱人民币缺失一角，还会花上很多时间仔细粘贴补齐，都可看出浙江人做事性格的某一方面。另外就是小说家的笔法。其叙述疾病之具体翔实，大概都是长期写小说注重细节描写养成的习惯。

另外，戈宝权还提到请茅盾为他写条幅的逸事。范用知道他去拜访茅盾，让他代求茅盾为他写一个扇面。他原藏有茅盾写的扇子，但不知被谁借去，没有归还，深为惋惜。戈氏也想让茅盾写张条幅留作纪念。茅盾告诉他，自从患了老年性目疾之后，写字困难，无法再写小字，甚至连写大字的条幅也很困难。茅盾在10月11日的信中解释说：

宝权同志：前承过访，忽已多日；嘱写小幅，尚无以报命，甚歉。范用同志处亦祈转达歉忱。所以然之故，因九月初曾患气管周围发炎，注射青大霉素十八针（每日两次），病退而手指麻木（我每次注射这类针药，都有这个反应，医生说不出所以然），写字不能控制波磔，故未曾动笔也。目疾仍然故，虽然中西药并进，已四阅月。① 大概不能回复原状，能不迅速恶化，已为万幸。

戈宝权是1913年生人，小茅盾17岁，实属晚辈。他虽与茅盾40年代相识，与后者文坛泰斗的身份相比，顶多也是后进后学。但茅盾信中不说“拜访”，而说“过访”；即使戈、范二人向他央求扇面条幅，也以“无以报命”致歉，足见他为人低调谦逊。不过，那一辈人交往是非常注重这种“诚敬”的传统礼节的，长辈致晚辈、学生弟子的信，一般谦称“弟”，对方则为“兄”。这种传统遗风到茅盾、戈宝权这里，渐次终结，我们这代人既不懂此礼，也不知其中的繁文缛节为何物。至为叹息。我小时候，外祖母经常会说“受人之托，忠人之事”这种古话，虽不到“家训”这种级别，但日子久了，也还有一点潜移默化的作用。然即使此等小事，已近八十的茅盾心里一直记得，连戈宝权也感惊讶：“想不到这样到了一九七五年初，茅盾同志已将条幅写好，在元月二日交由范用同志转来”：

范用同志：前由戈宝权兄转致尊意，因迁居绪事栗栗，至今始能报命为歉。字太劣，聊博一咲耳。另两纸乞转交宝权兄为荷。此致敬礼，并颂新年愉快。

就在这时，我也接到茅盾同志迁居后在元月二日写来的信，其中说：

宝权兄：去年十一月二十四日来信及抄附《凯塞尔世界文学百科辞典》中关于我的一条，均悉。其时我正忙收拾书物，旋于十二月十

① 笔者小注：这处“已四阅月”是否茅盾笔误，或杂志社校对出错，还需考订。

> 二日迁居至后园恩寺十三号，又要整理书物，一周前略为妥帖。因此，直到今天方作此函奉答。嘱写之字幅，昨日始写得，连范用同志的，每人二幅（原纸太长，截半为四幅，兄及范用兄各二幅），已送范用同志处矣。特此并颂新年愉快！字太劣，聊搏一哄耳。

戈宝权感叹：“我手边虽然保留有不少茅盾同志写给我的信，但却没有他题的字，因此这两张条幅就成为值得纪念的墨宝了。”①

以上所抄材料，对茅盾这种文坛乃至国家生活中的大人物计，可能都是不足挂齿的点滴小事。它们却给我一个印象：“文革”中虽有韦韬、陈小曼记述的那次“抄家风波”，但他的生活整体上还是风平浪静的。与友人通信，无非是生老病痛之类，和写字送字等日常逸事。我在其他能够看到的史料文献上，也都是这种观感。也许还有我接触不到的其他资料，甚至不为人知的内幕，也未可知。

如果让我对《新文学史料》这三位传主晚年事迹略作分析，我想把它们概括为六个字：“意外”（老舍）、“横死”（邵荃麟）和“善终”（茅盾）。三种不同的人生结局，与每个人的性格、人生经历都有一定牵连，但也不排除有偶然因素夹缠在里面。比如“老舍之死”，这固然与老先生耿直不屈的性格有一点关系，但人们可以设想，如果他出院后就直接回家，不听人动员去北京文联现场，或许历史要重写了。又比如像邵荃麟这种早年投身革命，新中国成立后身居高位的资深文艺家，在“文革”中都是要吃一点苦头的，周扬、夏衍和林默涵就是如此。不幸的是邵荃麟本来体弱，又患有较重疾病，这是他过早故世的一个原因。茅盾的情况可能有所不同，因为声望很高，他一直受到政府的特殊优待，而且他做人做事都大致得体，生活基本平静平顺。他享年 85 岁，无论是作为普通老人，还是像他这种著名人物，都可以说是一个“善终”的圆满结局，值得庆幸并感到高兴。最初写这篇文章，我起名为“新时期的‘死魂灵’”，是因为重新感受到了那个已经逝去的历史沉重气氛的缘故，用词也许重了一点。写

---

① 戈宝权：《忆和茅盾同志相处的日子（六）——从五十年代初直到茅盾同志的晚年》，《新文学史料》1982 年第 4 期。

到茅盾这部分，我又有了一种重新舒出一口气的新感觉。我发现你如果把那段历史看作一个整体的时候，心情肯定是会很沉重的；但再仔细省察个别现象，例如茅盾这种现象，就会醒悟历史其实还是存在着多样性的，并不是“受迫害”一说那么简单。这里面有一些人们没有细细品味就马虎将就过去的很小的东西。我把它称作是一种重新过一遍筛子的研究，不知道确否。

2016 年 8 月 29 日于北京亚运村

路遥兄弟失和原因初探

就目前情况看，在新时期涌现的一代作家中，资料梳理得扎实丰富非路遥莫属。[①] 2019 年 7 月，人民文学出版社推出的航宇先生的《路遥的时间——见证路遥最后的日子》，是这方面的又一新成果。[②]

1992 年 8 月 6 日，路遥因肝硬化，被送入延安地区人民医院，9 月 5 日转院到西安第四军医大西京医院传染科，11 月 17 日离世（43 岁），总计三个月。8 月 14 日到 9 月 5 日的二十多天，陕西作协委派路遥清涧同乡张世晔（航宇）在医院陪护。[③] 后两个月，陪护者改成路遥小弟王天笑。因此，《路遥的时间》作者得以用这种颇具现场感的口述史方式，记录作家病榻生活，为“最后的路遥”提供了十分重要的第一手资料。

《路遥的时间》涉猎甚广，包括抱病装修房屋、治疗过程、往来探病的各界人士、朋友、签离婚协议，真实心情及反常行为以及对死亡的恐惧，对

---

① 这些基础性的材料是：厚夫的《路遥传》，人民文学出版社 2015 年版；海波的《我所认识的路遥》，长江文艺出版社 2014 年版，《告诉你一个真实的路遥》（此书在前书基础上修订完成），广东人民出版社 2019 年版；航宇的《路遥在最后的日子》，陕西师范大学出版社 1993 年版；晓雷、李星编《星的陨落——关于路遥的回忆》，陕西人民出版社 1993 年版；马一夫、厚夫主编《路遥研究资料汇编》，中国文史出版社 2006 年版；李文琴编《路遥研究资料》，山东文艺出版社 2006 年版；马一夫、厚夫、宋学成主编《路遥纪念集》，人民文学出版社 2007 年版；申晓主编《守望路遥》，太白文艺出版社 2007 年版；李建军编《路遥十五年祭》，新世纪出版社 2007 年版；王刚编著《路遥纪事》，北京时代华文书局 2014 年版；王刚著《路遥年谱》，北京时代文化书局 2016 年版等。以及路遥纪念馆编，北京时代文化书局出版的半年刊《路遥研究》2015 年和 2016 年春夏卷、秋冬卷等一些资料。

② 航宇这本书，是在他 1993 年的《路遥在最后的日子》一书的基础上增订的，披露了不少过去不为人知的内容。《路遥在最后的日子》，陕西师大出版社 1993 年版。由于当事人王天乐还在，该书对“兄弟失和”未做描述。

③ 邢小利在《从夏天到秋天》一文中提道，“作协委派一个叫张世晔的文学青年去延安照看路遥。张世晔是路遥的同乡”。见晓雷、李星编《星的陨落——关于路遥的回忆》，陕西人民出版社 1993 年版。

女儿的不舍眷恋等，都以亲历者和作家的笔法，一一记叙在案。其中，对路遥和四弟天乐兄弟失和原因，首次对外披露，引起了学界的浓厚兴趣。王天乐先生是路遥胞弟，1982 年至 1992 年间，他是路遥创作《人生》《平凡的世界》时的助手和见证人，同时也是高加林、孙少平的人物主要原型。[①] 可以说，在路遥最后十年，他是作家生活中分量最重的两人之一。[②] 路遥创作随笔《早晨从中午开始》的副标题是“献给我的弟弟王天乐”，足见两人关系异于常人。可惜在于，“兄弟失和事件”当事人王天乐 2007 年因肝硬化离世，年仅 41 岁。[③] 2014 年，最后陪护者王天笑亦因肝硬化病亡。（按年龄推算，应不足 40 岁）[④] 这种情况下，《路遥的时间》对“失和原因”的叙述，就因他们先后过世，变成没有得到直接回应的孤证。

2019 年 12 月 18—20 日，郜科祥先生的《路遥家人回忆录（一）、（二）》完成。被访者路遥三弟王天云、小妹王瑛在沉默 27 年后，不仅详细叙述了他们的家庭和大哥路遥，而且正式答复了《路遥的时间》一书对王天乐的指责，透露了“兄弟失和”的另一原因。[⑤] 从问疑、补充和逐步完善路遥材料的角度看，撰写一篇客观比较双方不同观点，再做一点延伸性分析的文章，就有了一定的必要。

一

《路遥的时间》认为，从作家住院到离世，“兄弟失和”有一个从萌生、发展到激化的积累过程。它经历了四次反复。

起因是路遥出发延安前夕，嘱航宇到《延河》编辑部打电话给在安康

① 路遥在长篇创作谈《早晨从中午开始》中，也谈到孙少平的人物塑造，有的“是直接取材于他本人的经历”（指四弟王天乐）。北京十月文艺出版社 2016 年版，第 38 页。

② 另一个人是路遥妻子林达。

③ 据路遥同学和好友周海波说，大妹妹 1951 年生，二弟 1952 年生，三弟 1954 年生，四弟王天乐 1956 年生。《告诉你一个真实的路遥》，广东人民出版社 2019 年版，第 2 页。父母共生 10 个子女，其中夭折一个。

④ 海波：《告诉你一个真实的路遥》，广东人民出版社 2019 年版，第 95 页。

⑤ 郜科祥采访并整理：《路遥家人回忆录（一）、（二）》，2019 年 12 月 18—20 日。此件未刊。郜科祥教授最近转来他整理的回忆录，对我的考证性研究提供了直接帮助，借此表达谢忱。

开会的王天乐，称自己病重，叫他速来西安。长途电话接通，高敬毅说天乐刚好外出。之后找到他时，“我把路遥的意思在电话里如实告诉了他。他一听，非常着急地说，告诉我哥，他病得那么严重，我马上回来，哪里也不去”。“路遥一直认为天乐是他强大的精神支柱，离开天乐，他几乎什么事情也不会干了。无论是他创作较早的小说《人生》，还是百万字小说《平凡的世界》，天乐付出的劳动，一般人是难以想象的。”等了半个月，天乐没有露面。路遥非常敏感固执。他通过胡武功了解到，安康会议早已结束。而且得知，天乐来西安后也没来看他。为此路遥很生气，说出绝情的话：我把该给他办的事都办了，再没什么用了。如不是我，恐怕他还是一个揽工汉，当什么记者？[①]

第二次是路遥于延安住院后。他8月6日住院，天乐迟至23日才来。之前曾请同学高其国多次打电话催促，有一次说被铜川至延安间施工的高速公路所阻，无奈只好返回铜川。[②] 路遥又发了一通脾气：人家支益民、王巨才，哪一个没有他官大？[③] 人家能来延安，他就堵得不得来了？还冲动地责问高其国：我让你给天乐打电话，你到底打了没有？等王天乐23日赶来，放下挎包，趋前问候大哥时，“路遥没有回答他，也没给他发脾气，却表现出一种冷漠的态度，就像没看见他一样”。曹谷溪事后也生气地说：“他不陪他哥谁陪？什么儿货，自己的亲哥哥也不要了，太不像话。”《路遥的时间》作者以为，天乐这次来，至少会住几天陪陪大哥。未想第二天，天乐不在乎路遥对他的态度，把椅子拉到他哥跟前，说经与几个朋友商量，航宇吃饭问题解决了。另外，听说有人在省委活动很厉害，他们不同意你当作协主席，这事只能由我出面解决。于是就与陈泽顺一起走了。路遥对航宇说：你看天乐，已不是以前的他了，翅膀长硬，不管我的死活，能躲就躲，能跑就跑……我还不了解他。[④]

第三次是9月5日，路遥从延安转到第四军医大西京医院。妻子林达、王天乐以及作协的杨韦昕、晓雷、王根成、李秀娥、李国平、邢小利和远

---

① 航宇：《路遥的时间》，人民文学出版社2019年版，第150、151、152、153页。

② 王天乐当时是《陕西日报》驻铜川记者站记者，家住铜川市。

③ 两人时任中共陕西省委省委常委、组织部长和宣传部长，均为路遥的朋友。

④ 航宇：《路遥的时间》，人民文学出版社2019年版，第227、257、260、259页。

村等，在站台接站。[①] 列车在站台刚停稳，林达、天乐、晓雷就走进软卧车厢，路遥几次当众甩开天乐搀扶他的胳膊，由林达、晓雷扶他下车。在医院，天乐眉头紧皱，对航宇说，今晚我陪我哥。《路遥的时间》写道："看来路遥还是通情达理，仅仅过去一个晚上，兄弟俩和好如初，确实值得人高兴。"不久，小弟王天笑接手陪护路遥。见航宇到病房，天乐停止给他哥按摩，把他扶回床上，去卫生间洗手。然后招呼我过去。在传染科外面过道，天乐说有一个不好的消息，医院刚才给他下了病危通知书。我大哥就是这个命，一点不听劝，我对他一点办法也没有。沉默了片刻又说，我出去一下，有非常重要的事要处理。航宇说，路遥万一有事怎么办？天乐说，你不要紧张，一定要冷静，他暂时不会有生命危险。[②]

22 日，林达返京前来医院，路遥在离婚协议上签字，平静接受了这个事实。

一日，王天乐突然推门进来，激动地对航宇和远村说：刚才我去医院，还没有来得及跟我哥说话，他就狗血喷头地臭骂一通，还用他小说里的精彩语言挖苦我，说我背叛了他，以后再不想见我，跟我断绝关系。天乐"眼睛里不断有泪花闪烁，觉得很委屈"。又愤愤不平地说，他只考虑自己的感受，根本不考虑别人，几天没去医院，他就对我这么深的仇恨。我心里清楚，他是让我什么也不干，二十四小时守在他身边，那我就是这个世界上最好的一个人。可他自己不清楚在单位得罪了多少人？这样的问题谁给他解决，只能由我出面。说着还痛哭流涕。……又说，他是死是活，跟我没一点关系，我不再去医院，我要让他后悔一辈子。《路遥的时间》评述道："两人都不冷静，而且都是性格要强的人，一句话没有说对，一下就火冒三丈，这样受伤害的恐怕只有兄弟俩。"[③]

航宇再去医院，见路遥使劲拍打着床板，大声号哭着对他说："你快把陈泽顺找来，天乐要谋害我。"他不听劝告，也不顾忌医生护士在场，不停在床上翻腾，两手自始至终使劲拍打床板，有几次差点从床上滚下

① 杨韦昕时为陕西省作协党组副书记、副主席，晓雷为秘书长，王根成为办公室主任。

② 航宇：《路遥的时间》，人民文学出版社 2019 年版，第 303、306、307 页。

③ 航宇：《路遥的时间》，人民文学出版社 2019 年版，第 335、336 页。

来。“路遥完全失去了理智，人格尊严丧失殆尽，看来他已经做了最坏的打算。”非常不解的陈泽顺大老远赶到医院，路遥支走航宇，嘱托这位老同学帮他安排后事。① ……兄弟俩由此断交。

最后一回，路遥出现过几次昏迷，自感病情加重，他让天笑专程去铜川找天乐来，不知是何原因。《路遥的时间》记述了航宇和天笑在传染科门前台阶上的一次谈话。天笑讲述了那天的情景，大哥骂天乐过河拆桥，什么难听的话都说出来了。他指责天乐主要有两点：一是嫌弃他，每次来医院事后都到卫生间洗手，唯恐自己的病会传染给他。二是到北京领茅盾文学奖的时候，背着他用他的名义四处借钱要钱。据天笑说，他在铜川时询问此事，天乐解释说，这是为了大哥。他穷得一分钱都没有，到北京不请朋友吃顿饭？还有购《平凡的世界》送人以及其他的花销。并声称，这钱他都送到火车站，一分不少地给了路遥。但路遥在火车站根本没看到天乐，那天送站的是远村和航宇。还冷笑说，他堂堂一个作协副主席去北京领奖，单位哪有不给报销路费的道理？《路遥的时间》写道，天笑原允诺早上去铜川，晚上即回。然而到晚上 6 点多，天色已转黑，仍未见天笑的踪影。② 直至路遥故世，王天乐始从铜川赶到西安。

根据《路遥的时间》以上讲述，自路遥西安病重、延安住院和转院西安之后，虽经同学、朋友几次打电话催促，天乐都以各种理由推托不去。即使后来被迫来医院，也没尽到陪护照顾责任，而是找理由逃脱。难道确如路遥所说，“我把该给他办的事都办了，再没什么用了”，这是在“背叛”和“过河拆桥”，因此而决然断绝了兄弟关系？事情真相究竟是怎样的情形？

二

郜科祥采访并整理的《路遥家人回忆录（一）、（二）》，对“失和原因”得出了与《路遥的时间》截然不同的结论。

---

① 航宇：《路遥的时间》，人民文学出版社 2019 年版，第 337、338、340 页。

② 航宇：《路遥的时间》，人民文学出版社 2019 年版，第 387、388、375 页。

据三弟王天云回忆：

> 在我大哥（路遥）的病没有住院之前，除过我，其他兄弟们都没感觉，也没有检查过，大哥倒下以后，全家其他人都去做了检查，结果是兄弟们都有，但程度不一。当时，听说有了这个病，我们都非常害怕，医生说，这种病交叉感染更严重。
>
> 天乐也是在这时间检查出来并已进入治疗状态，但他和路遥不可能住一块，不能一起做治疗，特别是不能让大哥知道，怕影响他的情绪，同时也不能让别人知道，让人们以为我们家有什么怪事。……天乐没及时去看他，就是因为自己也查出了病，我弟媳不让过去。大哥就觉得很不理解，也很生气……这就导致了外人想象着他们关系“失和”或者“反目”。
>
> 关于我四弟与大哥在医院里不愉快的原因就是这样，是兄弟之间善意的隐瞒所造成的误解，哪有航宇写的那么不堪、激烈。我们弟兄们的感情一直很好。①

天云的结论是，天乐查出乙肝后进入治疗过程，他忧心探望大哥会发生交叉感染，加之天乐妻子的坚决阻止，才因隐瞒病情导致了路遥的误解。这一隐情仅家里几个人知道，外面人均不知就里。

小妹王瑛对不知真相就抹黑四哥愤愤不平，同时印证了天云的说法：

> 四哥也查出了肝病，但不知道是遗传还是传染的？查出来后，就要治疗，毕竟发现得早……我听到这个消息后就感叹老天为什么这样不公?！让我们家三个哥哥都害上这种病，在此之前，三哥最早查出患了此病。
>
> 由于四哥也有了肝病，他想去医院看望大哥，我四嫂就坚决不让他出门。……四嫂对我四哥说，你以前没查出病前去照顾路遥，我没意见，也没阻挠，但现在你病了，就不行。所以，四哥就被挡在铜川的家里出不来。

① 郃科祥采访并整理：《路遥家人回忆录（一）》，2019 年 12 月 18—20 日。此件未刊。

……直到大哥逝世的前几日，九娃与四哥商量后才用林达已回北京，远远没人照顾的理由给我大哥做解释，这样才算勉强取得了大哥的谅解。

现在，不了解真相的人胡乱猜测，甚至抹黑我四哥的名誉。你想想，我四哥对大哥什么都能付出，难道大哥有病了却不愿侍候，这正常吗？这不符合人之常情，更不符合我四哥的性格。①

她最觉难过的是，大哥至死都不知道四哥病情，致他被白白冤枉。路遥大妹的儿子郝海涛接着说："按我四舅的性格绝对不可能给大舅说他的病情，他什么事都是自己扛。"②

众所周知，路遥天乐"兄弟失和"主要是两个原因。一个天乐未能及时看望和侍候，原因家人已解释清楚。另一原因是路遥去北京领茅盾文学奖时，天乐没把从单位、朋友募来的钱给他。但王瑛坚决否认了这种说法："不可能为了钱。"详细原因则没有进一步交代。③

那么，路遥兄弟因查出肝病感到"害怕"，尤为担忧天乐会与大哥发生"交叉感染"，这种情况是否合乎情理？我为此购买解放军第 302 医院专家段学章、张敏医生合著的《肝炎、肝硬化、肝癌防治》一书，在相关章节的介绍分析中，专家是这样解释的：

首先，乙肝是否会"交叉感染"，或传染他人？专家指出："HBV 主要经血和血制品、母婴、经破损的皮肤和黏膜及性接触传播。"它有血液、母婴、经皮肤黏膜和性等四种传染传播途径。我把第三种传染传播方式抄录如下："文身、扎耳环孔、医务人员工作中的意外暴露可造成传播。此外，与乙肝患者长期密切接触，唾液、尿液、血液、胆汁及乳汁，均可污染器具、物品，经破损皮肤、粘膜而传播乙肝。尤其是共用剃须刀和牙刷等不良习惯时更易传播。"④

---

① 郜科祥采访并整理：《路遥家人回忆录（二）》，2019 年 12 月 18—20 日。此件未刊。
② 郜科祥采访并整理：《路遥家人回忆录（二）》，2019 年 12 月 18—20 日。此件未刊。
③ 郜科祥采访并整理：《路遥家人回忆录（二）》，2019 年 12 月 18—20 日。此件未刊。
④ 段学章、张敏主编：《肝炎、肝硬化、肝癌防治》，科学出版社 2017 年版，第 13 页。

据间接材料，路遥是1986年、1987年前后患上乙肝的。[①] 自1981年路遥找到在延安揽工的四弟天乐，到他1992年去世，天乐是最典型的“长期密切接触”者。[②] 另一“密切接触者”，则是路遥临终前两个月贴身照顾他的小弟王天笑。两兄弟先后得病，这究竟是因第三种途径传染，还是来自早就是乙肝携带者母亲的“遗传”？[③] 因没有病理学的支持，没有翔实可靠的临床检验结果，还得今后进一步勘查。即使鲁迅这种经典作家，在学术界对他的研究最为透彻全面的情况下，关于死因真相的争论探讨，也延续了半个多世纪之久。[④]

其次专家指出，乙肝是否会在家族亲缘关系中“遗传”？路遥家总共有兄弟姊妹9人，兄弟5人，姊妹4人（其中妹妹、老八早年夭折）。事实是，5兄弟先后患上乙肝，3姊妹无人得病。如果交叉感染，不会5兄弟都得，3姊妹则可幸免（父亲也未得病）。据此我们推测，很大可能属于遗传，但也不能完全排除交叉感染的因素。据段学章、张敏医生的著作分析，即使发生亲缘关系的遗传，也得看具体情况：“乙型肝炎不会遗传给下一代。但携带乙肝病毒的母亲，会通过母婴这一途径传播给孩子，乙肝

---

① 海波：《告诉你一个真实的路遥》，广东人民出版社2019年版，第97页；王愚：《“文章憎命达”——忆路遥二三事》，载晓雷、李星编《星的陨落——关于路遥的回忆》，陕西人民出版社1993年版，第77页；贺抒玉：《魂系黄土地》，载申晓主编《守望路遥》，太白文艺出版社2007年版，第8页。出于创作和其他原因考虑，除天乐一人，路遥向家人和朋友隐瞒了自己真实的病情。

② 参见王天乐回忆路遥文章《苦难是他永恒的伴侣》，李建军编：《路遥十五年祭》，新世界出版社2007年版，第191—197页。该文虽然不长，但材料极为新鲜丰富，尤其对路遥构思、准备和创作《平凡的世界》前后，他的性格、与妻子林达的关系、文学观念、对八九十年代中国社会的理解和评价，贡献了第一手的资料，对路遥研究颇有价值。可惜他天不假年，年仅41岁离世，没有来得及把路遥这十年的翔实史料，用文字的形式记录保存下来。

③ 王瑛在《路遥家人回忆录（二）》中透露，“妈妈属于乙肝携带者”。“关于肝病的知识，我们是在家里几个兄弟都害上以后才慢慢了解的。医生讲，你们家这么多人得同样的病属于遗传，但遗传有一代强一代弱的特点，在我妈妈那一代属于弱的时期，在我们兄弟这一代属于强表现期。”然而，粗茶淡饭，生活很规律的母亲却活到了80岁。父亲也是80岁去世的。

④ 鲁迅之死是病情所为，还是日本医生误诊导致，在当时上海报纸上议论纷纷，成为鲁迅研究中长期存在的悬案。日本主治医须藤五百三的医生资质和日军方面的“加害”背景，成为主要焦点。因为没有病理学支持，大多争论处在猜测范围，缺乏令人信服的证据。直至1985年，关于须藤五百三大夫的医生资质和医疗水平，在日本学者泉彪之助的翔实考证论文《须藤五百三》中，才有了一些进展。参见［日］藤井省三主编《日本鲁迅研究精选集》，林敏洁译，中央编译出版社2016年版，第77—100页。

病毒会通过宫内传播或分娩传播的方式，进入婴儿体内，造成婴儿出生后就是乙肝患者或乙肝病毒携带者，给人一种遗传的假象。”他们认为，母亲传给婴儿并非必然原因。但假如不在婴儿出生后及时熔断，“母传子”则会发生。“如果在妊娠期没能做好积极的病毒阻断，婴儿可能被母亲传染。如果新生儿在出生后立即注射乙肝免疫球蛋白和乙型肝炎疫苗，95%以上的新生儿不会被乙型肝炎病毒感染。”① 在路遥兄弟姊妹出生的40年代末到70年代，这个家庭连饭都吃不饱，不可能有条件通过疫苗加以“阻断”。

对携带者母亲不会必然传染给婴儿，或传给所有生育的婴儿的现象，段、张两位专家进行了更加专业化和精细的分析：“母婴传播有两种情况：第一，是宫内感染，是指有HBV感染的母亲对胎儿的传播，绝大部分发生在妊娠的最后三个月，病毒进入胎儿体内而被感染。第二，围生期传播，是指在分娩前后半个月或分娩中所发生的乙肝病毒感染，这是由于带有HBV的母血经婴儿破损的皮肤或胎盘小的渗漏而发生；或者由于分娩时胎盘破裂，少量母血进入胎儿血循环，胎儿吸入母血或通过阴道时吸入羊水或阴道分泌物而致感染发生。新生儿期感染HBV后，易致长期或终身带毒。”② 因篇幅所限，该书对在路遥这个多子女家族中发生的“女传男”而没“女传女”的独异现象，没有展开相关分析。

因本文不是病毒遗传学文章，所以也没有继续购书，做进一步细究。

三

根据以上材料，我认为在这种同乡和亲属回忆的特殊书写文本中，有几个值得注意的问题。一是虽然亲历性、在场性的书写文本比较鲜活，也存在视线不及的认知盲区。二是《路遥的时间》作者为业余作家，不是文学史专业研究者。他在叙述所亲历的人与事时，难免忽视其他旁证，来证实这种亲历性。三是他们的共性问题。即“兄弟失和事件”重要当事人，

① 段学章、张敏主编：《肝炎、肝硬化、肝癌防治》，科学出版社2017年版，第13、14页。

② 段学章、张敏主编：《肝炎、肝硬化、肝癌防治》，科学出版社2017年版，第14页。

王天乐、王天笑的缺席。从作者的角度说，他在路遥去世前的三个月密切接触过他们。有些看法是直接获得，有的则是来自传闻。从亲属角度说，他们的材料更多来自天乐、天笑的告知，不是第一见证人。由于重要当事人的缺席，文章所引材料难免会有这样那样的遗漏。这是必须指出的。

但是，在“兄弟失和事件”的所有疑问和谜团中，路遥和天乐的兄弟关系才是重中之重，需要深入研究。否则这种关系就让人产生“突然中断”的错觉，缺乏内部必然性和逻辑性的支撑。因此，我认为它是初探兄弟失和原因的关键所在。

陈泽顺认为，路遥天乐的关系可称之为典型的“兄弟怡怡”。他从侧面注意到：

> 路遥喜欢我这间书房。他每次来，仿佛有某种特权，不用让就脱掉鞋径直走进书房，好像书房是为他准备的（平时来客人不进书房）。我们有时坐在沙发上，有时趴在地毯上，照例是他面前放一个烟灰缸，我面前放一个茶杯。我们都喜欢这种情调和气氛。只有我们俩在一起，或者他的弟弟王天乐和我们在一起时，路遥才真正显现出他的本来面目——这是一个善良、智慧、具有超常幽默感的人，一个有些孩子气的人。①

引人注目的是，他在写出“我们俩在一起”，“或者他的弟弟王天乐和我们在一起时”的文字时，使用的是一种不断加重的语气。陈泽顺是路遥延安大学时期的老同学，在校和毕业后一直交往，彼此相知很深。第一套《路遥文集》（陕西人民出版社），最早纪念路遥的书籍《星的陨落——关于路遥的回忆》，他都是责任编辑。要知道，面对90年代初图书市场不景气，文艺书籍订数上不去，出版大多亏损的局面，策划出版路遥文集，需承担很大的经济风险。在各种压力之下，陈泽顺却毫不犹豫地促成了此事，还抢在路遥病重亡故前，将之刊行于世。路遥故世不久（1993年6月），又是他责编了这部纪念集，为路遥研究留下了极为珍贵的材料。可

① 陈泽顺：《重读路遥——写在〈路遥文集〉出版之际》，载晓雷、李星编《星的陨落——关于路遥的回忆》，陕西人民出版社1993年版，第125页。

以想象，如果没有几十年的情谊和相托，不可能有此奇迹。他对兄弟两人关系的观察，应该确凿可信。

闻频1940年生，著名诗人，河南扶沟人。1963年西北大学中文系毕业。他与路遥相识于70年代初的延川，在县“毛泽东思想文艺宣传队”和《山花》杂志共事。由于他是科班出身，又长路遥九岁，文艺创作上应许给后者不少指点。闻频后来调到延安，正读大学的路遥，是他家里的常客。闻频到咸阳国棉一厂任教后，在西安《陕西文艺》实习的路遥，还多次专程去切磋创作经验。他们是无话不谈的好友，路遥家事大概不会瞒他。他对路遥天乐兄弟之间的亲情和信任，提供了另一件材料：

> 路遥在我心目中，一直是忧郁的，甚至有些孤独，这种性格，与他对雨雪的特殊热爱是吻合的。
>
> 在我的印象中，只有他的弟弟王天乐和他一起时，他才感到充实和愉快。每次天乐来，他弟兄俩总有说不完的话，商量不完的事，每每作彻夜谈。
>
> 对天乐的赞赏，也是他和我经常的话题。①

闻频70年代和路遥交往时，与他们兄弟俩没见过几面，彼此不算熟悉。我推算，他说的这种情况，应该是他80年代调到陕西作协的《延河》做编辑以后。上述场面，估计是在西安他和路遥单独见面的时候，或者在某餐馆，或会议间隙。总之，凭他与路遥的多年关系，一定程度地介入了兄弟俩的亲情和工作关系，应在意料之中。

作为路遥最亲密的弟弟，天乐在他那几年艰苦准备和创作《平凡的世界》过程中，不懈地打前站，疏通各种关卡，联系住宿宾馆、解决吃饭问题，巨细无遗。这种管理人兼工作助手的身份，在陕西文艺界是人所尽知的事实。《路遥的时间》并不刻意回避这一事实，它写道：

> 从这段文字中，不难看出，他和王天乐虽然是兄弟关系，但更多

① 闻频：《雨雪纷飞话路遥》，载申晓主编《守望路遥》，太白文艺出版社2007年版，第206页。

的是朋友。两人之间这种难舍难分的真实情感，在他创作随笔里叙说得淋漓尽致。

他为此强调：

> 应该说，天乐是路遥所有亲人中最看重的一个，对天乐的信任和依赖的程度，远远超过了他相濡以沫的爱人林达。①

该书还描述了为安排九娃王天笑的工作，两兄弟密切高效的配合："王天乐接到他哥哥的电话，很快来到西安。路遥见到王天乐，对他说，清涧县委的尤书记邀请我回去，我也想回清涧一趟，关键是想把九娃的工作问题尽快有个了结，现在这事有了一点眉目，是航宇去陕北想办法联系的，单位不错，是榆林地区的石油公司。""王天乐问路遥，那需要我干什么？路遥说，我想让你跟我一块回去。王天乐说，没问题，我尽快向单位领导请假。"当然，除了弟弟对哥哥言听计从外，该书作者认为，其中亦有他对路遥感恩的成分："天乐之所以能成为陕西日报的一位记者，路遥起到非常关键的作用。"②

以上述旁观者的材料做铺垫，接着倒读王天乐谈及他们兄弟关系的两篇文章，由此联系兄弟关系所谓"突然中断"的说法，发现确实存在证据不足的问题。

王天乐写于2000年的《〈平凡的世界〉诞生记》一文，详细记述了这部小说从准备、构思到创作的过程。比如，为掌握中国1975年到1985年的社会发展进程，延安宾馆的房间堆满《人民日报》《光明日报》《陕西日报》《参考消息》和《延安日报》的合订本（1973—1983），路遥每天阅读，一一仔细研究，并在笔记本上详细记录；比如，为体验孙少平当年揽工的生活，兄弟俩穿着破衣服，在延安东关装扮成揽工汉的情形；不久，他通过关系，把大哥安排到铜川煤矿陈家山煤区去体验生活（自己两位妻哥当时是那里的矿工）；又比如，创作三卷本《平凡的世界》的时候，

① 航宇：《路遥的时间》，人民文学出版社2019年版，第151、220页。

② 航宇：《路遥的时间》，人民文学出版社2019年版，第40页。

在瓦窑堡、榆林、延安等地的具体住宿、吃饭问题，有的是借大哥关系，他去接洽；有的则是自己的关系，进而安排的。再比如《平凡的世界》发表时受挫，兄弟俩一起共度艰难，不知经历了多少个难忘的日日夜夜。凡此等等的故事和细节，都在此文中披露。他写道：

> 这就是我和路遥的真实关系。互相谈话，从来都是明明白白，直来直去。……
>
> 终于完了。1988年5月25日下午，路遥在陕北甘泉县写《人生》的那个窑洞里，写完了《平凡的世界》。我和路遥走到一起，照了一张合影。像这种合影照我俩人太少了、太少了。此时，我俩人谁都没敢看对方的表情，肯定的，两人眼里都存满了泪水。①

由于路遥在长达六年的时间里，长期埋头搜集和阅读相关材料，撰写和修改书稿，也由于他不擅长处理日常事务，所以，但凡与此相关的各种琐事，只能依靠弟弟来完成。包括后者经常来宾馆帮他把各种材料、手稿搞出清楚的编目，以便随时使用，这些具体事情都需要弟弟亲自动手。可以说，如果没有四弟一直以来的协助，这部三卷本长达一百万字的长篇小说，如想在四十岁前完成，几乎不可想象。在创作随笔《早晨从中午开始》中，路遥曾这样谈到弟弟："我由于陷得很深，对于处理写作以外的事已经失去智慧，都由他帮我料理。我的精神疲惫不堪，以致达到失常的程度，智力似乎像几岁的孩子，走过马路都得思考半天才能决定怎样过。全凭天乐帮助我度过了这些严重阶段。的确，书写完后很长一段时间，我离开他几乎不能独立生活，经常像个白痴或没经世面的小孩一样紧紧跟在他后面。我看见，这个世界上所有的人都比我聪敏。我常常暗自噙着泪水，一再问自己，你为什么要这样，你怎么搞成了这个样子？"②

王天乐还有一篇回忆《苦难是他永恒的伴侣》，也值得一读。据他说，七八十年代之交，大哥在北京改完《惊心动魄的日子》后，在延安找到做

---

① 王天乐：《〈平凡的世界〉诞生记》，见榆林路遥文学联谊会编《不平凡的人生》（内部刊印）。

② 路遥：《早晨从中午开始》，北京十月文艺出版社2016年版，第38页。

了两年揽工汉的他，通过迁移户口，疏通关系，安排他在铜川矿务局鸭口煤矿当矿工。几年后，又把他调至《延安日报》，由工人改成干部身份。从此，我“就和路遥形影不离”。文章还透露路遥即使因《人生》爆得大名，也经常手中没钱。家庭危机和创作双重压力，伴随着《平凡的世界》写作的始终，使他的处境到了无法生存的地步。更让他不安的是，大哥在这部长篇第二部完稿时，突然病倒，“忽然吐了一口血，血就流在了桌子上。这张桌子就在西安省作家协会平房的临时办公室”。第二天，他们去医院查出吐血的病因，结果十分可怕。“路遥让我永远也不能给任何人说他的病因，我痛苦地在他面前放声大哭，这是我一生为数不多的掉泪。”此刻许多外人，根本不知道在讲台上谈笑风生，在公众面前一如既往的作家，“就要走向生命的终点”。之所以他要瞒病坚持，一是为还没写完的《平凡的世界》，二是对他来说，还有一些很重要的事情未做完。①

同父同母的兄弟，十年的相濡以沫，就因路遥住院而突然中断，导致兄弟失和，这在情理上完全说不过去，也不符合逻辑。

四

关于路遥天乐兄弟失和的原因，《路遥的时间》作者是根据就近观察据实写出，不存在作家亲属所说给天乐名誉抹黑的不良用意，尽管它有一些本来可以避免的漏洞。而路遥三弟和小妹的陈述，则为失和原因提供了更具说服力的解释，它带有对该书质疑、驳难的性质。

从作家生平传记研究的角度看，这种观点相左的结论，在初级阶段，甚至在很长一个时期里都将存在，属正常现象。在我看来，造成这种信息不对称现象的原因，一个是双方站的角度不同，另一个是由于信息资料沟通交流不够。从航宇的方面看，他的就近观察，显然是有盲区或说观察了解不充分的地方。比如天乐所说的善意“隐瞒”，指路遥病因只有他一人知道，连曹谷溪、陈泽顺等至交都被蒙在鼓里这样的事实；再比如天乐被

① 王天乐：《苦难是他永恒的伴侣》，载李建军编《路遥十五年祭》，新世纪出版社 2007 年版，第 192、193、194 页。

查出乙肝后，想前去相伴陪护，被妻子阻拦，这些隐情却无法向大哥透露。这些，尤其是后者，航宇并没有掌握。而从路遥亲属的角度看，作者所谓故意抹黑的主观动机，也不存在。因为，航宇毕竟是一个纪实性的作家，而不是受过专业训练的成熟的研究者。他是凭着对路遥的热爱，凭着对文学事业的热情写下这本书的。

以上种种，是当代作家传记研究的初级阶段，无法绕过去的凹陷地区。对此，我曾在拙作《从田野调查到开掘》中做过初步讨论：“中国当代文学史在这代作家20岁至60岁的创作生涯中，已经完成了一个历史段落。这个历史段落可以分上下层，上层是看得见的文学田野，下面则是还沉睡着的文学矿藏。我把文学田野形容为作家作品，而把文学矿藏形容为产生作家作品的历史原因。当‘文学批评’完成了对文学创作精彩的阐释后，我们就想知道，造成这代非凡作家之产生的历史根源究竟是什么呢？这牵涉到一个关于八十年代文学的史料学问题。”① 毋庸置疑，航宇的《路遥的时间》和路遥弟妹的《回忆录》都有丰富的史料价值，对熟悉了解“最后的路遥”这个话题，做出了各自的贡献。尽管如此，这些材料还存在不足，还有拓展的空间。例如，当事人天乐和天笑兄弟缺席之遗憾，是否可以通过其他途径加以弥补，如天乐还没问世的回忆文章，比如他妻子的口述，等等。

还有，如果按照《路遥的时间》的说法，路遥兄弟失和有两大原因，一是看望陪护的问题，另一是那借来的5000元的真正去处。后者也是本文所认为的一个疑点。就目前材料看，《路遥的时间》对此并没有给出完整的结论，而路遥小妹的回答，也略显简单，不足以服人。如果它真像《路遥的时间》所说，这对于路遥来说，是一个关乎他名誉的至关重要的问题的话。

由此可知，本文对兄弟失和原因的探讨，也只是初探。它同时说明，关于路遥研究的史料学建设，还只是在发展过程中，远没有结束。

2020年8月12日
2020年8月16日修改

---

① 参见程光炜《从田野调查到开掘》，《中国现代文学研究丛刊》2017年第2期。

路遥和林虹关系的一则新材料

一

我在新购得的《延川插队往事》一书中，当年到陕西省延川县插队的北京知青邢仪写的《那个陕北青年——路遥》这篇文章里，得悉一则涉及路遥和林虹关系的新材料。当时，邢仪与林虹、林达同在关庄公社一个村子插队，相互比较熟悉，她还与路遥后来的妻子林达是多年的好友。这是她比一般人更了解路遥与二林之间的感情纠葛的原因。在路遥延川时期的感情经历中，林虹和林达先后是重要的当事人。路遥先与林虹恋爱，分手后，又与林达恋爱，数年后结婚生女，最后也感情破裂。路遥与二林的关系，虽然在他精神世界中不占关键位置，但这是一个不可忽略的方面。某种程度上，是解读他作品中的女性形象巧珍、黄亚萍和田晓霞来源以及性格特征的一个无法避免的参照。

目前的路遥传记研究，较有代表性的是厚夫的《路遥传》、王刚的《路遥年谱》和张艳茜的《平凡世界里的路遥》等三部著作。它们在叙述路遥与林虹初恋挫折时，不约而同地持有比较一致的看法：林虹是北京八一中学初中生，1969 年 1 月到延川关庄公社插队，她与路遥相识于县“毛泽东思想文艺宣传队”，彼此萌生好感，逐渐发展成恋爱关系。1971 年春，铜川二号信箱工厂（军工企业）来延川招工，[①] 路遥林虹都报名参加体检，林因身体不合格被刷下，结果，路遥出于炽热爱情，毅然把这个宝贵的招

① 位于西安附近的铜川二号信箱，原是一家 1965 年建成的三线军工厂。现在隶属于陕西汽车集团，属于陕汽集团公司的子公司，是以主要生产制造微型车后桥为主业的国有企业。铜川二号信箱位于铜川王益区，街牌是铜川市王家河南路 31 号，邮编 727000。

工名额给了心爱的女孩。[1] 林虹到铜川工厂后，也不负众望，将第一个月工资都寄给路遥，第二个月，仅留下微薄的基本生活费，又用工资给他买了高档香烟等物品。几个月后，因分处异地和生活相差悬殊的关系，林虹对路遥的感情产生动摇，先是书信减少，后向一位在内蒙古插队的女同学倾诉痛苦，这位女同学贸然代替林虹，给路遥写了一封绝交信。在这一过程中，林虹开始与工厂一个年轻的军代表萌生感情。刚刚被罢免县革委会副主任，又遭女友抛弃，路遥遭遇到平生以来最大的人生危机。最后，三部著作都把导致两人感情生变的原因，归结为林虹的移情别恋。[2]

我查阅过相当一部分北京知青与路遥关系的书籍，发现这个“权威叙述”可能来自路遥本人，通过好友曹谷溪、周海波的转述，成为目前研究著作的主要依据。但它只是一个“孤证”，还没有来自知青们的旁证。路遥和林虹的关系，至今存在两个悬疑问题：一是路遥主动把招工指标让给了林虹；二是由于生活悬殊较大以及与军代表的恋爱，导致林虹决定与路遥分手。因此，林虹感情上抛弃路遥，多少涉及一个尖锐的道德问题。关于第一个问题，我已在刊发于 2019 年第 3 期《当代文坛》的《一份沉埋的孤证与文学史结论——关于 1971 年春的路遥招工问题》一文中，有过初步探讨。这篇文章根据林虹最近在延川北京知青微信群里的一个微信，微信说，1971 年春，铜川二号信箱工厂来延川招工，是要一名普通话较好的播音员。自己当时在县里就做过播音员，因此被录用，而路遥操着一口浓重的陕北口音，所以，这个招工指标并非他的赠予。这个重要旁证一出来，就成为路遥原先那个孤证的参照性视野，虽然未必一下子就能推翻路遥孤证，但至少也对它产生了怀疑的作用。[3] 后一个问题，是说林虹主观上移情别恋，还是另有原因。我将在下面继续讨论。

---

① 20 世纪 70 年代，北京的火车只通到陕西铜川，所以，当时插队知青都是先在这里下车，然后分乘军用卡车，再沿着陕北高原沟壑纵横中蜿蜒崎岖的山间公路，陆续到达各自的县、公社和大队的。某种意义上，铜川是与千里之外的北京联络的唯一交通要道。

② 参见厚夫《路遥传》，人民文学出版社 2017 年版，第 61—63、74 页。王刚《路遥年谱》，北京时代华文书局 2016 年版，第 73、74 页。张艳茜《平凡世界里的路遥》，陕西人民出版社 2013 年版，第 106—109 页。

③ 程光炜：《一份沉埋的孤证与文学史结论——关于 1971 年春路遥的招工问题》，《当代文坛》2019 年第 3 期。

二

邢仪在《那个陕北知青——路遥》中证实："L（指林虹）在队里待的时间最短，一年后她就被招工走了。听说L离开延川后很快和路遥断了恋爱关系，原因是遭到了L的家长的强烈反对，他们的恋爱关系夭折了。"①

这是我看到的路遥和林虹关系的第二个问题的一个重要旁证。在此之前，关于它的原因只有路遥本人的孤证，以及三部路遥传记根据这个孤证产生的叙述。首先，邢仪并未说这个招工指标是路遥出让，是不存在这个事实，还是她不知道，现在不得而知。其次，证明林虹与路遥分手，"原因是遭到了L的家长的强烈反对"。含义有客观上的家长强烈反对是主要原因，林的主观抛弃也许是在这一压力下的被动选择，次要原因是从前面延伸而来，邢文并未明确指出。

其实，不光是女知青家长，就连很多一起插队的女知青，也都不看好这种北京女知青与当地青年（农民）的恋爱关系。这是路遥和林虹关系之外的北京知青及其家长态度的"外部氛围"。它涉及城乡歧视、户籍关系、生活习惯以及未来的现实生活等一系列观念、习俗、前途和对这种上山下乡的大局没有信心的问题。后来，看到好友林达和路遥谈恋爱时，邢仪也在心里犯嘀咕，这位女友是否能够预见他后来的成就和声誉："刚开始我们这帮同学并不看好他们的恋爱，其实也没有明确的观点，只是觉得北京知青找当地青年，合适吗？"②

在这篇文章里我们得知，反对自家女孩与陕北农村青年谈恋爱，并非林虹家长一例，普遍都持这种态度。随着路遥和林达关系的进展，林达家长从不理解到逐渐接受，林达为取得父母的支持，专程带路遥到北京禀见他们。邢仪与林达关系较近，比较了解她的性格，以及在这个问题上她父

---

① 参见邢仪《那个陕北青年——路遥》，载邢仪主编《延川插队往事》，中译出版社2015年版，第292页。

② 参见邢仪《那个陕北青年——路遥》，载邢仪主编《延川插队往事》，中译出版社2015年版，第292页。

母的态度，不过，行文之中也存保留态度。“作为侨委干部，达的母亲比较开通，对于达与路遥的恋爱，她无奈地说：‘女儿爱上了，我有什么办法呢?’然后达妈妈要召见这位陕北女婿。达带着路遥回北京了，达还带着路遥去看望在北京的许多同学和同学的家长。家长们好奇地观察着随和的、收敛的、敦厚的、健壮的路遥，有的评价说，路遥长得像当时的体委主任王猛，比想象的好。(不知他们原先想象的是什么样子）又有的家长说了，这个陕北小伙子真不错，但如果是和我闺女，我不同意。”① 这进一步证实，L 家长的反对态度，在北京女知青的家长中间，并非少数的例子。

女知青家长的担忧不是毫无理由，当时在陕北，就曾发生过几起这样的人生悲剧。

一个是在冯家坪公社彪家沟大队插队的北京女知青王援朝。当时，村里知青先后招工、当兵，只剩下她一个人。孤独的她，慢慢与和妻子感情不睦、有三个娃的生产队长刘来生成为相好。王援朝是村里的养猪姑娘，看刘来生在妻子回娘家不归时，一个大男人照顾三个孩子，便帮他洗一家人的衣服，生病时，还陪着赤脚医生给他治病。一天深夜，刘来生帮王援朝接生 12 只猪崽。“此时，两颗心紧紧地贴在一起，暴风骤雨地爱了一回。”后来，王援朝挺着大肚子回北京待产，被上过朝鲜战场的老革命父亲狠狠打了两个耳光，并把生产队长刘来生告到县里。1973 年春，刘来生被判刑四年，“当刘来生被宣判的那天，王援朝肚子里的新生命嗷嗷啼哭着来到了人世间”。在内外压力之下，倔强的王援朝执意不回北京，索性把自己铺盖搬到了刘家，与老人孩子过起了日子。“王援朝风里劈柴，雨中挑水，耕种锄割，滚碾推磨，打场缝补，伺候多病的老人，抚养孩子，一年 365 天。她完全没有了一个京城姑娘的模样。”“四年啊，煎熬的日子并不短暂。”刘出狱后，王援朝与他办了结婚手续。1986 年，被安排到延川自来水厂工作。②

另一个是王光美的亲戚汪鸽，18 岁到延川插队，知青嫌她是“最大资

---

① 参见邢仪《那个陕北青年——路遥》，载邢仪主编《延川插队往事》，中译出版社 2015 年版，第 292 页。

② 阳坡：《他们留在了延川》，载邢仪主编《延川插队往事》，中译出版社 2015 年版，第 304、305 页。

本派”的亲属，拒绝与她同组，女知青深夜12点，还把她的行李扔到了院子里。痛不欲生的汪鸽，白天下地干活，晚上就在刘家沟一棵槐树下哭到深夜。有一次，一条灰狼朝她扑来，多亏一条狗救了她。为生存下去，汪鸽被迫嫁给村里一个青年农民，生下女儿马延都，但夫妻毫无感情。婚姻维持不下去了，要离婚又离不了，“无奈之中，她给周恩来总理去了一封信，倾诉她不幸的婚姻。后来在陕西省委领导的督促下，当地政府主持她离了婚，被推荐上了延安师范学院，毕业后被分配到黄龙县的农村做了小学教员”。在这一过程中，她把女儿留在男方家，实际抛弃了亲生孩子。1987年，曹谷溪无意中听说，当年汪鸽离开后，幼小的女儿跟奶奶过，奶奶病逝后，十几岁的女孩经常穿着露肉的裤子，连学都没上过……曹谷溪出于同情，把这个女孩接到自己家，又费了很大劲找延安地区劳动局局长胡志清，特批了一个招工指标，把马延都安排到延川一家国营食堂当服务员。后来，他通过烦琐的关系，好不容易找到王光美家的电话，说明情况，终于联系到了在北京另外成家的汪鸽，使这对失散多年的母女重逢。“阔别20余载的汪鸽、马延都母女在北京相见了，喜泪悲泪一起洒在金水桥畔。”①

两位女知青因为错爱，一个把自己留在陕北，一个把女儿抛弃在那里。王援朝由于一时冲动，在彪家沟当了十几年农民，30多岁虽然到县城当了自来水厂工人，丈夫刘来生恐怕还是农民身份。当年的过失，直到多年后发酵、延伸、变异；被母亲汪鸽抛弃的马延都，则无辜世袭了母亲不幸婚姻的痛苦，汪鸽为之付出的代价，却要女儿一人独自承担。很多人，大概要在那里终老一生了吧。

实际上，北京知青家长的担忧并非空穴来风。1971年后，全国各地农场管理人员，以及公社、大队和生产队干部，借招工、当兵和上学等条件的诱惑，奸污甚至强奸女知青的事件屡屡发生，震惊了大小城市的普通家庭，包括高层领导。为此，从中央到各省市下达各种红头文件，指示公安检察部门，严厉打击这种破坏知识青年上山下乡运动的罪恶行为。

---

① 阳坡：《谷溪与知青后代》，载邢仪主编《延川插队往事》，中译出版社2015年版，第297—300页。

据《青春履痕——北京知青大事记》一书记载，这种事件，陕北的北京知青也未能置身事外。该书统计，仅1970年，延安地区就发现破坏知青上山下乡运动嫌疑人546人，“3月12日，延安地区办理打击破坏上山下乡案件26起，批斗11人，拘捕8人，其中判刑7人”；“7月12日，延安地区召开万人大会，公判破坏知识青年上山下乡的10罪犯”；9月，“全区共揭发破坏知青上山下乡嫌疑人510名，判刑90人，其中死刑3人”。① 知青来陕北插队不到两年，就出现这么高频率的案件，这个现象实在惊人。因这本书不到10万字，且记录的仅是“大事”，具体事件没有详细充分的跟进和描述，我们不知道，这546个嫌疑人当中，究竟有多少与引诱伤害女知青有关？有多少是其他事件？但仅从这些“公判现象”看，就足见当时破坏知识青年上山下乡形势的严峻程度。一年内，延安地区就发起三次打击破坏分子的大规模运动，以声势来震慑犯罪分子，虽然取得了一定效果，然而事件依然频发。通过插队延安的北京知青的大量书信，这些令人不安的消息也会传达远在千里之外的北京，令知青家长，尤其是女知青家长，为孩子插队时期的自身安全充满忧虑。

汪鸽事件发生在这一期间，王援朝事件，应该发生在这以后，估计是1972年和1973年以后，因为，村里知青大多数已经离开。看到阳波这篇对她的访谈文章，尽管采访对象说她“最幸福的是找了一个好男人”，笔者不相信当时王援朝与刘来生的非法同居是完全出于爱情。在孤身一人的情况下，找到安全感，大概是这位年轻冲动的北京女孩的优先选项。生产队长是村里最具权威的人，她不找普通农村青年，而冒着舆论风险找这个有妻室的男人，与安全考虑关系甚大。王当时就二十挂零，刘是生产队长，有夫之妇，且有三个孩子，情商上大概比王成熟。作为接受、管理知青上山下乡的一方，无论何种理由都不应该给王援朝任何异性感觉，况且是在大多数知青都已离开，她孤身一人生活在村里的情形下。而且他不可能不知道，当时延安地区对本地社、队基层干部侵害女知青行为始终保持着严打和高压的态势，他这是明知故犯，等于冒犯天条。所以，王父气急

① 北京知青与延安丛书编委会主编：《青春履痕——北京知青大事记》，中央编译出版社2015年版，第8、12页。

打女儿两个耳光，又愤怒地向县里有关部门投诉刘来生的行为，完全合理。

由此可知，林虹家长强烈反对她与路遥的恋爱，强迫她切断两人关系，当在那个时期的情理之中。这份材料，不单是研究林路二人分手原因的新参照，对于研究路遥与林达的爱恋、结婚到感情破裂，也不失为一个新面向。

三

然而，我的好奇在于，为什么三部路遥传记都不约而同在“路遥和林虹分手风波”中，把叙述上的理解之同情都偏向路遥了呢？我推测它有以下几个原因。

一是这则“林虹父母强烈反对”的新材料，与作者写作的时间大致相当，他们无法在此期间及时地掌握。因此，只能选择以路遥对曹谷溪单方面的“哭诉”为依据。而且把林虹内蒙古插队女同学代替她给路遥写绝交信的事实，以及林虹后来又与铜川二号信箱工厂年轻军代表恋爱的后发事情，不加分析地嫁接到“路遥哭诉”上，这无疑加强了林虹背信弃义的主观感情色彩。

二是在陕北传统风俗中，历来在婚姻关系上有强调男人颜面的习惯。三位传记著作的作者，有两位出自陕北的延安、榆林，由于主要利用的是曹谷溪引自路遥哭诉的个人记忆，再出于不自觉的感情倾向，自然容易把路遥和林虹关系中的过错，归咎于林虹的背叛。这种当地风俗习惯，无形中强化了林虹与路遥分手时的主观感情态度，不利于在叙述事情原委、分析各种原因的过程中，保持客观、超然的叙事姿态。

三是由于当时北京知青，大多迫于形势来陕北插队，心理上只是把自己当作一个历史巨变中的“过客”。我翻阅相关材料，发现在他们集体性的历史叙述中，主要谈论插队生活的艰苦、劳动的繁重、陕北老乡的厚道等等。这跟他们只是短暂地来此走一遭，一遇招工、当兵和上学等返城机会，会毫不犹豫地选择离开此地的普遍心理有莫大的关系。所以，关于知青与当地男女青年的恋爱婚姻，除少数当事人，大多数人没兴趣讲述。无形之中，这就导致了在大量关于“插队回忆”著作中，相关材料的极其匮乏。如此看，三部传记著作，也无法采信到对研究来说比较有用的材料。

最后，联系以上材料和分析，我想林虹之所以会放弃路遥，她家长、也包括很多北京知青家长都强烈或比较抵制女儿与当地农村青年恋爱结婚，总体来说，是对六七十年代轰轰烈烈的知识青年上山下乡的神话没有信心的表现。当代的历史，1968 年开始提倡“广阔天地，大有作为”，但是，直到 1979 年启动“知青返城”政策，被迫结束这一荒谬的历史行为，前后差不多有整整十年时间。无论对知青本人，还是对知青家长们来说，有谁愿意看到大好的青春浪费在根本不可能改变一穷二白的农村面貌这一不被人看好的浪漫改革当中？

一个人从十六七岁到二十六七岁，或是从十九二十岁到二十九三十岁，这中间完全错过了上大学、当工人、当干部等求学和就职社会的时间窗口期。对一部漫长的历史来说，“十年”不过是一个瞬间，但对于大多数适龄青年来说，这却是最为宝贵的岁月。

是故，当年延川知青明星之一，担任过延川团县委书记和公社书记，1977 年考上北京大学经济系、后做公司高管的陶海粟著文反省说：“下乡之前，我们对农村的了解大多来自《朝阳沟》、《李双双》等文艺作品，在那些作品里，农村是一片‘花好月圆’的‘艳阳天’。但我们眼中看到的，却是一幅截然不同的图画。很多地方，生产和生活方式都处在一种近乎原始的状态。我们落户的第一年，所在生产队的社员们辛苦了大半年，夏收时每人只分了一升麦子。在学校里吃‘忆苦饭’觉得难以下咽，但在这里，那是很多人的家常便饭。”“很多农民在被问起记忆中最痛苦的日子时，回答的不是万恶的旧社会，而是‘大跃进’、‘一大二公’、吃大食堂时期。”陶海粟的反省视角，把路遥和林虹关系放到了一个大的历史背景下，升华了对它的认识的境界和高度。这位当年的知青干部，并没有像大多数知青那样简单抱怨历史，而是理性地认为：“固然，我们不是什么先知先觉者，当时并没有能力把握这些现象背后的理论上、制度上的原因，更没有能力把握这些现象，甚至理解那场贯穿 20 世纪的空前规模的人类社会实验运动的内在联系。但是，经过那九年的社会实践的再教育，培育了我们与普通老百姓的情感，塑造了我们的人格，为在适当的条件下拥抱新思想、新世界做了准备。”①

2019 年 5 月 14 日于北京亚运村

① 陶海粟：《我在延川接受再教育》，载邢仪主编《延川插队往事》，中译出版社 2015 年版，第 199—201 页。

一份沉埋的孤证与文学史结论

——关于路遥1971年春的招工问题

一

如何书写当代文学史，可以从宏观的方面谈，也可以从微观的角度入手，谈一个小问题。我在本文中谈的就是一个小问题。

2019年，是路遥逝世26周年。人们在以各种方式，表达对最能反映改革开放个人奋斗精神的路遥和其感人小说的充分肯定。对此，他是当之无愧的。

近年来，学术界的路遥研究热持续不减，一批令人瞩目的成果，开始将这项工作推进到一个新阶段。就我浏览的情况看，目前已出版的著作大致有二三十部，它们是：晓雷、李星编《星的陨落——关于路遥的回忆》，王西平、李星、李国平著《路遥评传》，马一夫、厚夫、宋学成主编《路遥纪念集》，申晓主编《守望路遥》，周海波著《我所认识的路遥》，李建军编《路遥十五年祭》，厚夫著《路遥传》，王刚著《路遥纪事》《路遥年谱》，李文琴编选《路遥研究资料》，张艳茜著《平凡世界里的路遥》，航宇著《路遥在最后的日子》，等等。数百篇路遥的研究论文，见诸各类杂志。这些历史材料和研究论文，极大地丰富了路遥研究，它对下一个阶段的作家研究，无疑是牢固的基础。

以路遥文学成就和在广大读者中的广泛影响，上述极丰富的历史材料和研究成果，逐渐为当代文学研究界所接受，正在生成出大大小小的“文学史结论”。

然而，已被人们接受、消化的文学史结论，能不能怀疑呢？它是否会影响到作家的文学史地位呢？我认为可以问疑，也不会影响一个作家已经十分稳固的文学史地位。相反，如果这些结论被岁月固化，成为被时间不断风化的岩石，反倒感觉它不够稳固了。稳固的结论，绝不等于静止的存在，它是需要经常改进、修复和加固的。自古以来的经典作家都要经历这样的命运，古代文学中有曹雪芹，现代文学中有鲁迅，皆会如此。这不仅不令人奇怪，反倒十分正常。

二

路遥生前，特别喜欢用著名作家柳青的一段话来激励自己，它也一直在激励着许多热爱路遥小说的作者："人生的道路虽然漫长，但紧要处常常只有几步，特别是当人年轻的时候。"路遥是 1949 年 12 月生人，在他 43 年的短暂人生中，1971 年、1973 年和 1976 年三个时间点，对他有特殊的含义。1973 年他 24 岁，被推荐上延安大学中文系。1976 年大学毕业，按照当时工农兵学员从哪儿来到哪儿去的分配政策，他应该到延安某县当一名中学教师。但因为创作成绩突出，经当时陕西省文化局与省教育局多次反复协商，最终将他改派到省文艺创作研究室的《陕西文艺》编辑部工作。9 月 13 日，陕西省革委会教育局正式给陕西省文化局发去《关于延安大学应届毕业生王路遥同志分配问题的复函》，此事才尘埃落定。由此可见，如果不上大学，如果不分配到《陕西文艺》做编辑，路遥作为作家"紧要处"的"几步"，恐怕就是另外一番面貌了。就是另一个王路遥了。

与前述的两个年头比，1971 年对于路遥的价值可能低一些，仅涉及他的初恋，对他的情感世界有些微的影响。不过，在这里还有一点再探讨的价值。

在我翻过的路遥回忆、口述史、传记和年谱中，关于 1971 年春，延川县有一个到铜川二号信箱工厂的招工指标，路遥和他初恋女友林虹（化名）都报了名，林虹体检不合格，路遥出于爱情，把自己这个机会给了她的记载，几乎成为定论。如果这个材料最早出自 1971 年路遥给曹谷溪的讲述，或是曹本人的转述，那迄今已存在了 38 年，作为一个被沉埋的"孤证”，也从来没被人怀疑过、探究过。

这个材料的最早出处大概是路遥和曹谷溪，以后的路遥研究成果，可能都是转述和引用的结果。因为是孤证，又与故世的作家有关，与权威路遥生平见证人之一的曹谷溪有关，研究者一定是非常相信的，人们不会觉得这里面存在疑点。

例如，曹谷溪在《关于路遥的谈话》中说：“踏在心灵土地上的第一个爱的足迹是永远抹不掉的。路遥的初恋，应该说是愉快的。虽然他经历过失恋的痛苦。”接着补充说：“可是在他生命的最后的日子里，仍然深深怀念自己的第一个恋人。”又话锋一转：“有过‘上山下乡’经历的人，都知道‘招工指标’在那个年代是何等重要。可是，路遥却将这个‘指标’非常愉快地给了自己的恋人。”“因为路遥当着我的面哭了，他感动了我。我很想让路遥与他的恋人‘破镜重圆’。”①

路遥不能忘却第一个恋人的观点，不单曹谷溪这样看，与作家个人关系比较近的周海波和高建群，也相信这是真实的。

周海波回忆，1987 年春天，自己在北京鲁迅文学院学习，准备访问西德的路遥，来北京办相关出国手续，也住在鲁院招待所。他天天早出晚归，周海波就等他下午回来吃晚饭。一天很晚，路遥回来急切地说，他在王府井恰好碰到了林虹，还是那么小巧，穿红色的衣服。不等吃完饭，他就拉周海波回去寻找林虹。②

高建群也说，《人生》完成后，路遥从甘泉回到延安。那天晚上，“延安城铺满了月光。我们两个像梦游者一样，在大街上返来复去地走到半夜。‘中国文学界就要发生一件大事！’他说，他指的是那一包《人生》书稿。突然，他谈到了他的初恋”……“他还说《惊心动魄的一幕》获奖后，他刚刚回到下榻的房间，突然接到一个陌生女人的电话。‘你是谁？你没有事的话，我就挂断电话了！’这时，命运的声音从电话

① 曹谷溪：《关于路遥的谈话》，引自李建军编《路遥十五年祭》，新世界出版社 2007 年版，第 4 页。鉴于曹谷溪与路遥延川时期的特殊关系，曹谷溪在“回忆路遥”文学史活动中，显然占据了权威位置。这篇谈话，不只出现在本书，也选入马一夫等主编的《路遥纪念集》，可见此说传播之广。

② 海波：《我所认识的路遥》，长江文艺出版社 2014 年版，第 160、161 页。

线那头传过来：‘你真的不记得我了吗？一位熟悉的老朋友！’”说话的人穿着一件红风衣，在马路对面的电话亭等他。“他扔下电话，疯子一样跑下楼，横穿马路而过。”① 这说明，不光路遥没忘记，初恋的人也没忘记。

上面的“口述史”，大多载于2007年出版的路遥纪念著作。经过十年的沉淀，这批材料应该已经历了时间的考验。所以，学者王刚的《路遥年谱》很自然会采信它们。作者在该书76页写道：1971年春，“国家开始在知青中招工、招干、招生、征兵。路遥与林虹都去报名参加招工，根据招工条件，指标有限，两人只能走一个，林虹因为体检不合格，县上决定把路遥送去铜川二号信箱工厂当工人。最后，路遥把自己当工人的指标让给林虹，又通过几个朋友的周旋，事情成功了”。林虹当工人的第一个月，工资全部寄给了路遥，让他买香烟。后来，来信逐渐稀少。“林虹当了工人后对路遥的爱‘举棋不定’，便写信给内蒙古插队的女友征求意见，那位女友不经林虹同意，便代写了断交信寄给路遥。那次，路遥哭了，哭得肝胆撕裂。”②

几分材料虽角度不同，都把目标投向了路遥1971年的招工问题。

三

1971年路遥招工问题的相关材料，在沉默或者沉埋了38年之后，终于有人出来表示不同意见了。

据说，当事人林虹女士在当年到延川县插队的北京知青“微信群”里证实：自己1971年春到铜川二号信箱工厂当工人的招工指标，并非路遥让给她的。因为工厂招的是广播员，条件是普通话标准，而路遥说话时的陕

① 高建群：《扶路遥上山》，引自申晓主编《守望路遥》，太白文艺出版社2007年版，第17页。

② 王刚：《路遥年谱》，北京时代华文书局2016年版，第76页。

北口音很重，不符合这个条件。自己是通过面试才获得这个机会的。①

我承认，这也是一个关于路遥1971年招工问题的“孤证”。如果说，正像路遥和曹谷溪的那个“孤证”是无法证实的一样，这个“孤证”在短时期内，恐怕也很难得到证实。

我猜想这里面有几层原因：一是当事人不否认曾与路遥产生过感情，所以微信群没有涉及推翻两人恋爱的事实；二是不想总背着黑锅，好像两人分手原因，是路遥让出招工指标，自己却因环境改变，忘恩负义背叛了他；第三，这位林虹女士与路遥分手之后，与二号信箱工厂的年轻军代表恋爱结婚，关系很好，并育有子女，故路遥成名后，她一直拒绝接受有关自己与路遥关系的各种采访；第四，当事人大概是1951年生人，年龄是近七十岁的老人，在有生之年，她不愿那个“关于招工问题”的传闻，继续再传下去，因此出来证实，真实的事实并非如此。②

作为研究中国当代文学史的人，我相信无论最初说这段招工故事的路遥和曹谷溪，跟着证实的周海波和高建群，以及撰写《路遥年谱》时引用材料的王刚，都非置事实于不顾，故意在顽强地坚持路遥1971年招工问题的真实性。鉴于环境、条件、记忆和再叙述等问题，它就这么延续下来了，我个人认为在叙述逻辑上，还算是周延和完整的。

虽然，这个延川北京知青“微信群”里的招工故事，我只是在可靠的朋友那里听到，得承认它仅仅是一个孤证，但我还是焕发了不算小的兴趣。一个沉默或沉埋了38年的另一个孤证，终于被这个新孤证怀疑了、商榷了，产生了小小的动摇和震动，这是任何文学史的研究者都会隐隐兴奋起来的插曲。

四

当然，我说的是当然，让关于招工问题的女当事人离开“当事人”的

① 这个“微信群”里的孤证，是一位不愿披露姓名的朋友告诉笔者的。出于尊重，请容许我隐去朋友真实姓名。据这位转述者说，林虹当年在延川就做过播音工作，普通话说得标准，是人人都知道的。

② 曹谷溪、王刚的文章和著作，都证实过当事人不愿接受任何采访的事实。

被动位置，像曹谷溪、周海波和高建群这些局外人那样重新书写历史，恐怕是极其困难的。我眼下只是认为，“孤证不举”这个文献考证的传统方法，既然适用于第一个孤证，也同样适用于第二个孤证，它们意见相左，其实是一种相互驳难的关系。目前就采信这一个，作为怀疑、推翻另一个的基础证据，显然不能服人。

我前面的“兴趣”或说“兴奋”，不是要这一个推翻另一个，而是看到第一个孤证，因为有了第二个孤证，已经不再孤单了，是因它们之间产生了新的参照关系而高兴。就是说，随着第二个孤证的出现，第一个孤证不再停滞在 38 年前某个神秘的日子，而是焕发出了新的生命力，有了继续进展的可能。

这就是一份沉埋的孤证与文学史结论的阐释性的关系。前一份孤证因为沉默沉埋时间过久，已经损害了文学史结论的可靠性，在后一种孤证出现后，这种固化的问题被解除了。文学史结论又开始踏上了新征程。

“如何书写当代文学史”？我大概觉得这一个小问题，也许并非人们认为的那么小。

2019 年 1 月 2 日于北京亚运村

序跋文谈中的“商州”

在贾平凹序跋和访谈文章中，有数量惊人的陕西“商州”的内容。要了解他20世纪80年代创作的源头，这是必读材料。文章记载了作家数次走访商洛七县上百个乡镇的所见所闻，带着“作家回乡”视角，山水风情、人文历史、地理环境、民间风俗和乡民生活等被翔实记述，笔调类似《史记》《山海经》等古代书籍，也让人恍然想起沈从文的《湘西散记》《从文家书》。随着这些文章走进商州世界，令我们对这位作家前期的创作有了更直观的认识，相信它们与当时年代和作家漫长的文学道路一定会发生各种的纠缠和交集。

一　为什么重回商州

首先要交代贾平凹重回商州的内外原因。他家乡古称商州，曾沿用过商洛专区、商洛地区和商洛市多种称谓。这块古老山地，因他的作品再次进入读者的视野当中。他自述：“在我的户口本上，写着出生于陕西丹凤县的棣花镇东街村，其实我是生在距东村街二十五里外的金盆村。”① 贾平凹在丹凤念完小学，初中毕业后回乡务农。他对务农时期生活用了一种近乎自嘲的语气：“我是个农民，穿着一件父亲穿旧了的长过膝盖的中山装，样子很可笑。因为我口笨，说不了来回话，体力又小，没有几个村人喜欢和我一块儿干活。我总是在妇女窝里劳动的，但妇女们一天的工分是八

---

① 贾平凹：《老生·后记》，人民文学出版社2014年版。贾平凹1952年2月21日出生。其父毕业于西安师范学院，先后在陕西省山阳、丹凤两县的中学教书，其母是农民。他还有一个弟弟和两个妹妹。

分，我则只有三分。半年后我被提升了，工分多加了五厘。我去砍柴，一程三十里，我只能背五十斤。滚坡过一次，只说粉身碎骨了，偏大崖上三棵桦树拉住了我，独独的三棵桦树啊，我又活在了人间。”“公社兴修一座大水库，我跑去了，干了三天，我拉不动车子，也抡不了大锤，被开销了。过不久又去，毛遂自荐会写毛笔字，可以刷标语，于是大获成功！后来竟成《工地战报》的主编、编辑、记者，刻写、油印、发行、广播，集七职于一身，日子很清苦，工地偶尔改善生活，吃一次肉，每人三片，我吃一片，两片用蓖麻叶包了，夜里跑十里山路回去让娘吃。”① 1972 年 5 月，贾平凹终于苦尽甘来，经人推荐到西北大学中文系念书。1975 年留城，在陕西人民出版社当编辑，后调西安市文联、陕西省作家协会，成为专业作家。贾平凹 19 岁前从未离开过商州，也没想到在西安一住就是 40 年。这段史实，表明贾平凹在故乡完成了最初的人生教育，另外讲一个乡土作家的“回乡”是必然的，因为那是他创作的生活基地。

对 1983 年早春贾平凹重回商州的动机，我查询过两篇相关文章：一篇是他写的《寻找商州》，另一篇是《答〈文学家〉编辑部问》。1980 年，他发觉创作出现了问题：“既不愿意跟着当时同行的东西走，又不知道自己该写什么，怎么去写，着实是苦闷彷徨。”② 另一个起因是陕西“笔耕”文学评论组对他的作品提出了严厉批评。③ “1982 年，西安‘笔耕’文学评论组召开了贾平凹小说创作讨论会，贾平凹也参加了这次会议。正在会上，西安的评论家们针对他 1981 年前后的作品提出了尖锐的批评意见。”“大家言辞尖刻，直抵筋骨，批评弥漫在这些作品中的严重的伤感情调和虚无色彩。”④ 对一直被文坛追捧的贾平凹来说，这次打击是摧毁性的。他郁闷地写道：“那时我对城市还存在着一定的抵触，心里不畅了，喜欢回

---

① 贾平凹：《我的台阶和台阶上的我》，载《关于散文》，生活·读书·新知三联书店 2015 年版，第 40、41 页。贾氏是否初中毕业，他本人的记述时常矛盾，或说毕业，又或说辍学，需进一步仔细考证。

② 贾平凹：《寻找商州》，载《关于小说》，生活·读书·新知三联书店 2015 年版，第 206 页。

③ 贾平凹：《答〈文学家〉编辑部问》，载《访谈》，生活·读书·新知三联书店 2015 年版，第 2 页。

④ 何丹萌：《见证贾平凹》，安徽文艺出版社 2011 年版，第 75 页。

故乡。在故乡待了一些日子，乡下的生活唤起了我小时记忆，我醒悟到我的创作一直没根，总是随波逐流，像个流寇。别人写伤痕类的作品，我也写，而我写这类作品，体悟并不深刻。别人写知青，而我又是回乡青年，我得有我的根据地呀，于是萌生了写故乡的人与事。此后，我开始有意识地回故乡采风。”① 到1985年，在连续发表《商州初录》《商州又录》《商州再录》等作品，“商州”这个地名在全国广大读者中产生了很大影响后，作家开始找回一度迷失的自己：“这一组笔法大致归之于纪实性的，重于从历史的角度上来考察商州这块地方，回归这个地方的民族的一些东西，而再将这些东西重新以现代化的观念进行审视，而做一点力所能及的挖掘、开拓。我觉得这个路子最宜于表现商州，也最宜于表现我。”②

间接材料使贾平凹重回商州的情景愈加鲜活和生动。多次陪他走访的朋友何丹萌曾回忆：“从1983年到1986年前后四年，贾平凹十几次回到商州，我们徒步跋涉，我们汽车漫游，我们远离官方，我们深入民间，走遍了七个县的上百个乡镇。”③ 不少作品写于路途，如《白浪街》《商州初录》《商州又录》等。有些作品是回西安完成，但题材和人物直接取自这些走访，如《鸡窝洼人家》《小月前本》《古堡》《美穴地》《五魁》《天狗》《黑氏》《九叶树》《商州再录》《商州》《浮躁》等。这些插叙把他们走访生活的点点滴滴留在文章中，价值丝毫不低于胡适的《丁文江传》，周作人的《鲁迅的故家》《鲁迅的青年时代》和郁达夫前妻王映霞的《王映霞自传》等经典史料。他们一路乘车登舟，一路喝酒唱歌，放浪山水之间，忘情山居乡民和水手之中。“平凹有个很顽固的习惯，即每天不写文章就睡不着觉。”当他们先坐木排顺流而下，再徒步考察，好奇于两岸奇伟瑰丽的景色。抵达商州最南端的白浪街，看到陕西、湖北、河南三省人民和睦相聚的种种奇异风土人情，更觉惊讶不已。之后又仔细踏看了荆紫

---

① 贾平凹：《寻找商州》，载《关于小说》，生活·读书·新知三联书店2015年版，第206页。

② 贾平凹：《我的追求——在中篇近作讨论会上的说明》，载《关于小说》，生活·读书·新知三联书店2015年版，第24页。

③ 何丹萌：《见证贾平凹》，安徽文艺出版社2011年版，第75页。本人写作此文，较多采用了何先生这部见证著作中的材料，借此向他表示感谢。

关、月亮湾、梳洗楼、马家凸等地。一次去柞水、镇安两县，在古色古香的小镇凤镇，只见房屋飞檐翘脊，街道石板铺路，女子如花似玉，有点像沈从文笔下的湘西小镇。因雨被困在柞水县城，请友人王长志借来县志阅读。这是贾平凹每走一县先读县志的习惯使然。何丹萌写道，平凹嘴馋，路遇卖鲜桃小贩，便购来享用。在镇安行至老街，见一户人家死了人，一群人围着棺材唱孝歌，我和平凹便在街对面听。又在镇安山里听到两夫妇“换妻”故事，于是一路寻到两家人那里探个究竟。贾平凹在商州打柴胡针时染上乙肝，又在安康一家小旅馆被传染疥疮，这当然是旅途不幸之插曲。他说从商县到山阳县之前，贾平凹看过地区文化馆王军强先生的无笔油漆画，非常欣赏这种将五彩的油画颜料与油漆稀释调和，然后将玻璃沉进去，又拿出来，凭感觉控制调节，让色彩在玻璃上自然地流动，因而生成出妙趣天然的自然风光的作画技巧。贾平凹一边读着在商州游历中亲见的山水人物，一边看着军强先生的画，写下了 11 篇没有标题的文章，合起来称作《商州又录》。何氏略带夸张地感叹道：“平凹受中国传统文化影响深重，深谙东方传统美学思想真髓，信手拈来的句子，无不体现着那种诗境。”“他似乎是一位艺术天分极高的摄影家，肩扛摄影机，行走在生活的商州和心中的商州之间，将摄影机的镜头自然地推、拉、摇、移，有中景、近景、远景，有特写也有长镜头。”① 与何丹萌的赞誉相比，贾平凹的感受倒比较朴素诚实：“当我每一晚在农家土屋的小油灯下记录我一天来的见闻时，我异常激动，懊悔自己下来得太迟了；当我衣服肮脏，满身虱子，头发囚长离开商州时，就想到再一次走进商州，应该再到什么地方去。”②

① 何丹萌：《见证贾平凹》，安徽文艺出版社 2011 年版，第 73—109 页。何丹萌妻子是贾平凹前妻在丹凤县剧团时的密友，何和贾得以结缘，关系紧密也十分自然。他作为旁观者的记述，无疑增加了贾平凹重回商州种种事迹的可信性。文字虽略有崇拜视角，但大多平实、亲切和自然。

② 贾平凹：《答〈文学家〉编辑部问》，载《访谈》，生活·读书·新知三联书店 2015 年版，第 3 页。

二　商州初录

这节是贾平凹对商州历史沿革、山川走势和小镇陈迹的客观记述，读来像历史学学科中“历史地理”专业的通俗读物。由此可见他踏勘地形时，心中的确装着司马迁写《史记》、沈从文写《湘西散记》时的眼光和文化情怀。读《与穆涛七日谈》这篇，我才知道贾平凹记忆力极好，似乎过目不忘，对商州地理之熟悉，也达到了如数家珍的程度：

> 丹江流经竹林关，向东南而去，便进入了商南县境。一百十一里到徐家店，九十里到梳洗楼，五里到月亮湾，再一十八里拐出沿江第四个大湾川到荆紫关，淅川，内乡，均县，老河口。汪汪洋洋九百九十里水路，山高月小，水落石出。船只是不少的，都窄小窄小，又极少有桅杆竖立，偶尔有的，也从不见有帆扯起来。因为水流湍急，顺江而下，只需把舵，不用划桨，便半天一晌，‘轻舟已过万重山’了。假如从龙驹寨到河南西峡，走的是旱路，处处是古关驿站，至今那些地方旧名依故，仍是武关，大岭关，双石关，马家驿，林河驿等等。①

对各地之间距离的测量估算，精确到了具体的里程，可见他对与小说创作密切相关的历史地理真是用心和体贴。

按照贾平凹记述，商州地处陕西东南部，与湖北、河南两省接壤，距西安 130 公里，是一块极为偏僻贫瘠的山地。唐代以后，这里是由长安经武关到南方的官驿要道，李白、杜牧、李贺、李商隐、贾岛、温庭筠在此都留有遗踪墨宝。近代铁路绕道而行，于是商州便成被历史遗忘的角落。商州现叫商洛市，下辖商州区、洛南、丹凤、商南、山阳、镇安和柞水七区县。商州地处秦岭的阳坡，境内有三条河流：发源于东段南麓的洛水，经洛南穿过河南卢氏、洛宁两县，过洛阳而入黄河，这是著名的洛河。另一条是全区最大的丹江，穿越商州、丹凤和商南三区县，从河南而入湖

---

① 贾平凹：《与穆涛七日谈》，载《访谈》，生活·读书·新知三联书店 2015 年版，第 364 页。

北，在丹江口与汉江汇合后再归入长江。最后一条是乾佑河，下段则叫金钱河，源头来自柞水境内秦岭主峰的牛脊梁，穿柞水经镇安和山阳，在湖北郧西入汉江。三条河流像毛细血管般自秦岭而下向商州和河南湖北四散流去，养育了当地人民的历史民俗、秉性世情。仿佛是在高空航拍俯瞰这幅商州的历史地理图，贾平凹对穆涛说："一座秦岭主峰分隔了家乡与西安，那座著名的华山，其阳坡就在商州。在商州还有一座真正属于商州的名山，那就是商山，是历史上有名的秦汉时的'四皓'隐居处，商山位于丹凤县州河南岸，山形奇诡，凸凹有致，因雪后初霁，峰峦组合呈一个'商'字而得名。"① 这是他对商州山势地形河流走向的详细描绘。

再看他对小说《黑氏》和《浮躁》原型某部分的一脚踏三省小镇白浪街建筑风格和人物风俗的记录。"这街是白浪街，小极小极的。这头看不到那头，走过去，似乎并不感觉这是条街道，只是两排屋舍对面开门，门一律装板门罢了。这里最崇尚的颜色是黑白：门窗用土漆刷黑，凝重、锃亮俨如铁门钢窗，家里的一切家什，大到柜子、箱子，小到罐子、盆子，土漆使其光明如镜，到了正午，你一人在家，家里四面八方都是你。日子富裕的，墙壁要用白灰搪抹，即使再贫再寒，那屋脊一定是白灰抹的，这是江边人对小白蛇信奉的象征，每每太阳升起空间一片迷离之时，远远看那山根，村舍不甚清楚，那错错落落的屋脊就明显出对等的直白线段，烧柴成了这里致命的弱点，节柴灶就风行全街，每一家一进门就是一个砖砌的双锅灶，粗大的烟囱，如'人'字立在灶上，灶门是黑，烟囱是白。黑白使这里和谐统一，黑白使这里显示着亮色。"读着美文，我们就感觉贾平凹不是一般意义上的山川风景旅游者，而是一个敏锐观看山川地势的作家。由此他经街景进入对陕西、湖北和河南三省人民风俗世情异同的观察。这里地界清楚，人居杂乱；相互竞争，又和睦相处。虽然同处一街，然而分为陕西白浪大队、湖北白浪大队和河南白浪大队。这当然是人民公社时期的叫法。同在一条街上做生意，"比来比去，各有短长"，陕西人棉纺织品最多，湖北人以百货取胜，河南人则经营短缺商品。湖北人"待人

① 贾平凹：《与穆涛七日谈》，载《访谈》，生活·读书·新知三联书店 2015 年版，第 356 页。

和气，处事机灵。新开的饭店餐具干净，桌椅整洁，即使家境再穷，那男人卫生帽一定是雪白雪白，那女人的头上一定是纹丝不乱。若是有客稍微在门口向里一张望，就热情出迎，介绍饭菜，帮拿行李”。“河南人则以能干闻名，他们勤苦而不恋家，强悍却又狡诈，靠山吃山，靠水吃水，大人孩子没有不会水性的，每三日五日，结伙成群，背了七八个汽车内胎溯江而下，在五十里、六十里的地方去买柴买油桐籽。柴是一分钱二斤、油桐籽是四角钱一斤。收齐了，就在江边啃了干粮，喝了生水。憋足力气吹圆内胎，便扎柴排顺江漂下。一整天里，柴排上就是他们的家。丈夫坐在排头，妻子坐在排尾，孩子坐在中间。”“陕西人，固有的风格使他们永远处于一种中不溜儿的地位。勤劳是他们的本分，保守是他们的性格。拙于口才，做生意总是亏本，出远门不习惯，只有小打小闹。对河南、湖北人的大吃大喝，他们并不馋眼，看到河南、湖北人的大苦大累反倒相讥。他们是真正的安分农民，长年在土坷垃里劳作。”“因为他们极其厚道，街前街后的树多是他们栽植，道路多是他们修铺，他们注意文化，晚辈里多是高中毕业生”，“清夜之下，悠悠有吹箫弹琴的，必是陕西人氏”，“多少年来，公安人员的摩托车始终未在陕西人家的门前停过”。[①] 虽对陕西人有美化之嫌，短短几百字，三省人的人情秉性风物等便一目了然。然而千年不变的民俗风物，也如四周的山峦河水一般静止不动。

商州的山川河流地图最后收拢到家乡棣花街，这是他小说经常描述的场景。作于1986年六七月的《〈浮躁〉序言一》《〈浮躁〉序言二》，是对“州河”（丹江）较早的描绘，如想更深入了解，还要到将近二十年后（2005）的《〈秦腔〉后记》之中。贾平凹告诉他的读者：“在陕西东南，沿着丹江往下走，到了丹凤县和商县（现在商洛专区改制为商洛市，商县为商州区）交界的地方有个叫棣花街的村镇，那就是我的故乡。”[②] 棣花原来是人民公社，现改为乡镇。以一个乡镇计算，棣花的人口面积不算小。所谓的棣花街，下辖陈家沟、许家沟、苗沟、西山源、雷家婆和石饭沟等

① 贾平凹：《与穆涛七日谈》，载《访谈》，生活·读书·新知三联书店2015年版，第365—370页。

② 贾平凹：《〈秦腔〉后记》，作家出版社2005年版。

十几个行政村。贾平凹家所在的棣花街，又分东街、西街、正街等几个自然村，它们散乱地分布在丹江与北边的坡塬之间，由西向东呈不规则的队形而排列。根据作家本人描述，棣花街原来是丹江从崇山峻岭奔流而下冲积而成的六七个盆地中较小的一个。棣花“四山环抱，水田纵横，产五谷杂粮，生长芦苇和莲藕。村镇前是笔架山，村镇中有木板门面老街，高高的台阶，大的场子，分布着塔、寺院、钟楼、魁星阁和戏楼。村镇人一直把街道叫官路”。“如果往江南岸的峭崖上看，能看到当年逃兵荒匪乱的石窟，据说如今石窟还有干尸，一近傍晚，成群的蝙蝠飞出来，棣花街就麻碴碴地黑了。”贾平凹 19 岁前，没走出棣花街方圆几十里，他“穿草鞋，留着一个盖盖头，除了上学，时常背了碾成的米去南北二山去多换人家的苞谷和土豆，他们问：‘哪里的？’我说：‘棣花街的！’”。但本村老幼都熟悉他，他每逢回乡参加老亲世故的寿辰、婚嫁、丧葬、行门户、吃宴席，刚进村镇，大家就说：“贾家老四的儿子回来了！”但多年后，老家人大多亡故，进城或离散，街道一片荒废，他与在村口抱孩子妇女均感陌生，待大家辨认清楚后，又一齐叫他“八爷” （贾氏在那一辈里排行老八）。①

三　商州又录

本节是贾平凹对商州文化脉络和民情风物的解读。有学者在著作中指出：“助成民族精神的产生的那种自然的联系，就是地理的基础。假如把自然的联系同道德‘全体’的普遍性和道德全体的个别行动的个体比较起来，那末，自然的联系似乎是一种外在的东西。”但他接着又警告说：“但是我们不得不把它看作是‘精神’所从而表演的场地，它也就是一种主要的、而且必要的基础。”② 贾平凹也对人说：“作家性格和文风是统一的，地方的文风和风尚是统一的。”③ “我在商州每到一地，一是翻阅县志，二

---

① 贾平凹：《〈秦腔〉后记》，作家出版社 2005 年版。

② ［德］黑格尔：《历史哲学》，王造时译，上海书店出版社 2014 年版，第 74 页。

③ 贾平凹：《与穆涛七日谈》，载《访谈》，生活·读书·新知三联书店 2015 年版，第 308 页。

是观看戏曲演出，三是收集民间歌谣和传说故事，四是寻吃当地小吃，五是找机会参加一些红白喜事活动。”因为“这一切都渗透着当地的文化”。①

如果说当初做商州初录时，贾平凹是历史地理的踏勘者，是文化地质的实录人，那么到了商州又录，他就意识到要从历史地理的地平线上站起来，“得首先看来龙去脉，要看来龙去脉则只能站高，然后才是某个节点，也才能懂得这些节点”，一个作家应该“是个超越了群族、阶级、时政、生死的人”。② 为更清楚地看到商州文化的来龙去脉，贾平凹在“又录”时又一次使用了俯拍的角度。他在《寻找商州》中说：“商洛地区以前仅知道是秦头楚尾，是中原文化和楚文化的交会处，经过采风，才知道这里的历史文化、时代变化以及风土人情是那样的丰厚和有特点。”③ 因处于交会地带，所以这里的崇山峻岭在贾平凹眼里，就有秦之雄和楚之秀，是雄而有韵，秀而有骨。而且文化传递的特征也是山水的特征所致，文化随山水的走势变化而塑造：“商州的山大体来讲不凶不恶，变化大，却无阴晦之气，所以走到每一条山沟里，都是感觉阳光亮堂，而且山多高水多高，山随水转，水随山转，一步一景，常看常新。”④ 而经此站高再看，就具有了优秀作家俯瞰时的高度：在三种文化中，由于“有山有水有树林有兽的地方，易于产生幻想，我从小就听见过和经历过相当多的奇人奇事，比如看风水、卜卦、驱鬼、拜神、出煞、通说、气功、禳治、求雨、观星，再生人等，培养了我的胆怯、敏感、想入非非、不安生的性情。但中原文化及秦文化却是我一直受的教育，我的父亲是教师，他有极正统的一套儒家道德观，我从小直至他死去，始终惧怕他。长大到西安上大学，以后定居在西安，接受的文化与小时候不同。西安的文化也即是秦文化，主要是秦

① 贾平凹：《答〈文学家〉编辑部问》，载《访谈》，生活·读书·新知三联书店 2015 年版，第 6 页。

② 贾平凹：《答〈安徽商报〉胡竹峰问》，载《访谈》，生活·读书·新知三联书店 2015 年版，第 6 页。

③ 贾平凹：《寻找商州》，载《关于小说》，生活·读书·新知三联书店 2015 年版，第 206 页。

④ 贾平凹：《与穆涛七日谈》，载《访谈》，生活·读书·新知三联书店 2015 年版，第 356、357 页。

与汉的一种风度，这令我非常崇尚，我之所以追求作品中的一种平和、放达，与此有关。随着创作岁月的衍进，在秦文化的基础上时不时露出了小时候楚文化的影响，尤其到近期，作品中自觉地有些诡秘之气”①。

因有意识要站高看远，贾平凹的又录才能超越初录的视野，提炼升华出商州文化的精髓来。他说：“文坛上，对我的作品的语言和作品中的神秘色彩总有两种说法，一种认为我古典文学的底子好，一种认为我行文文白夹杂，是故意在耍魔幻主义。”其实“我没有学过多少古文，也不是人为耍魔幻，是商州提供了这一切。”②他更在《〈浮躁〉序言一》强调：“在这里所写到的商州，它已经不是地图上所标志的那一块行政区域划分的商州了，它是我虚构的商州，是我作为一个载体的商州，是我心中的商州。”③正是抱着这种超越初录的心态，他当时还考察过西安近郊各县和安康，这些地方与商州相互参照，就使《商州又录》越发焕发出异样的光彩来。1979 年，他在咸阳与兴平之间霍去病墓旁流连三日，静观这古朴厚重的汉代石雕，忽然领悟道：“看到这只卧虎时，喜爱极了，视有生以来所见的唯一艺术妙品，久久揣赏，感叹不已，想生我育我的商州地面，山川水土，拙厚、古朴、旷远，其味与卧虎同也。”“从而悟出要作我文，万不可类那种声色俱厉之道。”④由语言的古典加魔幻到虚构的商州再到将整个西汉秦文化带动起来的卧虎石雕，青年贾平凹终于有了对中国哲学、美学与小说之关系尽兴发挥的机会。他举一反三，点墨成金，令人窥测其所以如此再三游历商州山川水土的深邃心机。他 1986 年 11 月对陈泽顺说：“我对于绘画、音乐、书法、戏剧的爱好、热情并不比文学低，其有些见解和对文学的见解有过之而无不及。我平日读的书中，相当多的则是这方面的书。”“如果有人说我的作品中多少有一点东方美学思想的影响，那很大程

---

① 贾平凹：《与穆涛七日谈》，载《访谈》，生活·读书·新知三联书店 2015 年版，第 372 页。

② 贾平凹：《〈商州：说不尽的故事〉序》，载《关于小说》，生活·读书·新知三联书店 2015 年版，第 75、76 页。

③ 贾平凹：《〈浮躁〉序言一》，载《关于小说》，生活·读书·新知三联书店 2015 年版，第 30 页。

④ 贾平凹：《卧虎说——文外谈文之二》，载《关于散文》，生活·读书·新知三联书店 2015 年版，第 14 页。

度得力于中国的文人画、民乐、书法和中国戏曲，我有意识地将中国的古代哲学与西方的现代派哲学作过比较，然后就分别将中国文人画和西洋画作比较，将中国戏曲和话剧作比较，从中获得我们民族文化长期以来所形成的美学方面的东西。”① 这正如他朋友孙见喜所发现的，“平凹的书法，非行非楷，亦庄亦谐”，“一如他的文章，透射出清肃高古之气”②。

如果照应“为什么重回商州”这个文章起头再来看贾平凹对商州的“超越”，我认为这种超越事实上不关乎对80年代文化反思思潮的追随和模仿，而是关乎“怎么写”这个对一个作家来说非常具体的创作的问题。应该注意的是，贾平凹是立于文坛三十年而不倒的几个最优秀的小说家之一，因此如何摆脱流行文学思潮而构筑自己独特的文学世界，这才是他“重回”“初录”“又录”之游历轨迹的最核心的考虑。但是，果真如王安忆和其他人所说贾平凹和阿城是两年后兴起的“寻根思潮”的“两位领袖”吗？③ 或者如不少的文章把贾平凹的《远山野情》《古堡》等作品也看成是寻根小说？这些观点假如放在“几个最优秀的小说家之一”的评价中，应该是不成立的。因为一般的思潮和流派类型的作家，是到不了谈论文章之道这种境界的。而能够论及文章之道，多半是“最优秀的几个小说家”之所为。最优秀的小说家们，往往都是那种“站高看远”的一种人。所以在我的观察里，贾平凹的“又录”已经发展到可以借“商州”这个地方来说他自己文章的地步了。这是“为什么重回商州”最终之结果。差不多二十年后，贾平凹这样与批评家谢有顺谈论起渗透着中国古代哲学、美学、绘画、书法和戏曲气味的“文章”来：“在某种程度上，散文与佛教有相似的地方，看似容易，进入却难。佛的教义博大精深，表面上看好像什么都没有，就是磕头、烧香、祷告。如果佛教是心的科学，散文就该是心的写作。在我的认识里，散文如果写到一定层次了，就没有那种抒情

① 贾平凹：《答〈文学家〉编辑部问》，载《访谈》，生活·读书·新知三联书店2015年版，第14页。

② 孙见喜：《废都里的贾平凹》，陕西人民出版社2013年版，第5页。

③ 参见王安忆《寻根二十年忆》，载《王安忆散文》，人民文学出版社2008年版。第265页。王回忆说：“在北京四次作代会上，听说阿城要来拜访贾平凹，这两位‘寻根’领袖的会晤，使我们很是激动。（按：‘我们’其中之一是批评家季红真）”

了，而是天文、地理、人间、地狱、神界融合而贯通的东西，随心所欲，没了章法，完全是从天地自然、现实生活以及生命里体验出的东西。”① 如果这样看，就知道“重回”“初录”“又录”的商州的历史地理为什么会被贾平凹妙趣天成地化作了他自己的“文章”。在他的“文章”里，犹如历史活化石一般静止的商州，为什么又一变而为活泼泼的生命的形式，它与贾平凹的小说、散文、序跋和文谈融为一体，它都被这位富有天赋的小说家一一拿来，统统变成了自己的文章。有识者终于明白了这句话：有人说我的语言有质感，有特色，说我古文底子好，夹杂了古语，“其实，我是大量吸收了一些方言，改造了一些方言，我语言的节奏主要得助于家乡山势的起伏变化，而语言中那些古语，并不是故意去学古文，是直接运用了方言。在家乡，在陕西，民间的许多方言土语，若写出来，恰都是上古雅语。这些上古雅语经过历史变迁，遗落在民间，变成了方言土语，这是以前的写作人不以为然而已。”“这种情况，恐怕只有商州和陕西具有。”②

四　作为文学“源流”的沈从文

接着上面贾平凹说过的话，我们就非常自然地想到了 20 世纪二三十年代的沈从文。因为不联系到沈从文，就实难理解一个时期内，贾平凹序跋文谈中何以会如此频繁地出现“商州”这个关键词，以及这个源头对他 80 年代创作的特殊意义了。

如果对贾平凹做一个“商州源流考”，就得读贾平凹关于沈从文的访谈和自述。他 1974 年对沈从文的注意，是早于 1983 年开始的商州走访活动的。就在频繁走访的日子里，他对沈从文创作的认识逐步变化和加深了。而且在他与沈从文“一对一”的影响关系中，80 年代“越是民族的，越是世界的”的文学口号和 1985 年寻根思潮等因素，也在横向地渗透到他游历商州的岁月里。我认为这些因素为辨析贾平凹 80 年代创作源头中的

① 《贾平凹谢有顺对话录》，苏州大学出版社 2003 年版，第 249 页。

② 贾平凹：《与穆涛七日谈》，载《访谈》，生活 · 读书 · 新知三联书店 2015 年版，第 374 页。

知识系统，提供了更加丰富的参照。他对谢有顺说：“我记得大学快毕业了，突然有一天在书店见到一本书，是综合性的小说选本，里面有沈从文的一篇，我读了觉得是我那些年看到的最好的小说，就买了。”“后来，我一个同学从西北大学图书馆借了一本书，是沈从文的一本选集，才知道沈从文是 20 世纪三四十年代的作家。”又对章学锋说：“接触了沈从文的作品以后，才知道沈从文写了那么多好东西！”（1974）[①] “我给出版社写信——这辈子给出版社就写过这么一封信，为沈从文这书，我跟他们说，以后再有这人的书咱能不能多给搜集点儿来？其实当时沈从文还在被专政，又过了几年，沈从文才给解放出来，我才知道怎么回事。”（70 年代）[②] 他这样评论《沈从文文集》：“信手来写，放得开，收得合，而开合间的圆润之处，沈氏大知。此等文法，必得天资好的人用之，必得文笔补救，其没骨写意法。文章作得随意如水，沈氏是大天才也。”（1983）[③] 又说：“严格地说，沈文是发展了冯文，扩大了视野，气盛。当今文坛，林斤澜、何立伟有冯之气，吾则要拉开距离，习之《史记》，强化秦汉风度。”（1985）[④] “中国现代文学中，中国人推崇鲁迅，鲁迅作品中充满了批评精神。而经历了文化大革命之后，中国人在推崇鲁迅外也推崇起了沈从文，喜欢他作品中的更浓的中国气派和味道。”（80 年代）[⑤] 他在北大演讲时回忆起 70 年代读书创作的情况：“我在大学读书的时候，曾经特别喜欢废名的作品，几乎读过他所有的书，后来偶尔读到了沈从文，我又不满了废名而喜欢上了沈从文。”（70 年代）[⑥] 他在回答韩鲁华的提问时，对沈从文与废名的创作做了更深入的比较：“我学习废名，主要是学习他的个

---

① 《贾平凹谢有顺对话录》，苏州大学出版社 2003 年版，第 45 页。

② 贾平凹：《文学是光明磊落的隐私》，载《访谈》，生活·读书·新知三联书店 2015 年版，第 299 页。

③ 贾平凹：《读书札记摘抄》，载《关于散文》，生活·读书·新知三联书店 2015 年版，第 74 页。

④ 贾平凹：《读书札记摘抄》，载《关于散文》，生活·读书·新知三联书店 2015 年版，第 74 页。

⑤ 贾平凹：《在第三次汉学家文学翻译国际研讨会上的讲话》，载《关于小说》，生活·读书·新知三联书店 2015 年版，第 263 页。

⑥ 贾平凹：《对当今散文的一些看法——在北京大学的讲演》，载《关于散文》，生活·读书·新知三联书店 2015 年版，第 163 页。

性。他是有个性的作家。我写作上受废名的影响大。但他气太小。我看废名是和沈从文放在一块看的。沈从文之所以影响我，我觉得一是湘西和商州差不多，二是沈从文气大，他是天才作家。”（80年代）[①] 后来在西安建筑科技大学的一次演讲中，他更是对沈从文的生平、小说与地域的关系，这位创作的风格做了相当全面的评价。他把沈小说的审美意识归结为“阴柔性”“温暖性”“神性”“唯美性”等方面。他认为沈从文小说对自己最大的启示，一是文学才能不是学校培养的，“它是大自然的产物”；二是文学“应该写出人的理想，写出人对自身的追问”；三是在复杂多变的社会和文坛上，一个作家的“精神一定要浩淼无涯，与天地往来”，当你受到不公平待遇，可以不反抗，“但你要隐忍，要静水深度”[②]。

我们相信沈从文《湘西散记》《湘行书简》《从文家书》等叙及故乡美丽景致的文字，一定深刻影响了西大时期和走访时期的贾平凹。但我们更应明白，贾平凹不是那种跟着别人跑的作家，而是一个能够超越这种影响并极富创造性的作家。就在追踪着贾平凹留于商州记述和以后的文字中，我们会发现他与这位文学导师渐行渐远了，他留下的足迹中，逐渐有了自己文章的气味和特殊的风格。这种“个人性”无论对于认识贾平凹80年代创作的源头，还是纵观他几十年的文学道路都是非常重要的。事实上我在前面对贾平凹“商州之行”做冗长的历史地理考的时候，就已经留意到这位风尘仆仆的作家当时的眼光早已超越了一般山川水土、民间习俗的层面，而对天文、地理、宗教、哲学和美学表现出更深邃的思考。我因此想静下心来翻看这些材料，并想一些相关的问题：这位古代商州的踏访者，变成了一个历史的幽灵。别人说他身上有鬼气、神气，正是商州神秘土地对这位子孙最慷慨的赐予。很多人都回忆过贾平凹与人不同的气质。在与韩俊芳谈恋爱时，俊芳在河边吊嗓子，而贾平凹则坐在阳坡上“提起笔进入了创作”。[③] 也是在热恋过程中，“有一段时间，剧团下乡走到哪儿，

---

① 贾平凹：《关于小说创作的答问》，载《访谈》，生活·读书·新知三联书店2015年版，第59页。

② 贾平凹：《沈从文的文学——在西安建筑科技大学的讲座》，载《关于小说》，生活·读书·新知三联书店2015年版，第131—142页。

③ 孙见喜：《贾平凹传》，上海人民出版社2008年版，第38页。

贾平凹就跟到哪儿”，“平凹这人，不管啥时候、啥条件、啥心情下，都能写小说。有一次，俊芳正在排练场排戏，把平凹孤独地扔在宿舍。小霞在排戏中想起忘记了拿小旦要用的帕子，回宿舍去取，见平凹趴在俊芳的箱子盖上写小说”①。孙见喜说，这都是作家熟读老子和荀子的话而修为的结果：老子曰：“致虚极，守静笃，万物并作，吾以观其复。”荀子也曰：“心何以知？曰：虚壹而静。”② 认为这是贾平凹长期自我修炼的原因所致。正如前面他在沈从文这里得知的“但你要隐忍，要静水深度”说法一样。在十几次走访商州的路途中，以及后来写下的文章中，也能看出他超越商州地理而进入无为之浩渺状态的情形。他看怪异的传说逸事并不觉怪，而且还深以为然。他说：“陕南这地方很怪，出了相当多的奇人异事。比如有特异功能者，民间传说的‘神’的，我先后走访过十多个，有老太太、老头，也有孩子。有的现在已成了朋友。”③ 他还说：“秦岭历来是隐者的去处，现在仍有千人修行在其中，我去拜访了一位，他已经在山洞里住过了五年，对我的到来他既不拒绝也不热情，无视着，犹如我是草丛里走过的小兽，或是风吹过来的一缕云朵。他坐在洞口一动不动，眼看着远方，远方是无数错落有序的群峰，我说：‘师傅是看落日吗？’他说：‘不，我在看河。’我说：‘河在沟底呀，你在峰头上看？’他说：‘河就在峰头上流过。他的话让我大为吃惊，我回城就画了一幅画。’一次从商州回来再看故乡棣花街，他觉得自己的眼光也变了：‘故乡给我印象最深最难以思议的还是路，路那么的多，很瘦很白，在乱山之中如绳如索，有时你觉得那是谁撒下了网，有时又觉得有人在扯着绳头，在牵拽了群山走过。’”④

这就为我们的“商州源流考”“文学源流考”或者“八十年代创作源头考”提出了一个观点，就是这种考证的目的不单是为证明后世作家是受到什么影响才会形成这种创作面貌的，它更愿意强调的是，这些“源流”和“源头”也在极有天赋的作家那里出现了变形和转向，它们是这些作家

① 何丹萌：《见证贾平凹》，安徽文艺出版社 2011 年版，第 35、34 页。

② 孙见喜：《贾平凹传》，上海人民出版社 2008 年版，第 58 页。

③ 贾平凹：《与穆涛七日谈》，载《访谈》，生活 · 读书 · 新知三联书店 2015 年版，第 289 页。

④ 贾平凹：《老生 · 后记》，人民文学出版社 2014 年版。

曾经走过的重要驿站，但这些驿站终被他们更大的文学成就远远抛到了后面。然而有意思的是，当他们终成文学大家，漫长的文学道路已然混沌不清的时候，这种“源流考”就非常清晰地指出了他们创作的起点。到这个时候，把当代小说家纳入文学史研究范畴的学者，就懂得从哪里下手来开展自己的工作了。

2016 年 2 月 4 日于岁末

2016 年 2 月 15 日修改

序跋文谈中的“古代”

我藏有编选贾平凹“序跋文谈”的五本书，《贾平凹文集·散文杂著》《朋友》《关于小说》《关于散文》《访谈》。[①] 选辑篇目略有重复，并非全部，但要说已占十之八九则毫无疑问。它们漫谈的内容颇为繁杂，文学、哲学、历史、天文、地理、宗教、星象等，上天下地，无所不包。我粗粗统计了一下，诸文章与“古代”相关地方多达110处。当然贾平凹对“古代”的定义相当宽泛，包含中国古典文学、古代哲学、文化、宗教等，从秦汉穿越唐宋元明清，又从唐宋元明清返回当代，对秦汉部分尤为推崇，令人印象深刻。文学偏于明清小说如《红楼梦》《聊斋志异》，哲学历史文化宗教偏于老子《道德经》《周易》《史记》等。将这五本书大约一百三十四万字的文章通读一遍，我的直觉印象是贾平凹像周作人那种“杂家”，如要研究他与中国古代的关系，比较麻烦的是要将这位作家读过的书再读一遍。我以为在当代最著名的十几位小说家中，他大概是对古书体悟最多最深的一个吧。不敢说这方面见识高出别人一大截，仅凭序跋文谈著作涉古部分110处，就能认为他的古典修养应当最好。中国古代文化中还有琴棋书画这一大部分，对此我曾另文涉及，不过没谈到戏曲。[②] 自视很高的贾平凹曾自谦：“一般人都认为我是一个很传统的作家，古文功底很好。其实，我的古文水平并不好。”“我拿到古文，意思我绝对能知道，具体地说，这个字啥意思，我是说不准确的。商州和陕西那个地方，古文化氛围

---

① 贾平凹：《朋友》，重庆出版社2005年版；《贾平凹文集·散文杂著》，陕西人民出版社2008年版；贾平凹：《关于小说》《关于散文》《访谈》，均由生活·读书·新知三联书店出版，时间分别为2015年1月和8月。字数大约134万字。

② 参见程光炜《贾平凹与琴棋书画》，《当代文坛》2013年第2期。

浓一些，稍加留意，并不是故意学那些东西。”① 这段话倒提醒我们勿将他与古代的关系神化，他只是从一个作家的需要披览和吸收古典书籍而已。但我更为关心，他文学创作中的古代文学和文化到底是怎样一个情形。为叙述方便，我会分门别类，最后做一个勾连。

一 读古代文学

在家信《读书示小妹十八生日书》中，贾平凹提到与四岁的小妹到县城姨家将《红楼梦》偷回家来读的情形。② 这是他最早接触古代文学作品，却不新鲜，很多同代人都有在“文革”年代偷书读书的经历。1972 年他被推荐到西北大学中文系念书，所学古书只是“批林批孔学古文”。③ 贾平凹最早在序跋文谈中涉及古代文学作品，应是 1981 年 3 月 7 日写于西安城郊静虚村的《语言——人道与文道杂说之一》。④ 在说怎样在创作中使用新鲜准确的动词时，他写道：“人们乐道王安石的‘绿’字，李清照的‘瘦’字，李煜的‘愁’字，杜甫的‘过’字……所谓锤句锻字，竟然都是在动词上了。”又说“杜甫的‘牵衣顿足拦道哭’，七个字里四个动词，形象能不凸显吗？试想，如果要描写两山之间有一道细水，‘流’亦可，‘漫’亦可，但若用个‘夹’字，两山便有了‘窄’的形象，水便有了‘细’的注脚。”上述见解很显功力，等于否认 1981 年并非贾氏读古文的起点。之所以出现这段时间空白，是因无文字记载所致。

80 年代，随着《商州初录》《商州又录》《鸡窝洼人家》《黑氏》《腊月·正月》《天狗》《古堡》《人病》《浮躁》等作品名世，贾平凹活跃的

① 贾平凹：《与王尧谈在传统与现代之间的新汉语写作》，载《访谈》，生活·读书·新知三联书店 2015 年版，第 130 页。

② 这封家信写于 1983 年，去掉“十八岁”，贾平凹小妹是 1965 年生人。她四岁时应该是 1969 年。另在《贾平凹谢有顺对话录》（节选）中，也提到此事。载《访谈》，生活·读书·新知三联书店 2015 年版，第 157 页。可见他对在无书年代“偷书”来读印象之深。

③ 贾平凹：《与王尧谈在传统与现代之间的新汉语写作》，载《访谈》，生活·读书·新知三联书店 2015 年版，第 130 页。

④ 贾平凹：《语言——人道与文道杂说之一》，载《访谈》，生活·读书·新知三联书店 2015 年版，第 4 页。

创作与古代文学阅读披览可以说相伴而行。他说：“夜里又读了《红楼梦》，我觉得那块石头真好。”（1981 年 12 月）① 他在读过的书上批道：“始信大天才是天之生成，如中国的屈原、太白、东坡。他们天性自在，随物即赋形也。”（1982 年冬）② 他自问：“一部《西游记》，难道还不能给你‘取经唯诚，伏怪以力’的启示吗？”（1983 年 1 月）③ 又批《李商隐诗选》：“‘以诗补察时政，以歌泄导人情’，这样便可雅俗共赏了。”（1983 年 2 月）④ 再批日本学者松浦友久的著作《李白》：“我喜欢外国人所写的中国古典研究书，此正是中西结合。”作者“在此书中说：‘感受客体化的意欲间的紧张关系’的产生，即为优秀文章。此话有理。作者重在写太白诗中的离别、行旅、月光、女性、风暴、怀古、饮酒、战乱、政治、游仙、赠寄，以内在心象着笔行文，循艺术之规律，读之合我心境也。”（1983 年冬）⑤ 1984 年春，结合自己创作体验，他对“心境说”十分推崇：“中国几千年的文学，陶渊明、白居易、苏轼、柳宗元、韩愈、司马迁、曹雪芹、蒲松龄，尽管他们的风格各异，但反映的自然、社会、人生心境之空与灵，这是一脉相承的。空与灵，这是中国文学的一项大财富。”⑥ 1985 年至 1989 年，贾平凹在出道后掀起第二个创作的“小高潮”。据我观察，他虽是早熟作家，轻车熟路就能驶上小说散文创作的快车道，但读书心得还较平面，与当时大多数人无异。例如说《红楼梦》、屈原、太白、东坡、李商隐等时就露此相。要知道读古代文学重在“心悟”，它并非写小说做文章的功利工具。不过读贾氏文章，能发觉他 1985 年前后的“读书札记”已在超越这种层次，开始显露出自己的境界。例如他说：“古

---

① 贾平凹：《自在篇——文外谈文之一》，载《关于散文》，生活·读书·新知三联书店 2015 年版，第 9 页。

② 贾平凹：《读书札记摘抄》，载《关于散文》，生活·读书·新知三联书店 2015 年版，第 71 页。

③ 贾平凹：《散文就是散文》，载《关于散文》，生活·读书·新知三联书店 2015 年版，第 18 页。

④ 贾平凹：《读书札记摘抄》，载《关于散文》，生活·读书·新知三联书店 2015 年版，第 71 页。

⑤ 贾平凹：《读书札记摘抄》，载《关于散文》，生活·读书·新知三联书店 2015 年版，第 74 页。

⑥ 贾平凹：《王蓬论》，载《朋友》，重庆出版社 2005 年版，第 38 页。

人讲，‘文之神妙，莫过于能飞。’飞在于善断，善续，断续得宜，飞则充溢，这便有了诗意”，“刻意雕琢，而伤之精神。”（1985 年 7 月）① 他借废名小说谈到文学作品深藏的“文章之道”，说废氏小说“描写多闲笔，全是感觉，能摇曳开”。“不交代来龙去脉，随到随写，有《史记》之法”，是在“学六朝、唐人绝句，学李商隐、陶潜，句出意境”，它“阔大，无俗媚”，因此暗自要求自己，“习之《史记》，强化秦汉风度”。（1985 年 9 月）② 他还总结道：“屈原主要是学他的神秘感，他的诗写得天上地下，神神秘秘。庄子是他的哲学高度，学他的那种高境界，站得高，看问题高，心境开阔。苏东坡主要学他的自在。他有一种自在的感觉。还有《红楼梦》《聊斋》，我的女性人物，主要是学这两本书。”③ 古代文学读得多了，贾平凹便有些痴，感觉与写这些文章的古人心有灵犀了，有不知身在何处的奇异的感受。他忆起向老书法家李正峰先生请教读《古文观止》的心得：“读《古文观止》上的散文，常疑惑这些文章是如何作得出来的，问李正峰先生，先生说：‘多读读。’再读，还是羚羊挂角，无迹可寻。又问先生，先生说：‘多读读。’于是想，一篇反复读是多读，专读一人亦是多读，便买得某一作家的全部文集来读，方明白文集中十之八九则是在说天道地谈经论史，或上书，或序跋，或尺牍之类，便说：‘原来古人并非为文而文，所作的抒情散文仅仅是在做学问时的偶然为之啊！’先生遂笑。”④

1980 年 7 月贾平凹全家曾借住郊区一个名叫静虚村的村庄。1989 年 11 月 23 日夜，他在散文集《静虚村散叶》的“后记”中写道：“静虚村原是我客居的一个村庄，后迁居市内，以此又作了书斋名。”他形容整理文稿出版有点儿像秋天季节打扫散乱一地的落叶，用扫帚把它们集拢成堆，也颇有点慢慢打扫清理自己思想、读书和写作的味道了。这年入秋，贾父亡故，早前又有社会事变，这显然是他情绪的低落期，茫然期。也是

① 贾平凹：《关于冰炭》，载《贾平凹文集 · 散文杂著》，陕西人民出版社 2008 年版，第 57 页。

② 贾平凹：《读书札记摘抄》，载《关于散文》，生活 · 读书 · 新知三联书店 2015 年版，第 72 页。

③ 贾平凹：《关于小说创作的答问》，载《访谈》，生活 · 读书 · 新知三联书店 2015 年版，第 59 页。

④ 贾平凹：《李正峰先生》，载《朋友》，重庆出版社 2005 年版，第 84 页。

那代人精神的低落期和茫然期。我发现这时贾平凹读古代文学的心情转向灰暗，他好像被一种说不清楚的忧郁控制着而无力自拔。这种心情点点滴滴渗进书页，书与人，人与天地万物，不知不觉化在了一起。贾平凹这时才感觉自己真正到了一种读古书的境界：“整理完这部书稿，是冬月十九日上午，在凉台吸完三根烟后，我立即决定要制作一把琴来。前年曾到陕西西部的仙游寺一游，仙游寺是白居易作《长恨歌》的地方，声名震远，但现在已彻底荒废了，山曲水曲之处空有一座尘封的古庙，古庙外斜立了一柱欲倒的石塔，夕阳如血，山风横扫。我在那里独立了许久，说不出一句话来，踏河石寂然而归时，却捡到了一块被洪水冲浮下来壅在沙中的朽木，奇形怪样，觉得伤感便带回来。”他后来给自己制作了一把“长恨琴”，一日，“拨击琴弦，将诗以秦腔曲牌反复吟唱，竟坠入悲境，双目出泪”。于是在琴背面题写两句古诗：“学琴三年，精神寂寞”。又觉这种行为荒唐，因此乘着写这篇“后记”追记道：“我不知怎么就制出这把琴了，且有了这种 37 岁的人不该有的荒唐举动，故一并在此记之。”① 贾氏性格本就内向寡言、敏感怪异而放达，这在小说散文杂著中多有印证。古书让他有了转移替代的机会，这次当然见到了真面目。

二　读史书哲学

中国人读书，向有从文学而入历史哲学的习惯，贾平凹也不例外。文学思维偏感性，而历史哲学重认知，文学家最深沉的思想，恐怕要由后者寄托。贾平凹 1981 年自撰的《性格心理调查》，声称自己“爱看杂书：建筑、医药、兵法、农林、气象、佛学”和绘画及美术杂志。② 他读书还有神秘怪异的偏好。1981 年，当伤痕反思文学变为全国文学主导潮流，多数作家都对之唯命是从的时候，贾平凹借王羲之《兰亭集序》中一段话自

① 贾平凹：《〈静虚村散叶〉后记》，载《关于散文》，生活 · 读书 · 新知三联书店 2015 年版，第 71 页。贾平凹全家 1980 年 7 月搬到静虚村，1982 年 2 月离开，在此居住了一年半的时间。

② 贾平凹：《性格心理调查》，载《贾平凹文集 · 散文杂著》，陕西人民出版社 2008 年版，第 10 页。

励，道出自己对世事的洞察：“仰观宇宙之大，俯察品类之盛。”于是由此，“在我的面前，再也不是秦岭里的山；与我接触的，再也不是山地里的庄稼人”。[①]“新时期文学”进化论的时间观被打乱，中国历史哲学的历史循环论，重返这位青年作家的书斋案头。他从小接受影响的那个相当自信的历史观，在这里遭遇到恐慌不安心绪的袭扰：“乡里风俗，甲子年是大灾大难年月，男不婚娶，女不出嫁，井不深挖，屋不筑建；故老年人最惶恐，阴阳师最清闲，而逢集过会则空前未有的热闹。”“甲为天干之首，子为地支之元，六十年里第一年，这不是所有曾在世的人皆能逢到的。”[②]

于是有个发现，1989 年前贾平凹的创作虽按部就班地与“新时期文学”同行，思想方面却是另一套。他写过不少改革、寻根、先锋小说，似乎在跟着跑，但序跋中关于历史哲学的读书心得又是貌合神离的。他 1984 年在《关于散文的日记》中说：“现在，好多人谈论中国民族文学的传统，但民族的东西究竟是哪些？一些人并不十分了解，属空喊而已。”“若不从中国哲学上入手，就不得要领。了解中国的哲学，再具体研究戏曲艺术、国画艺术，思路就清晰了。”[③] 在 1985 年《四月二十七日寄蔡翔书》中，称与儒家相比，佛、道则为“在野哲学”。认为正是在这三种哲学的制约影响下，中国古典文学、戏曲、书画才产生了不同的流派、风格和形式，从这些风格形式中，又“足可以看出中国民族的心理结构、风俗习惯、对于整个世界的把握的方法和角度”。他认为假如深入民间社会，则看得更加清楚：“从山川河流、节气时令、婚娶丧嫁、庆生送终、饮食起用、山歌俗俚、五行八卦、巫神奠祀、美术舞蹈等等等等作一考察，获得的印象就更是丰富和深刻。”[④] 1986 年的《答〈文学家〉编辑部问》，就带上了这种神秘怪异的色彩：我“读过一本《道德经》”。“对于佛、道，看的东

① 贾平凹：《〈心迹〉后记》，载《贾平凹文集·散文杂著》，陕西人民出版社 2008 年版，第 27 页。

② 贾平凹：《战胜自己——〈贾平凹小说选集〉序》，载《贾平凹文集·散文杂著》，陕西人民出版社 2008 年版，第 13 页。

③ 贾平凹：《关于散文的日记》，载《关于散文》，生活·读书·新知三联书店 2015 年版，第 56 页。

④ 贾平凹：《四月二十七日寄蔡翔书》，载《贾平凹文集·散文杂著》，陕西人民出版社 2008 年版，第 51、52 页。

西不多，看了也不全懂，但学会了‘悟’。他们的一些玄理常为我所悟，悟得与人家的原意相差甚远，但我却满足了。”还说：“又读了一遍《史记》，正在读《金瓶梅词话》。因为在病中，也读一些中医书籍。看中医书太好了，中国文论的许多东西全在里头。因身体不好，就梦想武功，看了《武经七书》，极有意思。”① 到1987年8月5日写《〈妊娠〉序》，他的“悟得”不仅更加怪异，而且日趋晦涩：“夜里读《周易》，至睽第三十八，属下兑上离，其《彖》曰：‘火动而上，泽动而下。二女同居，其志不同行。’又曰：‘天地睽而其事同也。男女睽而其志通也。万物睽而其事类也。睽之时用，大矣哉！’我特别赞叹‘睽之时用，大矣哉’这句，拍案叫绝，长夜不眠。”② 观贾平凹这些读史读经文字，发觉他并不都是从文学创作功利目的出发，而经常是随心所欲，变幻不定。他以为文学作品根本装不下这些飞跃混杂的胡思乱想，装不下自己内心那浩大的宇宙星空。所以，我看它们，不想把所有心得与他文学创作都联系起来，只觉这不过是他文学作品之外奇奇怪怪的思想活动而已。翻《黄宏地散文集序》这篇文章，就能看出某些端倪，他说：“禅书上记：僧问：古镜未磨时如何？师曰：照破天地。问：磨后如何？师曰：黑漆漆地。禅书上又记：僧问：你往哪里去？师曰：脚往哪里去我往哪里去。”③ 当然，他也是俗人，是活在现世的作家，在神游八方、心飞万里的同时，传统史书的笔法文锋，也常启发其散文创作。犹如书法、绘画和戏曲让他悟出很多文章之道一样，司马迁的《史记》是他百读不厌、获益颇多的著作之一。他曾在日记中感叹：“散文难道仅仅是写山水吗？要求大领域！怎样写好人物散文，得花工夫再学学《史记》一类的名著了。”④ 勤读史书哲学之余，贾平凹还从中国南北方历史、地理和文化差异的大视野中，看出经典书籍之诞生，与

---

① 贾平凹：《答〈文学家〉编辑部问》，载《访谈》，生活·读书·新知三联书店2015年版，第13、19页。

② 贾平凹：《〈妊娠〉序》，载《关于小说》，生活·读书·新知三联书店2015年版，第39页。

③ 贾平凹：《黄宏地散文集序》，载《贾平凹文集·散文杂著》，陕西人民出版社2008年版，第125页。

④ 贾平凹：《关于散文的日记》，载《关于散文》，生活·读书·新知三联书店2015年版，第56页。

这种差异是大有关系的深刻道理。然而，正如“睽之时用，大矣哉”一样，眼光若宏阔，始有大文章的问世。他说：“我常常想这样一个问题，比如北方和南方的文学，北方厚重，产生过《史记》，但北方人的东西又常常呆板，升腾不起来。南方的文学充满灵性，南方却也产生了《红楼梦》，又在明清。”所以，“关键在能不能做大”。①

1978年到1989年间的贾平凹，是被各方面特别看好力推的优秀青年作家，他紧跟时代步伐，大多数作品都符合历史尺寸。他文学与历史哲学、表面与内面的反差虽然令人惊诧，还不至于完全出乎意外。历史上，真正的作家都是这样，托尔斯泰、巴尔扎克、雨果、鲁迅、沈从文等等都是如此。有意思在于，直到1993年《废都》这部惊天之作揭开谜底，这次重大转向是否就源于作者长期的“杂揽”，也未可知。贾平凹读史书、哲学的特点是偏怪奇，还带点神秘色彩，但也不会深奥难懂，例如以上他所引《周易》“‘天地睽而其事同也。男女睽而其志通也。万物睽而其事类也。睽之时用，大矣哉！’我特别赞叹‘睽之时用，大矣哉’这句”，其实就是普通道理。因此没必要将其神化。你要研究他这段自述，即应想到这是一位眼光特殊的小说家的读书方式：“我有一个毛病，就是别人干啥，我不愿干啥。当时的苏联文学特别时兴。好多人都直接受到影响，《这里的黎明静悄悄》那一批书特别红火。但当时我坚决不看。后来《百年孤独》风靡一时，我自己也没有看过。”但这给人造成另一种误解，认为他“传统得很”。②

三　读杂书杂著

对不入“文史哲”正统书籍的，我称之为杂书杂著。不过在中国人理解中，它们依旧是文史哲的延伸，例如天文、地理、星象、古碑、石刻、陶罐、中医、农林和兵法等。对因何从文史哲中跑出来乱看书，他在1983

① 贾平凹：《对当今散文的一些看法——在北京大学的演讲》，载《关于散文》，生活·读书·新知三联书店2015年版，第163页。

② 贾平凹：《与王尧谈在传统与现代之间的新汉语写作》，载《访谈》，生活·读书·新知三联书店2015年版，第130、131页。

年12月为四川文艺出版社写的《〈心迹〉后记》中解释说：自己十年前背着一卷印花粗布纺薄被子从山地来到西安，“一站在金碧辉煌的钟楼面前，我险些要被吓昏了”。以至后来每过此地，“这种感觉依然存在”。他也认为西安不如北京、上海和广州，但若从传统文化角度看仍然“十分骄傲”。到西安第二年（1975），他开始写诗，读过国内外好多诗集，虽然各种形式都曾实验，却“一无收获”。[①]

几年后，贾平凹发现西安的周围原来宝物遍地，只是过去不曾在意。第一次让他吃惊的，是“在关中下乡时偶尔在一个农民院子角落发现的一只汉代瓦罐。那造型是只小颈长，底小肚子丰满，呈‘S’线条，上边雕刻着仅仅二指宽一圈龙凤图案，我一下子觉得很美。”从前他对碑林不感兴趣，对户县、安塞等地农民手中的手工艺品，比如剪纸、兜肚刺绣也不屑一顾。以后再去碑林，“我总感到一种说不出的启示，每见到民间那些剪纸、刺绣一类，总是爱不释手，虽然我无意去做书法家和美术家。古老的艺术竟合了现代人的心境，这使我吃惊。”在序中，他还对没时间叙述西安南边留坝上张良当年退隐处的楼宇建筑，北边的耀县药王山上碑藏的中医药道，觉得遗憾。[②] 所以每读贾氏小说，我常感到其中有某种意象、线条、气韵、山川走势和文字底蕴，又觉一时找不到来处。我私觉这都是杂书杂著留下的痕迹，不妨略举几例。

比如汉代的石刻。他在《“卧虎”说——文外谈文之二》中说，1979年冬天与几个朋友去西安附近看霍去病墓，虽然四周荒草离离，但散乱四处的卧虎石刻吸引了他的注意力。流连三天，都不肯离去。这些卧虎守在霍去病的墓侧，“自汉而今，鸿雁南北徙迁，日月东西过往，它竟完好无缺，倒是天光地气，使它生出一层苔衣，驳驳点点的，如丽皮斑纹一般。黄昏里，万籁俱静了，走近墓地，拨荒草悠悠然进去，蓦地见了：风吹草低，夕阳腐蚀，分明那虎正骚动不安地冲动，在未跃欲跃的瞬间；立即要使人十二分地骇怕了！”他评价卧虎的气象是：“拙厚、古朴、旷远”，既

① 贾平凹：《〈心迹〉后记》，载《关于散文》，生活·读书·新知三联书店2015年版，第30、31页。

② 贾平凹：《〈心迹〉后记》，载《关于散文》，生活·读书·新知三联书店2015年版，第30、31页。

无“声色俱厉”之貌，也无“轻靡浮艳之华”，它“重精神，重感情，重整体，重气韵，具体而单一，抽象而丰富”，认为正是自己“求之而苦不能”的境界。这么去看，就看到了卧虎的深处，“静观卧虎，便进入一种千钧一发的境界”。他发现，“这竟不是一个仰天长啸的虎，竟不是一个扑、剪、掀、翻的虎，偏偏要使它欲动，却终未动地卧着？卧着，内向而不呆滞，寂静而有力量，平波水面，狂澜深藏，它卧了个恰好，是东方的味”，而自己当下正需要“扶阳补气，填精益髓”。忽又怅然明白，“往后的创作生涯，将更进入一种孤独境地”①。

又比如读《山海经》。这是中国先秦的古籍。一般认为它主要记述古代神话、地理、物产、巫术、宗教、古史、医药、民俗和民族等内容。也有人指出《山海经》不单是神话，还有远古地理，包括海外神奇的山川鸟兽。贾平凹曾反复披览《山海经》。他说：这“是我近几年喜欢读的一本书，它写尽地理，一座山一座山地写，一条水一条水地写，写各方山水里的飞禽走兽树木花草，却写出了整个中国。《山海经》里那些山水还在，上古时间有那么多的怪兽怪鱼怪树，现在仍有着那么多的飞禽走兽鱼虫花木为我们惊奇。《山海经》里有诸多的神话，那是神的年代，或许那都是真实发生过的事，而现在我们的故事，在后代来看又该称之为人话吗？”大概觉得闭门读书不过瘾，贾平凹还跑到秦岭山中一一对照：“西安的好处是离秦岭很近，从城里开车一个小时就可以进山。但山深如海，进去却往往看着那梁上的一所茅屋，赶过去却需要大半天。秦岭历来是隐者的去处，现在仍有千人修行在其中”。② 前面说到读贾氏小说，读者时常觉察其中有某种意象、线条、气韵、山川走势和文字底蕴，又难一时找到出处。翻他这些读书札记，心里便略有所感。这部古籍的精髓，曾被他另一篇文章《好的文学语言》点道：“这里的混沌，是《山海经》上讲的混沌，说混沌是个生命，没七窍，有人要凿七窍，凿了七天，到第七天，混沌有了

① 贾平凹：《〈心迹〉后记》，载《关于散文》，生活·读书·新知三联书店 2015 年版，第 14、15 页。

② 贾平凹：《老生·后记》，人民文学出版社 2014 年版。

七窍，混沌却死了。风吹树，是小树它就折了，是大树，大树仍是立着。”① 这么藏着掖着，不好破解。

再比如他写陶罐的文章《古土罐》。有人说他长年生病是阴气太重，但他声称“却就喜欢阴”。由于长久坐在堆满陶罐、字画、古碑的书房，他的感官也不免怪异，说早饭是鬼变的，午饭是人变的，晚饭又是鬼变的。客人在书房欣赏古董，“我就坐在土罐堆中默看默笑，十分受活”。从外面喧哗世界回到书房人鬼相处的历史世界，他喜欢独处，又经常沉默寡言，这篇观古土罐的札记便是在读古。然而我感觉文章漫流着的是胡思乱想，是穿越古今的奇怪气息：“现在，巨大土罐放在我的家中，它逼着一些家什移位于阳台上，而写字台仅留给我了报纸一般大的地方。我在想，这套房子到底是组织上分配给我住的还是给土罐住的？这些土罐是谁人所做，埋入谁人坟墓，谁人挖掘出土，又辗转了谁人之手来到了我这里？在我这里呆了百年了又落在哪人手中，又有谁还知道我曾经收藏过呢？土罐是土捏烧而成，百年之后我亦化为土，我能不能有幸也被人捏烧成土罐，那么，家里这些土罐是不是有着汉武帝的土、司马迁的土、唐玄宗或李白的土？今夜，月明星稀，家人已睡，万籁俱静，我把每个土罐拍拍摸摸，以想象，在其身上书写了那些历史的人名，恍惚间，便觉得每个土罐的灵魂都从汉唐一路而来了，竟不知不觉间在土罐上也写下了我的名字。”②

应注意贾平凹与也喜欢写古史札记的作家张承志不同。张是学考古出身，他的读书札记系统专业，所谈东西也脉络清楚，并有前因后果相贯穿。而贾平凹本来就神秘诡异，又沾染太多他家乡商州山地的鬼魂之气。因此，找他完整的读杂著的文章很难，相关文字夹杂在序跋文谈中，有的还有迹可循，有的则摸不着头脑，例如以下观行星天象的句子：“傍晚往郊外去，久久观天，天是一个空白，却看出许多内容来。远远的那座古建筑，使我领悟到了一种庄重的美，一种对称的美。”③ 再例如与风水有关的

---

① 贾平凹：《好的文学语言》，载《关于散文》，生活·读书·新知三联书店 2015 年版，第 154 页。

② 贾平凹：《古土罐》，载《朋友》，重庆出版社 2005 年版，第 258—260 页。

③ 贾平凹：《关于散文的日记》，载《关于散文》，生活·读书·新知三联书店 2015 年版，第 54 页。

句子："公元一九九一，这一年多雨，水星值日，什么都淋淋地湿，文学应该与水的关系亲近，我却害病了。"① 鲁迅读古书杂辑也多，但他最后能写出《中国小说史略》这种严谨深刻的学术著作。贾平凹终究不是鲁迅、张承志那种分析型的作家，而是典型的感悟型作家。因不受知识理性束缚，他的杂书杂著札记，也可以说是杂乱无章。带有品赏书画的行文特点，还带有术士占星家的荒诞奇诡。我觉得他深厚的古书趣味，更接近历史上道家一路，而不是儒家那个路子。说他的作品与道家思想较为接近，他是从那里生长出来的小说散文家，可能更符合事实。

四　贾平凹的"故事新编"

这部分是借鲁迅历史题材小说《故事新编》的寓意，说贾平凹在"探索""现代派""先锋"等文学新潮高歌猛进的80年代，何以要借尸还魂，把中国传统文化的丰富资源大量植入当代文学当中。在序跋文谈中，我已知他读古书的来龙去脉在《关于散文》一书中的《〈心迹〉后记》《关于散文的日记》《读书杂记摘抄》这三篇文章中曾详细交代。但说到底作家还是一个人，除外部思潮裹挟外，他走这样的文学之路一定有独特的理由。

这首先与西安这座古城有极大的关系。他曾说1974年带着一床农村粗布薄被子从商州走进西安，在金碧辉煌的钟楼前差点吓坏了。西安虽比不上北京上海，但对他这个19岁都没走出过家乡，"典型的山地娃子"来说，简直就是另一个世界。他误打误撞地写了几年诗没成功，转而写小说，眼界也非常狭窄。直到再跟朋友去西安附近的关中农村发现了汉代瓦罐，在霍去病墓前观卧虎石雕，到西安易俗社看剧团演员表演一副帽翅、两条水袖、一具胡须和一张脸谱花样翻新的秦腔，又去寻访碑林、剪纸、兜肚刺绣等，真正看到这座千年古城古朴、宏大、深奥的历史面孔之后，

① 《〈贾平凹小说精选集〉序》，载《贾平凹文集·散文杂著》，陕西人民出版社2008年版，第185页。

他就从惊呆中清醒了过来，继而又从清醒陷入了沉醉。① 而毫无疑问，西安就是中国最大的古墓博物馆，也是中国最丰富的收藏古代青铜、瓦罐、石碑、书法、绘画、戏曲和剪纸的博物馆之一。它是中华文明和中国传统文化的主要发源地。贾平凹在西安上了三年大学，接着又在西安上了40多年的古代文化博物馆大学，这使他受益终身，是他的命门。由此是否可以说，没有北京就不会有鲁迅、沈从文，没有西安就不会有贾平凹呢？倒是作家给出了这样的答案：“我想，在我们中国，便是就在我生活的西安，我们要学习和继承的东西太多了。保卫我们的艺术，纯洁我们的艺术，使我们感到亲切而充满自信。”“‘仰观宇宙之大，俯察品类之盛。’这是王羲之在《兰亭集序》里的两句话。世界真是大啊！”② 这乃肺腑之言。

另外他是一个农民之子。中国说到底是一个古老的农业国，中华文明是典型的农耕文明，因此中国传统文化的根基在农村。这恰如费孝通在《乡土中国》中所说，“中国社会是乡土性的”，“我们的民族的确是和泥土分不开了”，“城里人可以用土气来藐视乡下人，但是乡下，‘土’是他们的命根”③。这种探讨中国传统文化发源的著述应该汗牛充栋，无须多说。在贾平凹最主要的“作家自传”《我是农民》中，他毫不掩饰自己这个身份，初中毕业“回到了棣花，我成了名副其实的农民，在农民里又居于知识青年。”他认为自己与临时当农民的知青本质上不同：“我的家却原本在乡下，不是来当农民，而是本来就是农民。”④ 即使进城几十年，贾平凹仍带有浓厚的农民的气质。“那天晚上，我在他家一直待到凌晨一点，要走了，他执意要送我，说是要到车家巷口的公共厕所里蹲坑”，“就陪我下了楼”⑤。“贾平凹离婚的主要原因是想要个儿子，而根据平凹的身份，

① 贾平凹：《〈心迹〉后记》，载《关于散文》，生活·读书·新知三联书店2015年版，第31—39页。

② 贾平凹：《〈心迹〉后记》，载《关于散文》，生活·读书·新知三联书店2015年版，第31—39页。

③ 费孝通：《乡土中国　生育制度》，北京大学出版社1998年版，第6、7页。

④ 贾平凹：《我是农民》，安徽文艺出版社2010年版，第18页。这本书，主要记述的是他19岁离开家乡去西安上大学前的农村生活事迹，分作“自报家门”“初中生活”“回乡”“贾氏家族”“棣花·社员”“记忆——‘文革’”“逆境中的父亲和我”“暗恋”“办报（工地战报）”“故事外的故事”和“初恋上学”等章。

⑤ 何丹萌：《见证贾平凹》，安徽文艺出版社2011年版，第41页。

根据韩俊芳的情况，是不允许再生一胎的，只有离婚后找个没有生育过的姑娘，才有可能再生一胎。”他“对自己天才而优秀的基因不能往后延续十分看重的”。[①] 因此这个农民之子，与从农耕文明中孕育出的中国传统文化的优劣面有如此密切的关联是不奇怪的。但在朋友孙见喜眼里，贾平凹对传统文化的喜爱和坚守，却来自乡村士大夫的眼光和情操。他认为贾氏所写的《静虚村记》，是把中国传统美学的价值移到了农村。他对中华美学哲学的热爱，实际是以对中国乡土性的热爱为重要出发点的。[②]

从上述材料中我们找到了贾平凹在文坛格局中的位置：身处中国最深处的内陆省份，这个省份一直置身于时代转型之外的封闭保守性，就使得他思想中根深蒂固的“中国社会的乡土性”被顽强保存，这就与北京上海那批新潮作家的文学姿态明显区别开来。他当时想到：“西安比起北京、上海、广州来并不大，但是，全世界大凡到中国来的人，都要来西安，这里有东方的文明，中国的文化。”[③] 他当然知道这是因为被时代转型大潮抛到一边，才得以完整保存的那种硕果仅存的古代文明和文化。像文学史上大多数讨厌“城里人”的乡土小说家一样，他厌恶知青，讨厌那些“小白脸的浅薄”。“他们在时代中落难，却来到乡下吃我们的粮食、蔬菜和鸡，夺走了我们的爱情，使原本荒凉的农村越发荒凉了。”“20 年后，我坐在书桌前读一本知青小说。我的女儿比我早几日读过了这本书，她感动得不得了，问起当年知青苦难，我说过这样的话：‘没有遇到饭店饿了一整天的饥和吃了上顿没下顿的饥本质上是不一样的，孩子！’”[④] 但我倒不觉得贾平凹身上这种固执的农民的“乡土性”愚钝可笑。因为我发现，当八九十年代北京上海的新潮作家纷纷为“在时代中落难”愤愤不平，或学着刚涌进来的西方小说进行大胆艺术探索的时候，这个最封闭内陆省份的农民之子，却掉过头重返被遗忘甚久的中国古老的文史哲和杂书杂著当中，开始

① 何丹萌：《见证贾平凹》，安徽文艺出版社 2011 年版，第 138 页。

② 孙见喜：《贾平凹传》，上海人民出版社 2008 年版，第 58、59 页。该书很多处都谈到了这个问题。

③ 贾平凹：《〈心迹〉后记》，载《关于散文》，生活·读书·新知三联书店 2015 年版，第 31—39 页。

④ 贾平凹：《我是农民》，安徽文艺出版社 2010 年版，第 19、20 页。

了他自己别开生面的“故事新编”。这实际是绕过当时新文学潮流的一次朝向古代的穿越，也可以说是绕过当代文学史的“十七年传统”朝向历史的穿越。我们知道贾平凹是一个乡土题材作家，在“厚今薄古”思想的指导下，十七年的乡土题材小说一度是与中国传统文化的丰富资源绝缘的，它虽然残存着乡土性，可那不是农民身上的乡土性，而是那种为某种目的服务的带着喜剧性色彩的乡土性。这就愈加显示出贾平凹 80 年代“调头重返”的深刻含义。但这种“重返”并不具备今天这种检讨性的历史视野。他只是因为当时身处偏僻的内陆地域，个人气质和读书的嗜好，才显示出这种与北京上海新潮小说家们截然不同的文学姿态来。就在这种有意无意之间，在这种历史巧合之中，贾平凹杰出的小说散文作品将中国古典文学、古代文化，将六朝志怪、唐宋传奇和明清小说这一千五百年间的传统保存下来，而不至于在当代文学中焚毁湮灭。贾平凹之于中国当代文学史的这个“故事新编”，因此具有了非凡的意义。

2016 年 3 月 2 日于北京

2016 年 4 月 15 日再改

长篇小说“后记”的人与事

贾平凹是当代作家中最喜欢给新版长篇小说写“后记”的人。在长篇《浮躁》（作家出版社 1987 年版）、《妊娠》（作家出版社 1988 年版）、《废都》（北京出版社 1993 年版）、《白夜》（华夏出版社 1995 年版）、《土门》（春风文艺出版社 1996 年版）、《高老庄》（太白文艺出版社 1998 年版）、《怀念狼》（作家出版社 2000 年版）、《病相报告》（上海文艺出版社 2002 年版）、《秦腔》（作家出版社 2005 年版）、《高兴》（作家出版社 2007 年版）、《古炉》（人民文学出版社 2011 年版）、《带灯》（人民出版社 2013 年版）、《老生》（人民文学出版社 2014 年版）和《极花》（人民文学出版社 2016 年版）等“后记”中，[①] 有许多隐秘故事、逸闻和婉转的心曲，笔者披览颇感兴味。但也嫌它们杂乱，信息纠缠矛盾，需要挑选甄别后再做叙述。

一　中年

我发觉贾平凹是一个对中年阶段特别在意的人。他是 1952 年 2 月生人，到 1986 年 7 月在西安静虚村写《浮躁》“序言之二”时，刚满 34 岁，就已经惶恐不安地把自己当中年人来看了：“按商州人的风俗，人生到了三十六岁是一个大关，庆贺仪式犹如新生儿一般，而庆贺三十六岁却并不是在三十六岁那年而在三十五岁生日的那天。明年我将要‘新生’了，所

① 这些长篇小说有几部是“序言”，如《浮躁》《高兴》等，但大部分是“后记”。因此，本文会将序言也当作“后记”来处理。

以我更企望我的读者与一个将要过去的我亲吻后而告别。”① 这年他虚岁35，就提前当36岁过，多少有些夸张矫情。不过遥想他1978年（26岁）初登文坛时的意气风发，而八年匆匆晃过，超前消费的伤感也能理解。

90年代初是他的多事之年。父亡、母病、妹妹丧夫携子回娘家，离异、单位人事矛盾和舆论中伤等接踵而来。他胆小怕事，不擅长处理复杂人事纠葛，又感创作压力山大，于是便逃到西安附近的耀县、大荔县撰写和修改《废都》。这年他已四十岁了。比起“为赋新词强说愁”的34岁，它真的变得切近沉重了起来。他感叹地写道：“一晃荡，我在城里已经住罢了二十年，但还未写出过一部关于城的小说。”“依我在四十岁的觉悟，如果文章是千古的事——文章并不是谁要怎么写就可以怎么写的——它是一段故事，属天地早有了的，只是没有夙命可得到。”又说：“奇才是冬雪夏雷，大才是四季转换，我已是四十岁的人，到了一日不刮脸就面目全非的年纪，不能说头脑不成熟，笔下不流畅，即使一块石头，石头也要生出一层苔衣的。”接着笔锋一转：“这些年里，灾难接踵而来，先是我患乙肝不愈，度过了变相牢狱的一年多医院生活，注射的针眼集中起来，有可以说经受了万箭穿身，吃过大包小包的中药草，这些草足能喂大一头牛的。”“再是一场官司没完没了地纠缠我，再是为他人而卷入单位的是是非非受尽屈辱……我没有儿子，父亲死后，我曾说过我前无古人后无来者了。现在，该走的未走，不该走的都走了，几十年奋斗的营造的一切稀里哗啦都打碎了，只剩下了肉体上精神上都有着毒病的我和我的三个字的姓名，而名字又常常被别人叫着写着用着骂着。”② 贾平凹失意的是，人逢中年，可“千古文章”竟未写出，不白来了世上一遭？暗中思虑，便悲从中来，无

① 贾平凹：《浮躁·序言之二》，作家出版社1987年版。“序言之一”主要谈商州的历史地理状况，可能感到意犹未尽，接着又写了“序言之二”。作者自称写这部小说是受了路遥的影响，就是按照人物活动线路来画图，作品力图呈现这一线路与其人生道路及命运的关系。由于他当时还没有自觉的文学地理概念，两篇序言在对人物生活环境的描写交代上明显不如后来的小说。

② 贾平凹：《废都·后记》，北京出版社1993年版。《废都》受批判后，一度成为“禁书”，直到2000年后，才陆续有文化艺术出版社、作家出版社等再出新版本。作家写《废都》前后，为父亲去世、离婚及单位矛盾等事纠缠，情绪很低落。又恰逢社会转型，这对作品的选材、角度和基调有很大的影响。

法遏制。然而笔者细揣，贾平凹的境界还不至于这么平庸，他身逢八九十年代中国社会的转型期，一座寥廓的舞台正等待着他跃马纵横。

果然，这是一个作家之所忧。他原来有更大的胸襟视野和天地。他早在1986年写《浮躁》时就声称："在这里所写到的商州，它已经不是地图上所标志的那一块行政区域划分的商州了，它是我虚构的商州。"又说，"艺术家最高的目标在于表现他对人间宇宙的感应，发掘最动人的情趣，在存在之上建构他的意象世界"，"艺术诞生于约束，死于自由"①。他的所忧，在1998年6月10日写的《高老庄·后记》中也有揭示："在世纪之末写完《高老庄》，我已经是很中年的人了。"虽然常有身心憔悴之感，上要养老，下要喂小，还有单位工作，肩膀上扛着一大堆人的脑袋，经常忧心的仍是这一生的文学志业："我中年阶段的世界观就逐渐变化。我曾经在一篇短文里写过这一句话：道被确立之后，德将重新定位。于是，对于文学，我也为我的评判标准和审美趣味的变化而惊异了。"这惊异是什么呢？他解释道："我以前阅读《红楼梦》和《楚辞》"，"欣赏的是它们的情调和文笔，是它们的奇思妙想和优美，但我并不理解他们怎么就写出了这样的作品"。② 他发觉它们并非靠笨功夫能够得到，它们乃是天造地设的东西。遥想当年他创作引起文学界轰动的长篇小说《浮躁》时，该是何等意气风发、自信满满？这会儿又何以忽然沮丧自卑？显然他正处在创作起伏不定的调整期，他与天地万物融汇一体的独特小说风格还没形成，也远没达到后来元气淋漓、云游八方的精神境界。但他当时焦急的是："曹禺二十多岁写成了《雷雨》，张爱玲一出道就完成了她的文学成熟。"③ 他对"中年之忧"给出的结论却是："我们读《红楼梦》，读《西厢记》，读《聊斋志异》，你能感觉那是在编故事吗？你不觉得真真实实有那么一段生活吗？你能认为那是在运用什么技巧吗？"假如说"人才是学成的，怪才是出奇招的，它太注意突出自己的不同一般，太刻意，气量就狭小，而天

① 贾平凹：《浮躁》"序言之一""序言之二"，作家出版社1987年版。

② 贾平凹：《高老庄·后记》，太白文艺出版社1998年版。笔者认为，《高老庄》带有故乡游历的性质，抒情性很强，还有一些创作《废都》时留下的痕迹。这应是贾氏最好的长篇小说之一。

③ 贾平凹：《怀念狼·后记》，作家出版社2000年版。

才一切都‘蹈大方’，它是整体的，静水深流，看似平和，如水一样，谁都可以进去，进去就淹死了，是未为奇而奇”。[①] 他相信自己最欣赏的现代中国作家沈从文、张爱玲的写作都在《红楼梦》的长河里，沈从文的湘西系列有《红楼梦》的精髓，张爱玲的作品更是在写《红楼梦》的片段，“《红楼梦》是一座大山”，而“我的写作仅仅是一抔黄土了”。[②] 1993 年《废都》刚出版时颇有好评，但当听说有人欲吹捧它是“当代的《红楼梦》《金瓶梅》”时，他惊恐不安地“立即制止了”[③]。

二　病与死

我认为可能贾平凹读古书太多，这才是他中年忧虑病与死问题之根源。某种程度上，他是一个对人生和现世容易敏感消极的人。中年体弱多病的人，也许经常会情不自禁地想到生老病死的问题吧。

在长篇小说“后记”中，最早出现有关病与死言论的还是《废都》。[④]“后记”说自己是个住院“一年多”的病人，当年走访商州时患上乙肝真是飞来之祸：“乙肝是我在一个县上感冒了，去一家小卫生所打柴胡，卫生所只一个针头，给别人打过了，用酒精棉球擦一下，又给另一个患者打，我那时不知道，打了一针柴胡就染上了乙肝，害得我十多年乙肝在身，成了文坛著名的病人。”[⑤] 他特别喜欢拿病说事，皆根源于此。他在《土门·后记》中说：路遥批他的名字“平”和“凹”是阴阳交合体，好

---

① 贾平凹：《沈从文的文学——在西安建筑科技大学的讲座》，载《关于小说》，生活·读书·新知三联书店 2015 年版，第 132 页。这篇演讲，在作家所有演讲中属于质量上乘的一篇，是了解其文学修养、创作资源和生命修为的重要参考资料。

② 贾平凹：《在首届世界华文长篇小说奖“红楼梦奖”上的授奖辞》，载《关于小说》，生活·读书·新知三联书店 2015 年版，第 146 页。

③ 贾平凹：《〈废都〉就是〈废都〉》，载《关于小说》，生活·读书·新知三联书店 2015 年版，第 65 页。这是作家的谦虚之言，他实际对这部长篇的个人评价是很高的，事实也是如此，这应是他从业以来最优秀的长篇小说。尽管对此小说的评价至今还存在争议和不同意见。

④ 贾平凹：《废都·后记》，北京出版社 1993 年版。

⑤ 贾平凹：《寻找商州》，载《关于小说》，生活·读书·新知三联书店 2015 年版，第 207 页。关于生病看病，贾平凹留下了很多文字，真实记录了他自己一段特殊的生命历程。

像不吉利。但他自嘲，因生病，反而相信阴阳相济，能够在四季转换的不适应中求适应，于是便很侥幸：“我患肝病十余年了，许多比我病得轻的人都死去了，我还活着，且渐渐健康，我秘而不宣的医疗法就是转毁为缘，口不臧否人物，多给他人做好事。”他迷信风水，认为人世轮回，虽在“生活里胆怯，卑微，做低伏小”，①却能在阴阳相济、世事跌宕中找到“生病的辩证法”。然而因为读古书、信风水，他对病与死就偏向于悲观。他在《复肖云儒信》中告知肝病转好，但又告知“腰日日见粗”和“越发丑陋”。②他在《怀念狼·后记》里承认：“别人或说这是宿命论，唯心主义，但我却有许多体会。”③因为他在社会看病人的恶意眼光中深深触动了自卑感和厌世感，这都在《病相报告·后记》中整体性地宣泄了出来，作者恨恨地写道：

> 乙肝是一种可怕的慢性病，它使我住过了西安市差不多所有的大医院，身体常年是蔫蔫的，更大的压迫是社会的偏见，住院期间你被铁栅栏圈着与外界隔离，铁栅栏每日还让护工用消毒水洒过，出院了你仍被别人警惕着身体的接触，不吃你的东西，远远地站住和你打招呼。（乙肝病人是人群中的另类，他们惺惺惜惺惺，所以当社会上形成了以友为名的关系网，如战友网，学友网，乡友网，也有了病友网。而病友网总是曾经的乙肝患者。）

他接着尖刻地挖苦道：

> 我曾经写过《人病》一文，疑惑着到底是我病了还是人们都病了？在此也想着许多问题，比如什么是病呢，嗜好是不是一种病，偏激是不是一种病，还有吝啬，嫉妒，贪婪，爱情……④

---

① 贾平凹：《土门·后记》，春风文艺出版社 1996 年版。

② 贾平凹：《复肖云儒信》，载《关于小说》，生活·读书·新知三联书店 2015 年版，第 103 页。贾与肖是亦师亦友的关系。

③ 贾平凹：《怀念狼·后记》，作家出版社 2000 年版。

④ 贾平凹：《病相报告·后记》，上海文艺出版社 2002 年版。

他又从病联想到死。在可称作“还乡记体”的《秦腔·后记》里，因一次次回故乡棣花镇看到很多人的生与死，这种记述就愈加急促强烈了起来：“父亲去世之后，我的长辈们接二连三都去世，和我同辈的人也都老了，日子艰辛使他们的容貌看上去比我能大十岁。也开始在死去。”① 他把死分为非正常死亡和自然死亡两种，感叹生命的无常和无助。前者如老家出外打工的男人，一半在铜川下煤窑，在潼关背金矿，“打工伤亡的不下十个，都是在白木棺材上缚一只白公鸡送了回来，多的赔偿一万元，少的不过两千，又全是为了这些赔偿，婆媳打架，纠纷不绝”②。后者则如《古炉·后记》说到的生老病死：“五十岁后，周围的熟人有些开始死亡，去火葬场的次数增多，而我突然地喜欢在身上装钱了，又瞌睡日渐减少，便知道自己老了。”③ 他认为生命之无常最深邃之处在于，人对这两种形式都是无法掌握的，这说明不单人世间是无常茫然的，生命本身也是无常茫然的。正是在这大茫然中，他相信有一种宿命：“这让我有些恍惚：难道人生不是一百年，是二百年，一是现实的日子，一是梦境的日子？甚至还不忘消灭，一方面用儿女来复制自己，一方面靠记忆复原自己？”④ 于是在他这里，在他小说中，生与死的界限是暧昧不清的，生就是死，而死也是生：“每当我路过城街的劳务市场，站满了那些粗手粗脚衣衫破烂的年轻农民，总觉得其中有许多人面熟，就猜测他们是我故乡死去的父老的托生。”⑤ 贾平凹写《废都》《高老庄》《秦腔》《高兴》《古炉》《带灯》《老生》《极花》这二十年，正是中国城镇化进程出现大规模人口迁徙的历史时期，在候机楼，在高铁站，在大小车站和码头，在凡有人潮涌动喧闹的地方，出站进站，进站出站，生的莫名其妙地死，死的却在记忆中复

① 贾平凹：《秦腔·后记》，作家出版社2005年版。

② 贾平凹：《秦腔·后记》，作家出版社2005年版。由于作者经常回乡探望父母，故非常熟悉故乡棣花街乡亲四邻生活的变故。有的可能是道听途说，有的则是身边发生的故事。对传统农村和文明的忧患心理，是这部小说主要诉说的主题。

③ 贾平凹：《古炉·后记》，人民文学出版社2011年版。一定意义上，《古炉》可能是作家创作《秦腔》的乡村之思的延伸性思考，暗示着“文革”对农村伦理道德及文化秩序的破坏，对《秦腔》时期的最后衰败，具有某种起源性的意义。这种思考是否成立，还有待在研究中进一步观察和讨论。

④ 贾平凹：《古炉·后记》，人民文学出版社2011年版。

⑤ 贾平凹：《秦腔·后记》，作家出版社2005年版。

活，多少乱离和沧桑，就发生在这位作家的视野、听闻、创作和身边。因此他对死的哀伤、悲悯和困惑不单文人式的，同时也是社会现实性的。他的思想，他的小说，就发生在这一历史转折点，就混沌交错和纠结在这一生命的长河里。所以，他看生与死的眼光，即是普通人的眼光，也是作家的眼光。这两种眼光彼此矛盾地揪扯在一起，正是这说不清道不明的揪扯，才深深触动了我们的心灵世界。

在生与死的观察体验中，他意识到小说创作是一种解脱。是作家在帮助自己解脱，同时也是帮助芸芸众生解脱。在《老生·后记》中，他告知自己的一步步的体悟："年轻的时候，欢得像只野兔，为了觅食去跑，为了逃生去跑，不为觅食和逃生也去跑，不知疲倦。到了六十岁后身就沉了，爬山爬到一半，看见路边的石壁上写着'歇着'，一屁股坐下来就歇，歇着了当然要吃根纸烟。"① 《带灯·后记》也说："进入六十岁的时候，我就不愿意别人说今年得给你过这个大寿了"，但会在"母亲的遗像前叩头，感念着母亲给我的生命"，接着"我又在佛前焚香，佛总是在转化我，把一只蛹变成了彩蝶，把一颗籽变出了大树"②。其实，早在 20 年前的《废都·后记》中，他就为逃脱、反抗、规避这不容置疑的死的结局找到了一个"世外"，在长篇小说里建立了一个可以克服人间风尘压迫窒息的世外桃源：

> 在九二年最热的天气里，托朋友安黎的关系，我逃离到了耀县。耀县是药王孙思邈的故乡，我兴奋的是药王山上的药王洞里看到一个"坐虎针龙"的彩塑，彩塑的原意是讲药王当年曾经骑着虎为一条龙治好了病的。我便认为我的病要好了，因为我属龙相。后来我同另一位搞戏剧的老景被安排到一座水库管理站住，这是很吉祥的一个地方。不要说我是水命，水又历来与文学有关，且那条沟叫锦阳川就很灿烂辉煌，水库地名又是叫桃曲坡，曲有文的含义，我写的又多是女人之事，这桃便更好了。在那里，远离村庄，少鸡没狗，绿树成荫，

---

① 贾平凹：《老生·后记》，人民文学出版社 2014 年版。

② 贾平凹：《带灯·后记》，人民文学出版社 2013 年版。《带灯》在小说形式上是"采访式小说"，根据一位乡镇干部的短信和与他的接触，形成了看农村历史变化的角度。

> 繁花遍地，十数名管理人员待我们又敬而远之，实在是难得的清静处。整整一个月里，没有广播可听，没有报纸可看，没有麻将，没有扑克。每日早晨起来去树林里掬一股黄亮亮的小便了，透着树干看远处的库面上晨雾蒸腾，直到波光粼粼了一片银的铜的，然后回来洗漱，去伙房里提开水，敲着碗筷去吃饭。

于是在亦真亦幻的小说与幻觉之间，在这世外桃源般的水库小屋里，他恍惚遇见了《废都》里那些如花似玉，在生与死、爱与恨之间挣扎着的男女们。这跟病中托梦的贾宝玉竟有几分相仿了：

> 但我还是病了，而且严重地失眠。我知道一走进书桌，书里的庄之蝶、唐宛儿、柳月在纠缠我，一离开书桌躺在床上，又是现实生活中纷乱的人事在困扰我。为了摆脱现实生活中人事的困扰，我只有面对了庄之蝶和庄之蝶的女人，我也就常常处于一种现实与幻觉混在一起无法分清的境界里。这本书的写作，实在是上帝给我太大的安慰和太大的惩罚，明明是一朵光亮美艳的火焰，给了我这只黑暗中的飞蛾兴奋和追求，但诱我近去了却把我烧毁。
>
> 腊月二十九的晚上，我终于写完了全书的最后一个字。①

这个可怜病弱和被现实摧毁的文人，就在归隐山林期间完成了这本书。没想到被神来之笔塑造的那些活泼可爱、多情放肆敏感的男人和女子们，却招来一班愤世嫉俗青年才子的一顿恶骂。② 才子为社会大转型寝食不安，急于为世风日下切脉断案，要做历史大滑坡时期的承担者，要扛住这时代的闸门，自然情有可原。但那时候的人，大概还不能理解为逃避生与死而找到的这个“世外”吧？这也许是当代小说经验里从未有过的“桃源世界”吧？也未可知。

---

① 贾平凹：《废都·后记》，北京出版社 1993 年版。在 90 年代初，由于家庭变故和社会激变等多重原因，贾平凹的人生观一度转向消极，因此“后记”流露出来的避世情绪，令人印象深刻。

② 在批判《废都》浪潮中，出版的批判著作总共 13 本，这恐怕是“文革”结束后集中批判一个作家最罕见的例子。

自然，贾平凹这个“世外”是要靠佛教来托着的，它需要构筑一个沟大水深的大境界。这是贾平凹思想和写作的一贯做法，也是典型的贾氏文章风格。《古炉·后记》说：“我收购了一尊明代的铜像，是童子佛，赤身裸体，有繁密的发髻，有垂肩的大耳，两条特长的胳膊，一手举过头顶指天，一手垂下过膝指地，意思是：天上地下唯我独尊。这尊佛就供在书桌上，他注视着我的写作，在我的意念里，他也将神明赋给了我的狗尿苔，我也恍惚里认定狗尿苔其实是一位天使。”① 而在《带灯·后记》里，他觉悟到生死是一个循环，一次轮回。他再想起棣花街死去的父老乡亲们，想到托生在西安劳务市场上那些粗手粗脚衣衫破烂的年轻农民，就感到释然了：“常言生有时死有地，其实生死是一个地方。人应该是从地里冒出来的一股气，从什么地方冒出来活人，死后再从什么地方遁去而成坟。一般的情况都是从哪里出来就生着活着在哪里的附近，也有特别的，生于此地而死于彼地或生于彼地而死于此地，那便是从彼地冒出来的气，飘荡到此地投生，或此地冒出来的气飘荡于彼地投生。”②

三　创作与现实

如果说贾平凹在创作和生活中是消极的，这可能是一条线。单凭这看贾平凹就眼界褊狭了，那也不是全部的贾平凹。这是因为，他文学世界中还起伏着另一条积极的线，这条线热烈奔放、直率勇敢，反映出贾平凹关切时代大局、体恤贫苦百姓的真实思想态度。例如《浮躁》《土门》《怀念狼》《秦腔》《高兴》《古炉》《带灯》，还有刚出版的《极花》等就是证明。

他在《浮躁·序言二》指出：“一个时代有一个时代的作品，我应该

① 贾平凹：《古炉·后记》，人民文学出版社 2011 年版。因文章篇幅限制，这里没有更多引述作者对佛教的见解，比较遗憾。而实际上，他应该是当下作家中下此功夫较大较深的一位。

② 贾平凹：《带灯·后记》，人民文学出版社 2013 年版。贾氏小说中这种人世轮回的叙述方式，比较多见，可能反映了他对现实人生的某种看法。

为其而努力。”① 这说明他很看重作家对现实的介入，并视为自己的职责。《土门》写在城市扩大浪潮中失地农民的痛苦，《怀念狼》写对环境生态被破坏的担忧，《秦腔》诉说对即将在城市化进程中灰飞烟灭“故乡”的深沉乡愁，《高兴》直戳进城农民工阶层的悲欢，《古炉》反思乡村的“文革”，《带灯》借一个乡镇干部之眼观察乡村社会的颓败，《极地》仍在表达对农村农民命运的关切。所以在我看来，这条积极的线索在贾平凹整个创作中还是主流部分。正因为如此，你看他竟能像当年革命者深入城市农民工底层社会和乡镇基层干部中访贫问苦，就不觉这行为矫情唐突和匪夷所思了。

《高兴·后记（一）》正是这样一部“访贫问苦记”。贾平凹说，三年前一个下午，他在家读《西游记》，门忽然被咚咚敲着，这位不速之客令他反感。开门才发现是村里的发小刘书祯，现在改名叫刘高兴，在西安城里拾破烂，儿子则在一家煤店里送煤。他曾是《秦腔》里的原型。“那天，我们谈论就尽是有关拾破烂的事，而且，他的拾破烂的经历似乎成了他考察了解西安和来西安打工者过程，他见我惊讶的神色越发得意洋洋，盘脚搭手坐在沙发上一边口水淋漓地吸纸烟一边慢条斯理地排说。”顺着刘高兴这条线索，“我开始了广泛了解拾破烂群体的工作，这项工作我请了文友孙见喜先生给予帮忙，因为以前听他说过，他的老家村里几乎有三分之一的人在西安拾破烂。”那是一个傍晚，“巷道里有许多架子车，有妇女在那里分类着破烂，而两个男的端了碗在门口灯下吃饭，苞谷糁稀饭里煮着土豆，土豆没有切”。他们以找乡党为名，钻进十多个院子，询问这些拾破烂者的进城原因，收入状况。但“他们大多目光警惕，言语短缺”。几经转折，贾平凹和孙见喜终于找到计划采访的那个×××。“我们就坐在×××屋里，屋里小得打不开转身，天又热，一股子鞋臭味。美术教授就呆不住了”，而“我生活过，我就脱了鞋坐上了床”。为解除对方隔阂，贾平凹一副“自己人”的亲和样子。待到饭做熟，他立马端起一大海碗没菜没盐没醋没辣子的面条就吃起来：“筷子是他老婆给我的，两根筷子粘连在

① 贾平凹：《浮躁·序言之二》，作家出版社 1987 年版。他是一个现实感很强的作家，经常通过小说来介入现实，虽然这与传统的现实主义小说在写法上有所不同。

一起，我知道是没有洗净，但我不能说再洗一下，也不能用纸去擦，他们能用，我也就用。”①

因能与老百姓打成一片，贾平凹在访问过程中就卷入了一个真实的悲剧故事当中。孙见喜拾破烂老乡中有个老汉的女儿，被人拐卖到了山西。老汉为找女儿，在当地打了两年工，终于查到女儿被拐的村子。贾平凹孙见喜不仅打抱不平，还通过派出所警察直接参与了营救行动。因为这是作家创作“后记”中非常罕见的案例，因此得大段抄录才能明白：“派出所却强调要让去解救可以，但必须提供准确无误的被拐卖人的地址，并提供最少五千元的出警费。为了确凿地址，老汉再次去了五台县，我们给他出主意，叮咛如果查访到女儿，一定要稳着那家人。”说着说着，“他哭，我和老孙也流眼泪”。在那个解救女孩的晚上，“我和老孙心都悬着，一直守在电话机旁，因为事先约好，人一解救出来就及时通报我们的。九点钟没有消息，十点钟没有消息，十一点了还没有消息，老孙拿出一小筐花生，说：应该没事，派出所长有经验，他解救过三个被拐卖的妇女哩。我们就以吃花生缓解焦虑，但花生吃完了，花生皮也一片一片在手里捏成了碎末，十二点电话仍不响。我说：电话是不是有毛病？检查了一遍，线都好着，拿手机打了一次，立即就响了。老孙的母亲一直也陪着我们，七十多岁的人了，紧张得就哭起来，说那女儿多水灵的，怎么就被四十多岁的丑男人强迫着做媳妇生娃娃，如果这次失败了，肯定人家就转移了女儿，那就永远不得回来了！老孙说：你不要说么，你不要说么！他母亲还在说，老孙就躁了，母子俩生了气，屋子里倒一时静寂无声，只有墙上的钟表嗒嗒嗒地响。到了十二点二十一分，电话铃突然响了，老孙去接电话，老孙的母亲也去接电话，电话被撞得掉在了地上。电话是派出所打来的，只说了一句：成功啦，我们正往沟外跑哩！我和老孙大呼小叫，惊得邻居以为发生了什么事，咚咚地过来敲门。到了一点，老孙说他想吃一碗面条，他母亲竟然就擀起面来，结果老孙吃了两碗，我吃了两碗”②。

---

① 贾平凹：《高兴·后记（一）》，作家出版社2007年版。

② 贾平凹：《高兴·后记（一）》，作家出版社2007年版。在创作这部小说之前，他走访了不少流落到西安城里靠收破烂为生的农民群体，如果这些采访笔记能够找到，会进一步增进我们对《高兴》的了解。

读完这段“后记”，我们就知道自《废都》始，贾平凹为什么一直在消极与积极、避世与入世之间矛盾纠结、交错推进了。对小说外这段中国最关键的改革进程，贾平凹始终抱着热血偾张的现实情怀。他是一个复杂的作家，应该还是一个胸怀天下的作家。因此就能懂得，一个乡镇女干部的短信，就能带着他走入乡镇一级的中国农村，为老百姓的生与死感佩于怀，纠结不已。《带灯·后记》告白道：“这一本《带灯》仍是关于中国农村的，更是当下农村发生着的事。我这一生可能大部分作品都是要给农村写的，想想，或许这是我的命，土命，或许是农村选择了我，似乎听到了一种声音：那么大的地和地里长满了荒草，让贾家的儿子去耕种吧。于是，不写作的时候我穿了人衣，写作时我披了牛衣。”历史、宗教、美术书法和天文地理吸引着他的创作，社会现实也吸引着他的创作：“几十年的习惯了，只要没有重要的会，家事又走得开，我就会邀二三朋友去农村跑动，说不清的牵挂，是那里的人，还是那里的山水？”“我愿意到哪儿脚就到哪儿，饭时了随便去个农户恳求给做一顿饭，天黑了见着旅馆就敲门。”他由此还说到创作《带灯》的缘起：“就在不久，我结识了山区一位乡镇干部，她是不知从哪儿获得了我的手机号，先是给我发短信，我以为她是一位业余作者，给她复了信，她却接二连三地又给我发短信。要是平常，我简直要烦了，但她写的短信极好，这让我惊讶不已，我竟盼着她的信来，并决定山高路远地去看看她和生她养她的地方。我真的去了，就在大山深处，她是个乡政府干部，具体在综治办工作。”这使贾平凹第一次真正接触乡镇一级的农村社会，“正因为社会基层的问题太多，你才尊重了在乡镇政府工作的人，上边的任何政策、条令、任务、指示全集中在他们那儿要完成，完不成就受责挨训被罚”，“文件、通知雪片似的飞来，他们只有两双手呀，两双手仅十个指头”。“而他们又能解决什么呢”，“他们地位低下，工资微薄，喝恶水，坐萝卜，受气挨骂，但他们也慢慢地扭曲了，弄虚作假，巴结上司，极力要跳出乡镇”，“或到县城去寻个轻省岗位”。抄完这段自白，我开始理解贾平凹的感慨：“在写《带灯》过程中，也是我整理我自己的过程。”“我通过写《带灯》进一步了解了中国农村，尤其深入了乡镇政府，知道着那里的生存状态和生存者的精神状态。我心情不好。”然而，我“认识了带灯，了解了带灯，带灯给了我太多的兴奋和喜悦，也给了我太多的悲愤和忧伤”①。

也因为如此，在写作《高兴》七八年后，当年采访没用完的材料，再次刺激起了作家最新一部长篇的创作欲望。《极花》“后记”写道：“十年前一夏无雨，认为凶岁，在西安城南的一个出租屋里，我的老乡给我诉苦。”“那一幕我至今还清清晰晰”，“他的女儿，初中辍学后从老家来西安和收捡破烂的父母仅生活一年，便被人拐卖了。他们整整三年都在寻找，好不容易经公安人员解救回来。半年后女儿却又去了被拐卖的那个地方”。起因兴许是这女孩被解救后重返社会的人言可畏，兴许是内心惦记自己被迫生下的亲生孩子。“这件事像刀子一样刻在我的心里，每每一想起来，就觉得那刀子还在往深处刻。”所以，当他到甘肃定西，到榆林、绥德，到咸阳北部的彬县、淳化和旬邑一带采风走访的时候，眼前总是恍惚闪出那家女孩的身影：“每当我在坡梁的小路上看到挖土豆回家的妇女，脸色黑红，背着那么沉重的篓子……”“我就想到了她。”在逛完集市往另一个村庄路口走去，看到一个孩子在草丛中捉蚂蚱，奶奶怎么喊他也不应答的时候，“我也就想到了她”。他承认：“我开始写了，其实不是我在写，是我让那个可怜的叫着蝴蝶的被拐卖的女子在唠叨”，“她在给谁唠叨？让我听着？让社会听着？这个小说，真是个小小的说话。”②

四 故乡

前几部分写贾平凹长篇“后记”与“中年”、“病与死”和“创作与现实”的关联，我以为就他这种乡土题材作家而言，按理是应该推导到“故乡”上了。③

---

① 贾平凹：《带灯·后记》，人民文学出版社 2013 年版。

② 贾平凹：《极花·后记》，人民文学出版社 2016 年版。从这篇“后记”看，作品是对《高兴》采访材料再利用的一种文学尝试，是想换一个角度再写底层社会民众的生存感受和命运。某种意义上，也可做《高兴》的“姊妹篇”来读解。

③ 当然也不是所有出身乡下的作家都成了“乡土题材作家”，例如格非和刘震云就不太典型。

像每个从乡下走向城镇的人一样，贾平凹的“故乡”观念是根深蒂固、顽固不化的。他是一个在西安城里住了40多年的“乡下人”。但他又通过上学、饱读古书和新书，让自己成为当代作家中最富古典修养的人，变成一个乡村士大夫类型的作家。他在80年代的一篇短文中写道：“我是山里人，到西安这个古都里，仍是山里人德性，不大注意修容。”① 我注意到，《秦腔·后记》大概是他所有追忆故乡的长篇后记中，最奢侈也最淋漓尽致的一篇了。他先写故乡棣花街的地理位置、山川形势，自己的出生、成长、劳动以及当地的风俗：“在陕西东南，沿着丹江往下走，到了丹凤县和商县（现在商洛专区改制为商洛市，商县为商州区）交界的地方有个叫棣花街的村镇，那就是我的故乡。我出生在那里，并一直长到了十九岁。丹江从秦岭发源，在高山峻岭中突围去的汉江，沿途冲积形成了六七个盆地，棣花街属于较小的盆地，却最完备盆地的特点：四山环抱，水田中横，产五谷杂粮，生长芦苇和莲藕。村镇前是笔架山，村镇中有木板门面老街，高高的台阶，大的场子，分布着塔，寺院，钟楼，魁星阁和戏楼。村镇人一直把街道叫官路，官路曾经是古长安通往东南的唯一要道。”他还忆及自己经常背了碾成的米到南北二山与人家换苞谷土豆，隔壁的姓李老人一辈子编草鞋，临死愿望是能吃了一碗苞谷糁糊汤，中街冬生爱唱秦腔，五林叔一下雨就给孩子们讲《封神演义》。西街、东街的韩述绩贾毛顺文墨最深，“毛笔字写得宽博温润，包揽了全村镇门楼上的题匾”。每年从腊月三十到正月十五，棣花街都在唱大戏和闹社火，颇为繁闹。“就在这样的故乡，我生活了十九年。我在祠堂改做的教室里认得了字。”这段温暖文字让人不禁想到鲁迅的《百味书屋》《社戏》，沈从文的《湘西散记》和《从文家书》。

接着他又写成为作家后的“回乡”。他看故乡的眼光已有了些微妙的变化：“我必须逢年过节就回故乡，去参加老亲世故的寿辰、婚嫁、丧葬，行门户，吃宴席，我一进村镇的街道，村镇人并不看重我是个作家，只是说，贾家老四的儿子回来了！”“棣花街上发生了任何事，比如

① 贾平凹：《战胜自己——〈贾平凹小说选集〉序》，载《关于小说》，生活·读书·新知三联书店2015年版，第37页。

谁得了孙子，是顺生还是横生，谁又死了，埋完人后的饭时上一道肉还是两道肉，谁家的媳妇不会过日子，谁家兄弟分家为一个筐篮致成了仇人，我全知道。”与鲁迅1919年回绍兴搬家到北京，沈从文30年代初少数几次的回乡比较起来，贾平凹的回乡应该是很密集了。这不仅源于两代作家“城里人”和“乡下人”身份之差别，恐怕也源于80年代文学与二三十年代文学之间不言自明的差异性。因此，从1979年的第二次土地改革中，我们能感觉到贾平凹与农民的关系是要比鲁迅沈从文更加密切的。贾平凹热切地写道：“一九七九年到一九八九年的十年里，故乡的消息总是让我振奋，土地承包了，风调雨顺了，粮食够吃了，来人总是给我带新碾出的米，各种煮锅的豆子，甚至是半扇猪肉”，“那些年是乡亲们最快活的岁月，他们在重新分来的土地上精心务弄，冬天的月夜下，常常还有人在地里忙活，田堰上放着旱烟匣子和收音机，收音机里声嘶力竭地吼秦腔。我一回去，不是这一家开始盖新房，就是另一家为儿子结婚做家具，或者老年人又在晒他们做好的那些将来要穿的寿衣寿鞋了”。而在我家旧院子里，“我们吃纸烟，喝烧酒，唱秦腔，全晕了头”。我得说，与沈从文《箫箫》里那些宗族社会的自然“乡下人”不同，出现在贾平凹笔下的是重新翻身解放的前人民公社社员们。贾平凹看故乡的作家眼光，一定意义上是“看待农村政策”的眼光，这与鲁迅、沈从文们是有着根本区别的。

正由于这样，他看90年代后的政策变化，看由城镇化所催生的故乡衰败时所发出的悲伤之情，就在意料之中了。他认为国家的改革“首先从农村开始，它的伟大功绩解决了农民吃饭问题”，但“国家的注意力转移到城市，农村又怎么办呢?”由于政策变化，他给故乡农民算了一本账：“这里没有矿藏，没有工业，有限的土地在极度地发挥了它的潜力后，粮食产量不再提高，而化肥、农药、种子以及各种各样的税费迅速上涨，农村又成了一切社会压力的泄洪池。”“农民是一群鸡，羽毛翻皱，脚步趔趄，无所适从，他们无法守住土地，他们一步一步从土地上出走，虽然他们是生命，把树和草拔起来又抖干净了根须上的土栽在哪儿都是难活。”这就回到了路遥、陈忠实的问题上，也是他们共同的老师柳青早就怀有深沉忧虑的问题上。这个困扰中国现代化进程的巨大命题，曾经引起过鲁迅、沈从文的哀伤，也同样引起了柳青、路遥、陈忠实和贾平凹的哀伤。而这恰恰是贾平凹乡土题材小说的生命之源。当他意识到生前无法看到它根本改变，只能寄托于来生的事实后，他写下了无比沉痛的文字：“我决心以这本书为故乡树起一块碑子。当我雄心勃勃在2003年的春天动笔之前，我奠祭了棣花街上近十年二十年的亡人，也为棣花街上未亡的人把一杯酒洒在地上，从此我书房当庭摆放的那一个巨大的汉罐里，日日燃香，香烟袅袅，如一根线端端冲上屋顶。我的写作充满了矛盾和痛苦。”正因为悲伤地想到一切只能寄托于来生，他写道：“现在我为故乡写这本书，却是为了忘却的回忆。”①

纵观贾平凹几十年来的长篇小说创作，我以为“故乡”可能是一个瞭望眼，是可以把“中年”“病与死”“创作与现实”等串联一起来讲的那个瞭望眼。但是，如果真把这些抵牾纠缠的价值指向联系在一起，就发现这贾平凹又该是一个多么矛盾的现象。1972年，他从故乡商州到西安上大学，从此造就了这位农民之子成为杰出乡土题材小说家的伟业。但假如不是身体多病，性格敏感多疑，不沉浸在那么多古书、天文地理星象占卜和美术书法农林兵书易经之中，不深受《红楼梦》、《聊斋志异》、屈原、苏东坡、废名、沈从文和张爱玲等的熏陶浸染，他也不会变成西安城那个著名的乡村士大夫。于是可以看到，在他几十年的创作道路上，始终有两条路子在此起彼伏着又彼此打架：一条是忧患于农村农民命运的现实主义乡土题材创作的路子，另一条则是乡村士大夫诗意抒情化的创作路子。前一条路子让他写出了《浮躁》《土门》《怀念狼》《秦腔》《高兴》《古炉》《带灯》《极花》等，在后一条路子中他创作了《废都》《高老庄》《老生》等。在我看来，后一条路子写出的长篇小说更能展示他非凡的艺术才华，是他文学修养、小说禀赋和生命修为的最出色的反映。然而，这并不总是一厢情愿阴阳相济的和谐的事情。他这个病中的书生，既然久居十三朝古都的西安城里，那么的多愁善感，又有那么多的“中年之忧”“病与死的哀伤”“创作与现实的矛盾”，按说他应是两耳不闻窗外事，不会令人奇怪地这么积极入世。但实际上，他的精神状态从未走出过棣花街，那里曾经

---

① 贾平凹：《秦腔后记》，作家出版社2005年版。

有过的欣欣向荣的农村改革生活，那些四散离去的亡人和未亡人，几十年来一直都在召唤着他，折磨着他，迫他“回乡”写出了一部部切痛心扉的乡土的诗篇。这也许正是贾平凹小说富有魅力之处，但同时也是那么的令人迷惑不解。

2016 年 5 月 3 日于北京亚运村

《满月儿》创作小史

——贾平凹论之四

一 《满月儿》写作的前后

短篇小说《满月儿》是作家贾平凹的成名作。它发表于《上海文学》1978年第3期，同年获全国优秀短篇小说奖，很多人都把它当作他小说创作的起点。殊不知，贾平凹也像普通年轻人一样，1973年在西北大学中文系念书时就开始创作，整整奋斗了五年才逐渐出名。

如果不算废弃手稿，把他《满月儿》创作前后的短篇小说比如从1973年的《一双袜子》到1978年12月的《牧羊人》列出一个清单，会让人略感吃惊。《满月儿》之前的短篇有受"文革"小说影响的痕迹，如《一双袜子》《弹弓和南瓜的故事》《队委员》《曳断绳》《小河的冰哟》《荷花塘》《小会计》《小电工》《兵娃》《参观之前》《深山出凤凰》《车过黄泥坡》《选不掉》《水》《帮活》《新来的伯伯》《乍角牛》《闹钟》《清油河上的婚事》《春暖老人》《铁手举火把》《菜园老人》《姚生枝》《果林里》《猪场夜话》《第一堂课》《第五十三个》《老师不在》《"张家大斧"》《威信》《泉》《隔壁那家》《"交待书"上的画》《"罪犯"》《春女》《黎明》36篇。《满月儿》之后到1978年底，是《"茶壶"嫂》等23篇文学观念和风格在慢慢变化的作品。[①] 五六年间创作的60篇小说，只有一篇出名，证明文学创作不是一件很容易的事。一个作家从默默无闻到崭露头角，是要付出艰辛的

---

① 这个短篇小说清单，依据的是陕西人民出版社2008年版的二十卷《贾平凹文集》的《短篇小说》（壹）。这个由陕西本地批评家、编辑合作编选的《短篇小说》，篇目是否全面而无一遗漏，有待研究者进一步考证。所以，这里只能算是初步统计的数字。

劳动的。

《贾平凹传》作者、也是贾平凹密友之一的孙见喜说，“他这个时期的作品，不可避免地带着那个年代的印记，而且多数作品都在堆砌细节，语言也不够成熟”，虽然他大学期间写作一直很努力。[①] 1972 年贾平凹刚被推荐上大学后，也是乱看书乱写作。他读梁启超、王国维和胡适的书，也读泰戈尔、川端康成和孙犁的作品，诗歌、散文、小说和通讯什么都写。因是乡下孩子，生活清苦，盖的是一条死套子、老粗布的旧被，垫着手掌厚的褥子，床单是母亲从房门上拆下的旧门帘。白天，他把被子叠成方块，上面用枕巾盖住，再用 2 尺宽的绿色塑料布搭在床沿，既掩盖住床褥床单的粗糙简陋，又给人文明的气息。他私下藏着来学校时父亲给的 20 块钱，轻易不敢花。他暗恋两位女同学，因自卑不敢追。这间 18 平方米的男生宿舍，三张架子床，住五个人，四人有蚊帐，唯他没有，因此蚊子都飞到他身上肆虐。由于熬夜写作，贾平凹抽烟很凶，但只能抽 9 分钱一包的“羊群”牌和 7 分钱一包的“勤俭”牌的劣质香烟。西北大学中文系要入学新生写一篇上大学的感想，贾平凹交的是诗《相片》，这大概是他上学写的第一首诗。他有很多诗在学校的墙报、校报和专栏上发表。后来，他把作品投向各种报刊，半年多时间内，十几万字的文学作品都被退回，无一刊用。直到第二、第三年时来运转，他与同学冯有源合作的处女作《一双袜子》，在本地的《群众艺术》（1973 年 8 月号）登出。两千字的散文发表在 1974 年的《西安晚报》上。念书三年，贾平凹共发表作品 25 篇（包括诗）。毕业时，如果按“社来社去”，又称“哪来哪去”的政策，他得回老家。[②] 但陕西文艺部门惜才，经多方努力，把贾平凹留在陕西人民出版社当编辑，工资每月 39.50 元。单位在西安市西七路出版局招待所包下一间房，他与一个青年职工同住，写东西颇不方便。经过侦察，贾平凹发现西五路出版社家属院（人称 Z 楼）五层西头一个单元房的厕所空着，与有关领导软泡硬磨，将这间 6 平方米厕所改造后据为己有，这才有了自

① 孙见喜：《贾平凹传》，上海人民出版社 2008 年版，第 15 页。

② 1982 年 1 月我大学毕业时，以为还沿用这种工农兵大学“哪来哪去”的政策。没想到国家可以重新分配。

己的写作空间。[①]

起初的文学创作不太顺利。他像过去一样拼命写作，胡乱寄稿，多石沉大海。这位年轻人开始对报刊的冷漠流露不满："1977 年冬天，我在农村驻队，发疯地练习写作，但总是稿件源源不断地投出去，又源源不断地寄回来。不免对报刊编辑有了埋怨。"不过幸运的是，他终于把《上海文学》的编辑唐铁海给搞定了："一天，突然收到厚厚的一封信，竟是《上海文学》来的，署名是唐铁海，他热情地肯定了我寄去的《第一堂课》、《满月儿》，字书写得极好。这是我在那些年里收到的最长的最认真的编辑来信，至今还保存着。""自那以后，我们的信件往来十分频繁，我的短篇也写得更多，每写一篇就先寄给他看，声明并不是投稿，而是求教。1979 年，我到北京开会，我女儿快要出生了。唐铁海偶尔听人说后竟买了一个很大的布娃娃托人从上海带到北京送我。几天后，我就带着布娃娃赶了几千里路回到老家。第二天，女儿也真的降生了。这布娃娃给了我许多诗的感受，就在我爱人坐月子期间，我还趴在床头写成了三篇小说和一个散文。"[②]

小说《满月儿》创作的缘起，与作家 1977 年一次驻队的经历有关。新时期最初几年，不少地方还像过去把政府部门的人员派到乡下驻在村社，与农民一起劳动和生活。出版社派陈策贤、贾平凹和老作家李若冰去礼泉县烽火大队农科站写社史《烽火春秋》，同去的还有陕西师大中文系的白志刚（白描）和县文化馆的邹志安。他们白天劳动，晚上开会调查搞材料。烽火大队出过劳模王保京，他培育的高产玉米，曾受到周恩来总理的表扬。因此，写社史就有了一个"寻找先进事迹"的情结。但没想到的是，农科站一对淳朴可爱的姊妹花，却强烈地吸引了贾平凹的视线。"她俩聪明伶俐、爱笑、爱卫生。她们对生活有诗一般的憧憬，对事业有执着的追求，对爱情也有朦朦胧胧的向往。平凹深深地喜爱上了她们，她们也乐于和他交朋友。她们给他讲农村的新老故事，帮他缝补绽开了的衣裤，她们还跟他打闹逗乐。他和她们相处，随便得多，自由得多，像在家乡时

① 孙见喜：《贾平凹传》，上海人民出版社 2008 年版，第 15—19 页。
② 孙见喜：《贾平凹传》，上海人民出版社 2008 年版，第 48 页。

和童年的小伙伴相处，没有顾忌和猜忌，隔天不见就没精神。”①

以青年干部身份与乡村女孩交往，贾平凹不由想起了他喜爱的作家孙犁的名篇《山地回忆》。那是一个八路军干部与房东女儿妞妞交往的故事。战争年代人们结下的友谊，被作家延伸到解放初期人与人朴素简单的人际关系中。小说平淡叙述中潜藏着温馨朴实的诗意。这是贾平凹早期创作所喜爱的风格。农科站这对姊妹花的文学素材，竟与当时文坛残留的十七年“写英雄模范人物”的尾声衔接，这让年轻的贾平凹很快激动了起来。他在《爱和情——〈满月儿〉创作之外》中回忆说：“《满月儿》写出的时候，不是要想拿出变铅字的，我是写给我的爱人的。我常常把她作为我的作品的模特儿和唯一的读者。所以，我是怀着真挚的、热烈的感情去写的。”发觉这种把题材“私情化”不妥，于是改口道：“那时候，我着手采访这个大队的农业科学研究站。这个站事迹太丰富了，我走进他们的实验室，看见了从未看见过的房间（满儿的房间，我是一笔不敢漏地那么写了的），看见了小麦和燕麦远缘杂交出的新品种，新品种虽然还不够理想，但成绩已经十分突出，我决意要写这个育种试验了。”“当天晚上，我躺在床上，突然间我激动起来了；写我心中的人吧，让她们来搞培育吧；既然人物的性格早已在心中成熟，又获得了远缘杂交中的一些感人事迹和大量的知识性的东西，就让这两个人物来活动啊！哈，怪得很，根本不需要编什么离奇故事了，只要把她们两个放在培育良种的每一道工序里，每一件事情中，她们就按她们的性格发展下去了，很快我就有了新的故事梗概。”“我把那新的故事梗概赶忙写到本子上。我尽量搜集本家姐姐的、爱人的、爱人的朋友的那些生活细节，越想越多，我不管在这篇作品中有用无用，反正我是这么搜集的……”虽然激动，他还是对写作提出了严格要求：名字“要体现全文特点，糅合一体；满月儿；一出场要自然，要有场景，以形象抓人”。“时时写进生活情趣，使故事丰腴。”“让月儿和满儿活动，力避‘我’来死板介绍，发议论。”“描绘要细腻，叙述要抒情。”“产生诗的意境。”“调子要柔和，语言不要出现成语和歇后语一类太土的话，节奏和音响要有乡下少女言谈笑语式的韵味。”“结尾要电影式的‘淡出’，淡

① 孙见喜：《贾平凹传》，上海人民出版社2008年版，第22页。

得耐嚼。”“当然，想出来了不等于写出来了，这只是我写这篇作品时力图达到的目标。”他还说：“当晚，我认真地改了一遍，念着是否顺口。”“再改了一遍，推敲了每一句每一个字。”“睡前又看了一遍，斟酌了几处标点符号。”“第二天，我开始抄写，一边抄，一边再改。我很惊讶，这个时候了，还会突然冒出一些极好的细节和字句来的。”“写好了，我想寄给我的爱人去，我要先不告诉她，看她读了以后，是否能看出月儿是谁，满儿是谁？后来，一同写社史的一位同志看了，鼓动还是拿去发表，我有些犹豫，但终于听了他的话。没想到三个月后，《上海文艺》（现改名《上海文学》）就把它刊印了。”“发表了，收到全国各地好多读者来信，有的说怎么写的是他们那儿的两个姑娘呢？我笑了，但我悟出，这仅仅是写了生活中的一些事的缘故罢了。”①

二　小说的人物原型

1978 年创作的《满月儿》，在今天的大作家贾平凹这里，顶多只够上一篇习作的水平。作品以“育种”为诗眼，抓住农科站这对姐妹勤奋上进和搞科研间隙里活泼单纯的一举一动，揭示从“文革”噩梦中苏醒的人们身上开始显露的“心灵美”。“他写她们育种、学外文、踏碌碡、抬木头、捉螃蟹。通过这些日常琐事，他竭力探索的，却是生活的新变化和人物的美好心灵。”② 这是七八十年代之交农村题材小说常见的写法，题材陈旧，人物简单，其实没有太多文学性可言。即使这样，我仍觉得对小说的人物原型有继续探讨的必要。在这种人物原型的构造中，反映的是贾平凹最初的文学观念，他对生活的理解，他的为人与为文，他写小说时的真实状态。因为这里面，多少是有作者的“自叙传”影子的。放在他全部创作史中，这个“自叙传”身影依然是有它的位置的。

如前所述，“满月儿”的人物原型，是贾平凹 1977 年在礼泉县烽火农

---

① 贾平凹：《爱和情——〈满月儿〉创作之外》，载《关于小说》，生活·读书·新知三联书店 2015 年版，第 2—5 页。

② 孙见喜：《贾平凹传》，上海人民出版社 2008 年版，第 46 页。

科站遇到的一对姐妹，他把她们分别起名为“月儿”和“满儿”，合起来就是“满月儿”。后来他进一步解释说：“满儿和月儿，最早是我的两位本家姐姐。在我才从初中毕业，回家当农民的那阵，我是一个体质孱弱、腼腆喜静的少年；而我的本家姐姐，却是天真烂漫。在一个偌大的家族里，她们从来没有忧愁，从来不能安静。一个平常的新闻，能引起她们叽叽喳喳嚷道几天；一句普通的趣话，也会使她们笑得俯在炕沿上起不来。于是，大人们就骂她们‘瓜笑’，而夸奖我的‘安分’了。然而，我却十分爱我的姐姐，至今还能记起她们笑声中的那不同的音调。后来，认识了我的爱人和她的一位朋友。她们几乎有我两位姐姐一样的性格，都天真无邪。但一个丰满，一个苗条；一个是那么文静，说话从来低音，笑声总是从半启的嘴唇里颤出；一个是那么活泼，故意说反话，当面戏谑人……后来，我们分开了，长时期不见一面，但一闭上眼睛，她们就站在那里了，那睫毛在眨动，那微笑在闪现……啊！倾注了感情的人，在心中活着，活着……”①

《山地回忆》是孙犁小说代表作之一。它借第一人称的回忆视角，抓住一双袜子这个聚焦点展开故事，通过河边“争吵”、贩枣、买织布机等生活细节，生动地表现了在战争艰难困苦环境中抗战干部与人民群众的密切关系，赞美了纯朴真挚的感情。主人公妞儿是位普通的农村女孩。她出场时那寻隙挑衅的姿态，咄咄逼人的话语，显示出这个人物的独特个性。关于真假“卫生”和刷牙的一番“宏论”，又叫人啼笑皆非地感触到她疼人的心田；“什么时候，才能打败鬼子”的询问，透露出对胜利的渴望，直到提出“不穿袜子……也是卫生吗？”的责问，犹似异峰突起，一下子把剑拔弩张的气氛消解成融融暖流；“我给你做”的诺言似惊雷震响，把谜底一下子亮出——原来她对“我”的一系列“攻势”，全是为了寻找机会与这萍水相逢的八路军战士找话交往，心疼他没袜子受冻，并欲表示给予真诚的帮助。一个脸红手肿、伶牙俐齿而内心火热、纯真鲜亮的山地女孩，已活脱脱地站在读者面前。大娘关于学纺线的介绍，大伯关于饭食的

① 贾平凹：《爱和情——〈满月儿〉创作之外》，载《关于小说》，生活·读书·新知三联书店 2015 年版，第 2 页。

揶揄，以及妞儿买织布机的要求，又从不同侧面写出她聪明勤劳等特点，丰满了人物形象，使其成为“山地女孩子的化身”中的“这一个”。

这篇小说确实有一个人物原型。孙犁曾经谈到过妞妞这个人物原型走进他小说《山地回忆》的详细过程。他说，1944 年春季，经历了日军三个月的残酷扫荡，自己从繁峙的山上下来，和华北联大高中班几位同事几十个同学，结队出发准备去延安。这是一支很小的队伍，由总支书记吕梁带队。我们从阜平出发，不久进入山西境内，好像是到了忻县一带，离敌人据点很近。一天中午，我们到了一个村庄，没看到老百姓，在一家宅院我们赶紧做饭。饭食简单，东锅焖小米饭，西锅煮菜汤，大家把饭吃完，围在西锅那里洗自己的饭碗。他说自己有一个毛病，凡事都不往上挤，所以大伙把碗洗完后，水已经很脏。这时，锅突然飞了起来，把自己额头划开一个两寸长的口子，一脸血污。因此，他不得不拿着小洋瓷碗，到村外的小河里把脸洗一下。“在洗脸的时候，我和一个在下游洗菜的妇女争吵了起来，我刚刚受了惊，并断定这时村里有坏人，预先在灶下埋藏了一枚手榴弹，也可以说是一枚土制的定时炸弹。如果不是山西的锅铸得坚固，灶口垒得严实，则我一定早已魂飞天外了。”“我非常气愤，和她吵了几句，悻悻然回到队上，马上出发了。”这时，他怀着诗意的心情回忆起刚刚路过的一条河流：“村南是一条大河，我对这条河的印象很深，但忘记问它的名字，是一条东西方向的河，有二十米宽，水平得像镜子一般，晴空的太阳照在它的身上，简直看不见有什么涟漪。队长催促，我们急迫地渡过河流。水齐到我的胸部，平静、滑腻，有些暖意，我有生以来，第一次体会到水的温柔和魅力。”这时候心情慢慢从气愤转向了肃穆，也趋于平静：“我现在想：如果，在那种情况下，把我炸死，当然说不上是冲锋陷阵的壮烈牺牲，只能说是在战争环境中的不幸死亡。同事们会把我埋葬在路旁、山脚、河边，也无须插上什么标志。确实，有不少走在我身边的同志，是那样倒下去了。有时是因为战争，有时仅仅是因为疾病、饥寒、药物和衣食的缺乏。每个战士都负有神圣的职责，生者和死者，都不把这种死亡作为不幸，留下遗憾。”经过自己心情的一番转换、调整和升华，他又回到刚才那个人物原型上去：“现在，我主要回忆的不是这些，是关于那篇小说《山地回忆》。小说里那个女孩子，绝不是这次遇到的这个妇女。

这个妇女很刁泼，并不可爱。我也不想去写她。我想写的，只是那些我认为可爱的人，而这种人，在现实生活中间，占大多数。她们在我的记忆里是数不清的。洗脸洗菜的纠纷，是引起这段美好的回忆的楔子而已。”他最后说：“进城以后，我已经感到：这种人物，这种生活，这种情感，越来越珍贵了。因此，在写作中间，我不可抑制地表现了对她，对这些人物的深刻的爱。”于是，人物原型就发生了张冠李戴的变化。他对人物原型有了自己的独特理解：“我虽然主张写人物最好有一个模特儿，但等到人物写出来，他就绝不是一个人的孤单摄影。《山地回忆》里的女孩子，是很多山地女孩子的化身。”①

小说一般都有自己的人物原型。这些原型有时会因主题、题材和创作方法等需要，发生某些变形走样，有的则酷似主人公，这没有固定不变的模式。我们看到，孙犁笔下妞妞的生活原型，跟那个在河边吵架的刁泼妇女基本没关系。在战争环境中，人的生死都是无常的偶然性的，这使孙犁对人与人的真情很看重很珍惜。因此，一个原不存在、纯属作者虚构的农村女孩子妞妞被搬到了小说当中。他承认：“《山地回忆》里的女孩子，是很多山地女孩子的化身。”有的可能是他路上偶遇的，有的则在生活中见到，脸是山西的，鼻子则是浙江的，零零散散和移花接木地被整合在一起，变成了这一个“妞妞”。

贾平凹早期创作，在他崇敬的小说导师孙犁身上学到不少经验。孙犁有《山地回忆》，贾平凹则有《山地笔记》，这恐怕不是什么巧合。按贾平凹的说法，《满月儿》的人物原型也是变化了很多次的。最初的人物原型是烽火大队农科站那对姐妹。之后，从她们身上又浮出对本家两位姐姐的细致回忆。再以后，他觉得这原型身上还多多少少有他妻子韩俊芳的影子，就像他在《爱和情——〈满月儿〉创作之外》里挑明了的：这篇小说“写出的时候，不是要想拿出变铅字的，我是写给我的爱人的。我常常把她作为我的作品的模特儿和唯一的读者。所以，我是怀着真挚的、热烈的感情去写的。”又说：“我尽量搜集本家姐姐的、爱人的、爱人的朋友的那些生活细节，越想越多，我不管在这篇作品中有用无用，反正我是这么搜

① 孙犁：《关于〈山地回忆〉的回忆》，《延河》1978 年第 11 期。

集的”。他还说：“我却十分爱我的姐姐，至今还能记起她们笑声中的那不同的音调。后来，认识了我的爱人和她的一位朋友。她们几乎有我两位姐姐一样的性格，都天真无邪。”这些人物原型，突然同一时间在这篇小说的构思里涌出来，挡都挡不住。她们纷纷往贾平凹的笔下扑来，争先恐后地争当第一女主人公。贾平凹回忆写小说的情形：他冲动地跑到村外泾河岸边的树荫下，一口气只管写，到了一种不管不顾的狂热状态：“我是那样激动，似乎我的本家姐姐，我的爱人，和我以前接触过的那些女同学，女朋友，全站在面前。我心里十分急，语句往出涌，笔都来不及写，字写得十分潦草。”① 观察他早期的许多小说，例如《腊月·正月》《黑氏》《古堡》《天狗》《美穴地》，包括创作高潮期的《废都》，都有这种如何利用模特儿或是人物原型的相同经验。其中，他爱人韩俊芳是被写得最多的人物原型之一。② 与贾平凹、韩俊芳夫妇接近，对他们生活很熟悉了解的何丹萌，也证实了我的这种感觉。他说：“俊芳笑起来很爽朗，我就想到《满月儿》里的月儿和满儿；她脸盘较大而显富态，我就想起平凹在好多作品里描写女人时用过的‘银盆大脸’四个字；俊芳端庄持重而又不拘泥，我就想起了《第一堂课》里的延俊秀。总之，她的影子我总能在平凹的作品里找到。”③

这不奇怪，许多作家的习作或成名作的人物原型，大都是选择自己或身边的熟人的。像鲁迅《故乡》闰土的原型是他童年朋友章运水，沈从文《一只棉鞋》的主人公是他自己，丁玲《莎菲女士的日记》中有胡也频、沈从文和她本人，莫言的《透明的红萝卜》也是作者的经历，等等。等他们创作风格成熟、手法老练以后，人物原型就逐渐淡出了“自叙传”色彩，而变成鼻子是浙江、脸是山西的了，就开始随心所欲地组合和重装。因此看来，《满月儿》人物原型的鼻子可能是那对农科站姐妹的，脸则成

① 贾平凹：《爱和情——〈满月儿〉创作之外》，载《关于小说》，生活·读书·新知三联书店 2015 年版，第 4 页。

② 韩俊芳，1955 年生，陕西省丹凤县棣花镇人，与贾平凹同乡。曾为丹凤县剧团演员，后任西安某杂志编辑。贾、韩 1978 年结婚，育有一女。两人 1992 年离婚。

③ 何丹萌：《见证贾平凹》，安徽文艺出版社 2011 年版，第 36 页。何丹萌的妻子小霞，是韩俊芳丹凤县剧团的同事，最要好的朋友。贾平凹所说“我爱人的朋友”，估计指的可能是她。

了本家姐姐或是韩俊芳们的。像大多数作家的起步阶段一样，贾平凹写《满月儿》的时候，也是全身心满腔热情地投入自己作品中去的。这使他早期小说多少有一点我前面说的“自叙传”色彩。而这个人物原型，也还是可以借这篇文章继续深究的。

三　小说人物原型再探讨

贾平凹谈创作《满月儿》的文章，最能抓住我的一句话就是：“我是写给我的爱人的。我常常把她作为我的作品的模特儿和唯一的读者。”① 而且我注意到，不知是不是巧合，作家写这篇小说，恰恰就在他与爱人韩俊芳从热恋到新婚的这段时间内。因此我认为，探讨他们从恋爱到新婚的关系史，正是人物原型再探讨的前提之一。

贾平凹留城工作问题解决后，个人婚姻就提到日程上来。他暗恋大学女同学没结果，与家里介绍的那个女矿工也告吹。像他这种农村大学生，在西安城不好找对象。这时候，陕西青年批评家白描，也就是当时陕西师大中文系的教师白志刚给他介绍了一个女朋友，叙述她像一株“婀娜多姿的垂柳”。他兴冲冲乘 3 路公共汽车去南郊的陕西师大，因无手机联络，白描没见着，“垂柳”也泡汤了。正当他沮丧地乘车返回路过一个叫草场坡的车站时，忽然看到一个女孩子“只身一人挺挺直直地站在路沿的台阶上”，他被吸引住了。从她的“举手投足”看，“感觉她身上既有农村姑娘的质朴，又有城市知识女性的文静，一种强烈的好感就在他胸膛里滋生”。回到出版社宿舍，他在懊悔中乱画了几个女子的头像。这时中学同学、正在西安艺术大学学美术的王家民推门进来，贾平凹告知刚才那段奇遇。家民根据他描述的那女孩的相貌想了想，说：是咱俩初中同学韩俊贤的妹妹，叫韩俊芳，丹凤县剧团的人尖儿，目前在艺术大学戏剧系进修。贾氏立即央求见人，家民做了安排。他约俊芳到自己 6 平方米小屋去了一两次。一次分手，他借故让韩俊芳帮他捎点东西回老家。韩再去，发现不是什么

① 贾平凹：《爱和情——〈满月儿〉创作之外》，载《关于小说》，生活·读书·新知三联书店 2015 年版，第 2 页。

重要东西。本来羞怯的贾平凹乘机大胆试探她：“我给你找个对象。”“我不在西安找。”“你要找哪里人？”“我要找丹凤人。”“我就是丹凤人，还是棣花人。我把我介绍给你。”……

韩俊芳进修结束回丹凤，贾平凹发起了爱情攻势，频繁写信，谈理想、谈人生、谈艺术，这女孩就偷偷躲在屋里看。不久，贾平凹又把刚出版的第一本小说集《兵娃》寄给她。贾父因韩家成分高，反对这门亲事。贾平凹冒雨赶到丹凤补救，倔强的俊芳躲在门后不见，让朋友小霞挡他。他心灰意冷，半夜写出幽怨的情诗：“有多少水/你就有多少柔情/有多少云/我就有多少心绪/水升腾成云/云降落为水/咱们却永远不能相会”，“默默淌着露珠的相思泪”。平凹走后，俊芳有点后悔。这时剧团抽人下乡去搞“路线教育”，她便自告奋勇报名去偏僻山地竹关区土门公社。平凹再到丹凤县城，得知俊芳已下乡，他在车站排了两天队，买到了一张去竹关村的卡车票。一天，公社有人给俊芳捎话，说县里来电话让她到区上去接班车，她还以为是家里来了人。“她很纳闷地去了，是和团里拉大提琴的彭玉民一块去的。等那卡车一到，却见平凹在车厢角落站着，身上蒙了一层尘土，只露出眼珠和白牙齿。别人都急着往下跳，他却痴盯住俊芳呆站着。俊芳生气了：‘你咋能到这儿来嘛！没看见这是啥地方，你来做啥？’她确实是又气恨，又埋怨，又心疼，接着说，‘在这，你原坐这车回去！’”彭玉民看不过去，将贾平凹从车上扶下来。区委书记给公社写条子，说剧团增加一个下乡名额。“在土门的那几天，他和俊芳一块儿下地劳动，一块儿在农家吃派饭。”黄昏里到河边散步，交流心迹。“在相处中，他们建立了共同的信念：永相好，不分离。”何丹萌接着叙述道：“小霞后来告诉我，平凹这个人，不管啥时候、啥条件、啥心情下，都能写小说。有一次，俊芳正在排练场排戏，把平凹孤独地扔在宿舍。小霞在排戏中途想起忘了拿小旦要用的帕子，回宿舍去取，见平凹趴在俊芳的箱子盖上写小说。她凑过去瞄了一眼”，“她看见了标题，是《第一堂课》。不久，这篇小说就在杂志上见到了”。贾平凹恩师费秉勋在《贾平凹论》中说：“爱情没有使贾平凹沉溺，相反地，爱人倒成了能为他激起创作热情和招致创作灵感的缪斯。”何丹萌继续在《见证贾平凹》这本书里写道：“侯方良告诉我，有一段时间，剧团下乡走到哪儿，贾平凹就跟到哪儿。白天剧团排戏，平凹就在村道和田野里溜达，看人家锄麦、点豆，看人家娶亲、埋人，甚至看人家给猪配种和两口子打架。晚上剧团演出，平凹就挤在人窝里看戏。戏毕了，他和男演员一起挤在大通铺上”。[①]

看到以上贾平凹传记作者的描述，我对“我是写给我的爱人的。我常常把她作为我的作品的模特儿和唯一的读者”这句话，有了进一步的理解。对处于早期创作阶段的小说家来说，“身边生活”产生的冲击力往往都是很大的。更何况贾平凹当时仅仅二十四五岁，正是热血偾张的年龄，而且他就是这幕爱情剧的主角儿。在这期间，他到礼泉县烽火大队农科站发现了满儿、月儿这对纯朴可爱的农村姑娘，这是他意想不到的小说人物模特儿，整个心灵没有不被点着燃烧的道理。他情不自禁，也是无意识里把跟韩俊芳爱情故事的酸甜苦辣，一股脑儿地都投到这对姐妹花的身上。翻开小说，姐姐满儿，妹妹月儿，一个文静，一个活泼。这是理想女孩性格的两个侧面，合在一起就达到完美的程度。这通常是男人看女人的一厢情愿的视角。他写月儿的天真无邪：

> 当月儿这么又说又笑的时候，那满儿不知什么时候拿了本书进自己的房里去了。她娘就在上屋骂开了：“月儿！没黑没明，你笑不死！”
>
> 她就问我：“陆老师，笑也是错吗？”

他接着又拿满儿的文静性格来做仔细的比较：

> 晚上，我正在灯下一边熬着中药，一边看外文书，突然听见门轻轻敲了一下，就没动静了，我以为是风吹的，但是，又是轻轻两下，接着就有人问：
>
> “陆老师，你睡了吗？”
>
> “谁呀？”我拉开了门，是一个二十四五的姑娘倚在门框上，当我看她的时候，她脸微微一红，就低下头摩挲起那长辫子，说：“我叫满儿，住在斜对门的。这么晚了，打搅你了。”

---

① 何丹萌：《见证贾平凹》，安徽文艺出版社 2011 年版，第 26—35 页。

我高兴了，赶忙让她进来坐。一挑门帘，她轻轻闪进来，连个声儿也没有，就稳稳地坐在炕沿上不动了。

在月儿“又说又笑”状貌的比照下，满儿敲门是“轻轻”的，“我以为是风吹的”；一进门，也是静极了，“轻轻闪进来”，“连个声儿也没有”。不消说，从早期创作小说的情形看，直到今天，贾平凹的语言都是他那代作家中最优美出色的，是最具中国语言韵味和美感的。像孙犁一样，这种散文化的小说语言，最适合于写女性，尤其是捕捉年轻安静的女孩子的性格特征。像《荷花淀》《芦花荡》《嘱咐》《山地回忆》《相片》，等等。但我隐隐感觉到，满儿和月儿两人的聚合点，也能够体现出韩俊芳的某些性格心理特点来。

这就是何丹萌刚才已经观察到的：“感觉她身上既有农村姑娘的质朴，又有城市知识女性的文静。”处于早年创作时期的贾平凹，因年轻，入世还浅，接触认识社会各阶层还没有像后来那样深入而丰富。他的女性经验，恐怕主要来自母亲、本家两位姐姐尤其是韩俊芳，他所谓我的爱人是我的作品的模特儿和唯一的读者的说法实际是非常真实的。同欢乐共患难，一起养育女儿，相扶相帮地走过了年轻时代一段最为艰辛的岁月，这种经验，使他对这个作品模特儿有着最深切的观察。他身边的朋友说：“这位外形懦弱但内心刚强、执拗的贾平凹，一生里有过两次自杀未遂的事，都是为了韩俊芳。”他证实：“那段时间，他们夫妻恩爱至深。”“在我的印象中，贾平凹夫妇一直是美满而和谐的，尽管有些磕磕碰碰，那也是生活中在所难免的事；尽管也有争吵和置气时的过激，那也是爱得太深的缘故。”他认为：“他一生看重的只有两件事：一是作品，二是爱情。”后来两人离婚，但没有发展到情断义绝的地步。比如，贾平凹写《废都》时曾在朋友老乡李连成家寄宿，受到夫妇热情周到的照顾。一日他女儿出嫁时，贾平凹、韩俊芳和朋友一起去户县祝贺，“感觉俊芳还像以前一样袒护着平凹，二人反而更加相敬如宾”①。孙见喜支持何丹萌这种夫妻不成情义在的观点，他说：“贾平凹事业上的蓬勃展开和爱情上的狂热追求几乎

① 何丹萌：《见证贾平凹》，安徽文艺出版社 2011 年版，第 40—43 页。

同步进行，作为事业上的反馈，他觉得自己比以往任何时候都需要家庭。”① 他进一步告诉读者关于两人的故事：1992 年秋天，“平凹的《废都》写作已从耀县转移到了户县。拿到离婚证已是中午。平凹要去户县。俊芳从柏油巷送至含光门。两人相对无言，又小坐。平凹推自行车过含光桥，俊芳隔城河相望。平凹回头，见俊芳还僵立着，就喊：‘回去，给娃做饭！’言未毕，心里一硬，骑车而去”。他骑到西北大学新村，将车子在车棚存好，就上五楼费秉勋教授家。上去，又下来，反复多次，犹豫彷徨；再鼓足勇气敲开费的门，见一屋子蓝田亲戚，“平凹叫费到书房，泪流满面，言事已办”②。

叙述到这里，我发觉这是作品《满月儿》的内外故事。这两层故事把本家姐姐、烽火大队农科站姐妹和韩俊芳串联到一起，让我们对这部作品人物原型的意义有了新的理解。至少在我看来，没有韩俊芳与贾平凹两人刻骨铭心的人生故事，“满儿”和“月儿”的文学虚构故事是不可能这么情趣无限的。作者把韩俊芳性格中静与动两个侧面，再加上两位本家姐姐，以及生活中看到接触到的年轻女性，把她们的鼻子、脸和生动身姿拼装组合在一起，就成了令人难忘的满月儿的文学形象。事实上，不单当代小说家喜欢把家事身世、爱人亲戚和自己与作品人物都拉到一起，连曹雪芹的《红楼梦》也是这样干的。王国维的《〈红楼梦〉评论》指出：“自我朝考证之学盛行，而读小说者，亦以考证之眼读之。于是评《红楼梦》者，纷纷索此书中之主人公之为谁，此又甚不可解也。”小说主人公，实乃人类全体之缩影，但这个全体也得通过一个具体人的故事来呈现。“故《红楼梦》之主人公，谓之贾宝玉可，谓之‘子虚’‘乌有’先生可，即谓之纳兰容若可，谓之曹雪芹亦无不可也。”他并没有排除小说与作者身世的牵扯。③《红楼梦》索隐派代表人物蔡元培在反驳胡适对他考证工作的批评后，对他的曹雪芹生平考订却表示赞赏：“胡先生以曹雪芹生平，大端考定，遂断定《石头记》是‘曹雪芹的自叙传’，‘是一部将真事隐去

① 孙见喜：《贾平凹传》，上海人民出版社 2008 年版，第 43 页。

② 孙见喜：《废都里的贾平凹》，陕西人民出版社 2013 年版，第 33 页。

③ 王国维：《〈红楼梦〉评论》，载《王国维、蔡元培、鲁迅点评红楼梦》，团结出版社 2004 年版，第 32 页。

的自叙的书’。‘曹雪芹即是《红楼梦》开端时那个深自忏悔的我’”。他接着胡适观点又进一步发挥道：这部长篇“必为康熙朝政治小说”，然“后经曹雪芹增删，或亦许插入曹家故事。要末可以全书属之曹氏也”①。古代文学早就有将文学作品与作者身世联系在一起的研究方法，这是该学科根深蒂固的学术传统。为什么当代文学再使用这种方法就遭人质疑，被说三道四呢？大概是觉得“当代”作品距离研究者的位置太近的缘故罢。但批评者忘了，《满月儿》从1978年发表到2016年已整整38年，距半个世纪也只差十多年，它已经是落满历史尘土的文学经典。孙犁《山地回忆》等一批“荷花淀小说”1945年出版，距1980年郭志刚、赵园研究它们时也才35年。看来我这篇文章不是孤例。而且蔡元培和胡适在《红楼梦》1791年初版126年后（1917），还在为曹雪芹身世与小说的关系争执不休，可见现在探讨《满月儿》的人物原型也并非独辟蹊径。遗憾的是它的原始史料披露不多，给我们的开采点还十分有限。

2016年9月3日于北京亚运村

① 蔡元培：《石头记索隐》，载《王国维、蔡元培、鲁迅点评红楼梦》，团结出版社2004年版，第47、49页。

答《上海文化》杂志问

贾艳艳：您出版于2011年的著作《当代文学的“历史化”》，提出以“历史化”的方式探讨80年代文学问题。文学史写作，背后总有一些想要超越、批评或纠正的文学史影子及倾向，可否谈谈您提出的“历史化”，是基于什么样的思想立场与视角？

程光炜：当代文学“历史化”，是我2007年应北师大张清华教授之约，在师大文学院耕耘讲坛跟博士生、硕士生做的一个讲座的题目，当时是一个简单提纲，后来才扩充成同名文章刊于《文艺研究》2008年第4期。不了解情况的朋友，可能以为我是突然萌发了这个想法，其实在此前后，我已经写过几篇学科反思的文章，比如《当代文学学科认同与分歧反思》《一个被“重构”的西方》《历史重释与“当代文学”》《文学史研究的“陌生化”》和《文学史研究的“当代性”问题》等。我的认识视角很简单。因为我从事过十几年的当代诗歌批评，对当代文学批评的现状和问题有一点切身经验，同时我又是学现代文学出身，在武汉大学跟陆耀东教授攻读博士学位时，受过现代文学史研究的训练，这两项不同工作的相互激发，自然而然就产生了对当代文学学科的反思性效应。

与中国现代文学史下限点的戛然出现不同，当代文学虽说已有70年的历史，但始终没有出现下限，所以致使文学批评与文学史混淆在一起，相互干扰，造成了今天的尴尬局面。由于没有文学史“下限”，因此使当代文学研究一直缺乏史的意识；一些人还认为做文学史，比从事文学批评吃亏，这种风气对高校年轻老师的影响比较大，因此大家不肯坐冷板凳，这也是当代文学史意识薄弱的原因。

至于当代文学“历史化”涉及的问题，它在哪些层面还需要进一步展开和分析，我已在很多论文中说过，这里不再重复。

答《上海文化》杂志问

问：作为“重返80年代文学”最早的提倡者，您在最近的研究中明确提出“理论减法，史料加法”，是基于怎样的考量？“80年代”毕竟离我们不远，又是一个相对短暂的历史时期，如何避免由于材料的片面或过于琐碎所可能导致的认识上的偏差？如果说文学史的写作具有“叙事”性质，文学史作为历史的一个分支，又要面对“真实性”的概念，如何认识与处理两者之间的矛盾？

答：我所说的“理论减法，史料加法”有一个现场背景。大概三四年前，《文艺争鸣》在长春召开了一个当代文学史的小型研讨会，与会的有洪子诚、丁帆、张均、钱文亮、李建立、袁洪权、黄平，魏华莹等十几位学者。会上讨论史识、史观的机会不多，因为会议同时还邀请了几位做现代文学的老师，大家说来说去，话题就集中到“资料”“史料”等技术性方面去了。现代文学的老师强调，史料与资料有别，不能混同使用；另外，即使是史料也不能堆砌，而应根据所研究的问题进行筛选、甄别，慎重采用。他们这些观点我都赞成。对于古代文学、现代文学等史料建设相对完备的学科来说，这种观点确实具有针对性。

虽说这些年当代文学史研究有了一点进步，涌现出一批值得关注的新成果，然而从总体上看，它的史料建设还没有跟上来，尤其缺乏大型的可用的工具书。而且由于研究重心开始由十七年转移到80年代文学，材料的稀薄就更成问题了，不少人可以说是在一边选择题目，一边搜集和整理史料的基础上匆促地开展研究的。因此，对我所在的当代文学学科来说，比较急迫的仍然是减少理论比重，加大史料的比重，所以就有了“理论减法，史料加法”这个因为现场讨论而引起的观点。

从刚提的问题看，你的历史感很敏锐。比如说，“80年代”毕竟离我们不远，又是一个相对短暂的历史时期，如何避免由于材料的片面或过于琐碎所可能导致的认识上的偏差？这确实是一个很切实的问题。正如你所说，对于没有经验的研究生来说，如何使用材料并掌握分寸，是一个考验和难题。但对于有一定经验的文学史家来说，这是他的基本训练和功底，不会出现这种问题。

你所提的问题，涉及具体研究，而我想说另一个问题，即当代文学史在整体历史中的“时段史学”问题。一方面，80年代确实离我们这些研究者太近，如果材料掌握不好，容易出现认识上的偏差，还容易产生认识上的分歧；另一方面，80 年代又是一个大时代，其重要性，可与五四时代相比拟。在一百多年的中国现当代文学史上，“80 年代”和“五四”是两个最重要的历史时段。但是目前，与五四相关的史料已经非常丰富了，而 80 年代文学的史料建设还没有开始，所以它需要不断增大“加法”，把自己的史料库建设起来。这个史料库，当然不只是文学，还有政治史、经济史、人口迁移史、80 年代文化热、西学翻译，等等。这应该是一个巨大的史料库，因为在整个 80 年代，发生了很多重要的事件，人们的思想也比较活跃，有很多热点问题的讨论甚至争论。在我看，这些重大事件和争论，不仅是对前一个历史时期的直接回应，也将会深刻影响到下一个阶段历史的发展和对未来的规划。因此，在这个意义上，这个史料库储存着多种认识视角，比如政治史认识视角、经济史认识视角、社会发展史认识视角、自我意识认识视角等诸多视角。对于研究 80 年代文学的人来说，不具有这种多重性认识视角，是很难对这个时段的文学史进行有效的研究的。今天看，正因为有五四这个史料库，现代文学史研究者在研究现代文学思潮、现象、流派、社团和作家作品的时候，他们就很方便地使用了上述多重性的视角。

为把这个问题说清楚，我把我 2016 年写的一篇旧文章抄写如下：

> 今年 5 月，我应浙江大学中文系吴秀明教授之邀，去参加他博士生的毕业论文答辩，其间还有一次与博士生的座谈。吴秀明教授是我老朋友，他闲谈中问道：“你怎么看当代文学考证过程中叙述者的‘感情视角’?”他指的是我前两年在刊物上陆续刊登的《莫言家世考证》等系列文章。我们知道，秀明教授是著名的史料文献整理专家，他带领浙大博士生历经十余年做的大型当代文学史史料丛书，有数十本之多，规模宏大，体系完整，相信它们出齐后会引起大家的兴趣。
>
> 由于答辩和旅途匆忙，我当时没有深想秀明教授提出的这个尖锐问题，他是出于老朋友的善意，才向我发问的。借这次《文艺争鸣》编辑部举办的“中国当代文学史史料研讨会”之机，我简单谈谈看法，以便就教于学术界同行。众所周知，当代文学史史料的整理研

究，包括我刚刚开始做的“作家家世考证”，都属于文献学的范畴。著名文献学研究专家张舜徽先生在《中国文献学》一书中，对文献学的范围和任务、编述体例、校勘、目录整理、抄写、注解、考证、辑佚、辨伪，以及方志、地图、制表等方面，均有富有启发性的论述。他主要强调，在这些工作中，整理者的客观眼光、有距离的筛选和甄别是非常重要的一个环节。也就是说，整理者应该以一种“看过去”的冷静态度开展工作，而不应该把自己的感情好恶卷到其中去。这与秀明教授对我的提醒十分相似。

说老实话，我 2014 年秋冬在澳门大学陆续做的《莫言家世考证》，纯粹是一个无心插柳的工作。由于此前没有接受过文献学的严格训练，只是在澳门大学图书馆临时借出基本入门书，先啃起来。当时带到澳门的莫言资料，也不够用，打听到与该校有相互借阅流通关系的香港中文大学，这方面的材料也极缺乏。关键还有，我对自己这个“历史叙述者”角色，也并没有想好。举例来说，作为历史“当事人”的我，究竟与莫言先生的身世历史是一种什么关系，我和他作为同代人，共同经历过“70 年代”这样的大时代，那么，在叙述这段历史情况的时候，我自己的“位置”——也即这篇短文中所说的“感情视角”应该怎么摆？例如，在写《教育——莫言家世之三》的时候，叙述到莫言曾经给当时的教育部、山东省招生办、潍坊地区和高密县招生办等各级负责招收工农兵大学生的机构写信，申诉自己无书可读的苦恼，强烈希望能争取到上学机会。

不妨说，我在叙述过程中把自己的“感情视角”不自觉地“卷进去”了。我当时确实无法抑制自己的感情，甚至在写作过程中潸然流下的泪水。我心里明白，虽然在写莫言，实际是在写我自己。我在为莫言的人生遭遇流泪，同时也在为自己，也包括了我千百万的同代人流泪。这涉及感情与历史的关系，涉及携带着个人感情的叙述者怎样进入到历史认识之中的复杂问题。1974 年春季以后，我被困在河南大别山腹地的一个知青农场，无书可读，也前途渺茫，有两年多时间。虽然我当时读了很多书，也胡涂乱抹地写了不少东西，但这终究不是个办法。上大学，是我一个久久积蓄在内心深处的强烈的愿望。

凭借在写《家世考证》之前一点文献学的自学经验，我知道这种“感情视角”是非常不应该出现的一个错误。但是，更令我苦恼的是，作为“当代史”的“当事人”，又无法完全彻底地把这个“感情视角”剔除出去，如果这样，那么克罗齐所说的“历史的人性”“历史的积极性质”还有什么意义呢？换句话说，即使考证者不抱着把历史真相告诉下一代读者的想法，但如果他的叙述只是一些冷血材料，是一些类似木乃伊的历史片断，那么“最终的考证价值”又在哪里？说老实话，对这些深奥纠缠的问题，我是惶惑的。道理上清楚这是怎么回事，但一到具体考证工作的操作的层面上，问题就发生了，非常突出尖锐地摆在你面前。所以，说了这么多，我的不成熟的看法是：第一，虽然现在做当代作家的文献整理和考证工作，时间稍微早了一点，但也不是不能做的。因为很多“50后”作家的年龄都已在60岁以上，乘着他们记忆还清楚的时候，不妨先试做一些个案，先把史料文献留下来。遇到不清楚的地方，还可以当面向他们咨询、求证、辨伪和辑佚。我的意思是，先把中国当代文学史的“史料学”做起来，至于“感情视角”往哪里摆，作者叙述与史料文献之间的距离尺度，以及与此相关的一些问题，则一边做一边解决。解决不了的，推给下一代的研究者来质疑、纠正、批判和丰富完善。第二，与这个问题相关的，有一个史料文献整理和叙述的“简与繁”的问题。我的看法是不妨先“繁复”一些，力求翔实穷尽，进一步挑拣、筛选和剔除的工作，也留待下一代研究者去做。就是先抢救材料，多多益善，堆积在那里没关系，等经过数十年的努力，做成一个当代文学史史料文献的巨大仓库之后，后面人的工作压力就会大大减轻了。

因此，在我刚完成的《莫言家世考证》的初稿中，加了大量乃至不免烦琐的“注释”。有些章节的注释，字数上还超过正文，我整个变成了一个“文抄公”。但我心里开始明白，尽管文献学方法论著作在提醒“剪裁”对于整理者的重要性，然而，作为与所叙述的“历史”还保持着“同步状态”的人来说，完全从叙述中挪走“感情视角”是不现实的。另外，材料的“繁复”虽然显得芜杂、重复，但也非常必要，因为这样可以保留历史存在状态的丰富性和它可感知的体温，当然这样也容易露拙，未能把杂质剔除尽净，给人还不够“严谨”的印象。当代文学史的史料文献整理才刚刚开始，我个人认为尺度先不妨稍微放宽一点。

我的“理论减法，史料加法”，就是这个意思。简括来说，先把这个时段文学的史料大规模地建设起来，暂且不管它的芜杂；经过一个阶段后，再来做“减法”的工作，所谓去伪存真、辨别真伪、查考和勘误等等，那是在很长一个阶段之后，才去考虑的工作。也就是说，史料越丰富，视野越广大，我们在才能看清楚当代文学史在80年代这个时段里的面貌，才能开展具体的有效的研究。

问：除了为当代文学史研究寻求方法，您也写了大量的文学批评文章，很多对文学作品的分析独树一帜。您曾经谈到与作家作品保持“距离感”对于文学史研究的重要性，您的文学批评也似乎有意淡化以往批评对作品的定位，更多地将作品放置于文学史脉络中，去还原作品本身的复杂性，能否谈谈您个人的文学批评标准？您如何看待文学批评与文学史研究之间的关系？在您看来，文学批评与文学史研究，以及文学创作之间，如何才能形成良性的互动？

答：谢谢你注意到了这些文章。最近十几年，我从文学批评转向文学史研究，但我并不认为文学批评没有价值，而是相反，适当地写点文学批评文章，可以保持文学史研究的“当代感”，这对文学史研究反而有价值。关于这个问题，韦勒克、沃伦在其杰出的著作《文学理论》一书中，曾有精彩的论述。我有一本书即将在北大出版社出版，书名叫《小说的读法》，是就新时期以来二三十位重要小说家所写的细读文章。当然，正如你注意到的，在重心转向文学史研究之后，我的“文学批评”文章无形中与研究对象之间有了一种“距离感”。我并不是刻意为之的，而是不自觉地发生的，这可能是由工作习惯产生的一种作用。这个作用是你已经看到的，我会把批评对象放到文学史脉络当中，而不是把它孤立起来评论。我的学生、华东师大中文系的年轻教授黄平称之为“史家批评”，可能有些道理。至于你说，我是否有自己的文学批评标准，我怎么来看文学批评、文学史和文学创作之间的关系，这些问题牵涉面广，很复杂，一时间说不清楚。

在我看来，文学创作是作家非常个人化的，富有艺术创造力的工作。他们在从事具体的创作过程中，不会受文学批评和文学史的任何影响，很多作家都谈过这个问题。我也看过这方面的材料，既理解也尊重他们的看法。但批评和文学史研究因为工作方式的不同，批评家和文学史家也不一定赞同作家的看法。举例来说，80 年代中期兴起的寻根热，之后接续这一脉络发展出来的贾平凹、莫言、王安忆等地域小说家的创作，他们可能会看作这是自己“创造性”的成果。然而，凡有文学史知识的人都知道，现代文学早就出现过类似的现象，比如 20 年代的“乡土题材小说”，鲁迅、沈从文、张爱玲、赵树理等地域小说家。当代小说家恐怕都读过这些文学前辈的作品罢？不说直接受到影响，至少它们作为一种“前视野”也是存在的。所以，表面上看作家的创作，可以脱离文学批评和文学史而存在；但在深层次上，文学批评和文学史，也在一定程度上参与或者说支配着一个作家的创作过程。一个明显例子，就是作家以前不太关注文学史研究的成果，而在近年来，他们越来越注意文学史在怎么评价他们的作品，这已经是一个公开的秘密，或者说是一个事实。总体来说，文学批评、文学史和作家创作的关系表面看是暂时的，但深层次上看却是长时期的。关于这一点，艾略特在《传统与个人才能》一文中已有阐释，我想大家都知道，无须多说。

问：您提出当代文学研究的“历史化”，应当借鉴现代文学史研究方法，重建当代文学与现代文学、古典文学之间的历史关联，使当代文学不仅是一个可批评的对象，同时也是一门历史脉络和看得清楚的学问。但是，随着现代文学学科的经典化，现代文学研究越来越变成一种职业化的知识生产，渐渐丧失与当代对话的能力。当代文学史研究会不会也逐渐面临这个问题？可否谈谈当代文学研究如何平衡“历史化”与“当代性”？

答：这个问题问得好。谈到当代文学研究与现代文学研究的历史关联，主要是就如何增强当代文学史研究的“学科意识”“学科自觉”来说的；而你说的是另一个问题，即现代文学史研究在活跃了将近 40 年之后，如何应对自身的学科乏力或者说审美疲劳，以及寻找“再出发”的途径和可能性问题。从活跃转向沉寂的这个规律，不仅适用于古代文学，也适用于现代文学，包括以后的当代文学。众所周知，现代文学学科在80年代初的兴起，与当时的思想解放运动，与重大历史转折彼此互动的社会思潮，有极大的关系。王富仁因为一篇博士论文《思想革命的一面镜子》，钱理群、黄子平和陈平原因为“二十世纪中国文学”，陈思和、王晓明因为“重写文学史”，这些先生为什么就因为这些早期成果而名满天下？原因就是，他们敏锐地顺应了历史转折的思想潮流，把握住了学科转型的根本命题，及时地提出了与过去的现代文学史研究不同的见解和看法，从而深刻影响或者说重构了现代文学研究的基本格局。所以，在那个年代，大家都弄大作家，比如“鲁郭茅巴老曹”，不大理会中小作家，喜欢去做大题目，不那么愿意做小题目。这就使在现代文学史研究中，文学阐释学的风气非常盛行，而专做资料的则会默默无闻，比较吃亏。阐释重于和压倒史料，是80年代现代文学史学科兴起的过程中，一个主要的倾向。当然，他们的史料建设也在稳步进行，并没有出现顾此失彼的现象，这就把一个学科的完整性呈现出来了。

在这一高潮之后，现代文学不少一线学者就转到古代文学、近代文学或者文学教育领域去了。这是因为，大作家的领地都被开发过了，出现了资源枯竭的问题。因此在我看来，说现代文学研究现在处在一个低潮期，不是就他们的研究水平而言，而是就他们的研究中没有大问题而言。在这种历史情景中，于是出现了中小作家、二三流杂志研究热，甚至四五流杂志的风潮。无可否认，现代文学在最近20年，都没有再提出比较大的、像他们在80年代那样，足以影响到现当代文学学科，包括其他学科的大问题、真问题。这个状况，是这个学科方面目前陷入技术化、平面化，或者是相对比较沉寂局面的一个主要原因。当然，也与90年代后，学术研究越来越倾向经院式的技术化的问题，有一定的关系。这种现象不光现代文学研究中有，古代文学研究中有，也有了一些渗透到当代文学史研究中的苗头。这可能跟近些年，大学体制里出现的科层化，唯论文的趋势，也有某种关联，不是哪一个人的问题。

至于说当代文学史研究发展到一个相对成熟的阶段，会不会也变成一种知识生产，丧失与当代对话的能力，现在说这个问题还为时过早。因为对当代文学史研究来说，目前更为紧迫的还是加强自身的史的意识，持之以恒地进行史料建设。另外，我还有一个想法，是不是可以对文学史研究和文学批评做合理分工，当然，也得提出当代文学史研究的下限，找一个两者之间明确的分界线。在此之前，可作为文学史研究的对象，在此之后可列为文学批评的领域？关于当代文学史的下限问题，《文艺争鸣》杂志2020年10月曾召开过一个相关的小型研讨会，他们出于谨慎，没有把这个讨论文章的专栏持续办下去，怕引起麻烦。否则，也许当代文学的下限就会慢慢浮出历史地表，逐步被人们接受了。

问：您曾主张把80年代文学纳入“文学社会学”范畴来考察，过于强调“外部研究”会不会导致文学文本内部研究的空间被挤压？不同于社会学和历史学，以“文学”进入历史研究的特殊性和有效性在哪儿？

答：我偶尔在网上看到一些有影响的人士批评当代文学史研究，说是过于强调史的研究，有把感性的文学批评压下去的危险。我理解他们这种担忧，但认为他们把文学史研究的作用有点夸大了。如果把“文学社会学”也纳入当代文学史的研究，这些人士的担忧恐怕会愈加强烈起来了罢？其实完全没有必要。像当代文学史研究不会干扰、破坏正常的文学批评一样，“文学社会学”也只是文学史研究中的一个路径和方法。20世纪五六十年代，是中国社会科学院（当时叫中国科学院哲学社会学部，简称“学部”）文学所的一个全盛时期，大家都知道那里云集着一批学术大师，比如俞平伯、何其芳、吴世昌、蔡仪、钱锺书等先生，岂知在这些一级研究员之外，还有一个二级研究员孙楷第先生。在我看来，孙先生的学问一点不亚于前面几位先生。20世纪20年代末，他利用在国立北平图书馆做编辑，写经组组长的机会，查抄了大量的善本书籍，撰写出《中国通俗小说书目》一书。1931年，又受北平图书馆的委派，东渡日本访书，用搜集到的日本藏书，写出了《日本东京所见小说书目》，作为前一本书的补充。正如胡适所说，这两本书，可称之为小说目录学的开山之作。后来，他又根据自己编撰的小说书目工具书，开展中国古代小说的“本事”研究。所谓本事研究，就是一个作家创作小说时的周边因素，比如家世、为人、交游、阅读和时代环境等等，通俗地说，就是“一篇小说”是“如何”写出来的。在我来说，这不就是古代小说研究的“文学社会学”方法吗？自然，它与法国社会学家埃斯卡皮的《文学社会学》在方法角度上有所不同，更接近于中国传统学问的知人论世研究。

所以我说，当代文学史的这种外部研究，跟你说的内部研究，其实是两个互不干扰的研究路径和方法，它们可以互为补充，但并不冲突。

问：您提出当代文学下限这一问题，从文学与社会史和重要作家作品两个角度出发，将2009年作为当代文学发展阶段的地标性年头。能否谈谈2009年之前与之后文学的主要特征？2009年以后的文学，必然与“新时期文学”存在内在的历史关联，同时又表现出新变或异质，可否对这种关联与新变，做出概括性的评价？如何将“新世纪文学”适当地植入“当代文学”的文学史叙述中？

答：在上一个问题的回答中，我已说过设置一个当代文学史下限的必要性了。在《文艺争鸣》那个会议上，我有过一个简单发言，提出将“1993年”或“2009年”设为当代文学史“下限”点的两种可能性，根据是以重大“社会事件”作为收尾点。提出前一个下限点，理由是1993年前后，有“邓小平南方谈话”、《废都》批判事件、张承志《心灵史》问世、“人文精神大讨论”等几个社会和文学的事件发生。这是一个文学史转折点。因为从1949年到1993年，传统意义上的社会主义实践所塑造的“当代文学”已完成了历史使命。从传统社会主义实践的角度看，“十七年文学”“80年代文学”都在这一历史范围。而1993年以后文学的面貌发生了很大变化，它们是叫“当代文学”，还是“新世纪文学”，在名称上可以讨论。如果大家觉得90年代文学还在某些点上承袭着十七年文学、80年代文学的某些特征，那么就再下延几年，比如放在“2009年”。为什么要这样说？是因为，2001年有一个中国加入世贸总协定这个大事件，2008年又有一个“北京奥运会”这个大事件。如果从历史学眼光看，这些事件仍然是我们所说的社会主义“集中力量办大事”历史功能的持续性展开，仍然可以较为宽泛地放在“当代文学”这个历史范畴来认识。总之，虽然上述只是个人的不成熟的看法，但至少说明，在人们心中，大家都对当代文学被无故无限地延长、没有下限，没有休止符，从而无法划定一个历史阶段，从事稳定完整的当代文学史研究，已经感到不耐烦了的这个事实。

问：您如何看待当代小说的“史诗性”追求？继“新历史小说”对

“史诗性”历史叙述的“解构”之后，“史诗性”追求对于当下文学创作的意义？

答：从事过一个时期的文学史研究之后，让我再跳出文学史研究的知识框架，去谈一个文学创作的问题，实感非常困难。因为文学史所说的“史诗性”，跟文学创作还在不断发展过程中被经常提到的“史诗性”，可能有所不同。我在一些文学创作座谈会上，听到人们谈到这个问题，心里会比较苦恼，因为他们的变化很快，一会儿在这里谈当下性，换一个地方又谈起“史诗性”了，让人无所适从。

这可能跟我的出身有关，我生长在从50年代到80年代这样一个“大时代”，这不是所有人都经历的大时代。因此我受的社会教育、人生教育，在思想和感情上，天生倾向于接受能够反映总结社会重大生活的大作品，比如托尔斯泰、巴尔扎克、雨果、鲁迅等人的作品。我在他们的作品中看到了真正的“史诗性”，也曾受教于这种史诗性。但我也不歧视没有遭逢到大时代，或者即使遭逢到大时代，没有写下史诗性小说的作家们，对于具体作家来说，有一个运气好坏和能力大小的问题，谁都无法超越这种限制。

但是，“史诗性视野”对于从事文学史研究的人来说，确又是非常重要的。它会让你站在一个比文坛稍微高一点的高度上，站在一个历史的长时段上，不会受到“当下风气”的干扰和影响。因为有了史诗性视野和长时段，你就知道什么是大作家、大作品和小作家、小作品了，就有了筛选的批判性的眼光，有了分析研究的理性，也就是说，你有了某种文学史研究的标准。我曾在《田野调查和发掘》这篇文章里，相应地谈到了一个成熟作家创作道路的“弧线问题”，这个结论，可能是因上述因素而得出的。

问：您曾以“中产阶级时代的文学”来指称90年代以后兴起的都市文学，能否谈谈您对新世纪以后尤其近年来文学中的都市/城市叙事的印象与评价？有没有产生什么引起您关注的、有价值或有意思的文学命题？

答：我不记得自己是否谈过这个问题，也许是写其他文章时不小心地涉及，随便就过去了，没有当成一个真问题来谈。我是否可以不谈它？

问：可否谈谈您当下比较关注的作家作品和文学史问题？

答：在我即将出版的《小说的读法》中，有二十几位我研究的当代小说家，这些可能是我比较关注的作家作品。

关于文学史问题，我在上面已经谈得比较多了。但可能谈得比较宏观，如果还有需要关注的问题，我想就是具体问题的研究了，从长远的眼光看，后者对当代文学史研究的发展作用会更大。因为老是谈大问题，宏观问题，自己不去做具体作家作品的研究，仍然会陷入将文学史研究“批评化”的流弊之中。在某种意义上，考验一个研究者的不一定都是大问题，而是一些具体的小问题，这是最能见功夫的地方，是一个综合性研究。因为它会考验你的史的意识、理论准备、材料功底，有些看似很小的研究题目，实际需要调动上述因素来完成，所以，我说它最后终究还是一个综合性的研究。

2022 年 1 月 10 日